狐狸
TALE OF FOX
不流淚
朱新望◎著

【編者薦言】

讓我們注視這些狐狸的命運

朱墨菲

本書抒寫的是公認最狡猾動物——狐狸的悲歌；然而，給人類帶來的深刻啓示與情感震撼，卻令人掩卷難忘。一向平靜安寧的森林裏，狐狸一家過著尋常快樂的生活；爲了滿足一家的溫飽，狐狸爸爸終日在林中奔波覓食，希望能給妻小最好的照顧。然而，好景不常，當大狐狸發現深林中竟出現了狼蹤時，猶如一塊大石頭壓著牠的心。牠知道，狼的蹤跡在這兒出沒，不會是沒有原因的。牠決心弄個水落石出。

這是兩隻狼。牠們是跟著野豬野羊跑進這片林子的。因爲原先居住的地方不能再待下去了，在那兒，工人正在開山，又是放炮，又是砍樹，一天到晚機器轟隆聲響個不停，使牠們又煩惱，又害怕。

鳥兒飛了，野豬野羊跑了，開山的工程仍然沒有停止的意思。兩隻狼在林子裡躲來躲去，終於不得不放棄原來的居所，向這片相對安靜的大山轉移。

狼出現了，人群也來了，這意味著什麼？森林裏從此不再平靜，各類動物也面臨了前所未有的災難，這一切，到底是誰造成的呢？毋庸置疑，一切恐懼與不安的罪魁禍首，都明確的指向號稱「萬物之靈」的人類！

人爲的破壞，要比大自然原本的災難更具殺傷力。因爲人類勢力的入侵，山林裡的自然氣息被干擾污染了，山林中的生態平衡也被破壞了；所有安居在林中的動物，生命受到了威脅，日子不再美好，命運從此有了巨大的改變。而這些不論是白天來的還是晚上來的人，都只有一個共同的目的：滿足自己的私欲。他們唯一在乎的事情，是如何在有限的時間內，盡情搜括森林裏的各種資源。

人們眼中看到的只有利益與貪婪；動物與樹木在人類眼中，已成爲龐大金錢的代名詞，至於合不合法、生態環境是否會遭破壞、動物能否繼續生存、草原與林木何時才能再長成恢復，顯然不是急功近利的人類所願考慮到的了。

最後，人類終將爲自己的惡行付出代價，嚐到苦果。由於盜伐濫墾、動物被獵殺殆盡，物種間食物鏈的平衡狀態已不復見，鼠輩開始肆虐，不但啃蝕穀物，更危害牲畜，人只好訴諸於更多的捕鼠工具或化學藥劑，以企圖控制鼠患的不斷蔓延。

這樣的故事與畫面，其實早已不是新聞；如果人類不能徹底覺悟，自我深省，悲劇終

將一再重演，而在人類手中犧牲的，又豈只是大自然中的各種生靈？本書以生動的情節、感人的故事，娓娓地鋪陳了不言而喻的生命悲歌。

狐狸不流淚

TALE OF FOX

CONTENTS

狐狸不流淚
TALE OF FOX

Contents

狐狸
不流淚

第一章　狼來了

一、大狐狸要尋找一隻野兔

月兒從東山背後升起來。

山林裡亮起來了。

一棵棵碗口粗的松樹靜靜站在山坡上，沐浴著銀白色的月華。松樹密密的枝條，一簇簇的針葉彼此交織，張起一面面大傘。

大傘下面黑黝黝的。可大傘與大傘之間，仍然有月光傾瀉下來，照在草上，灌木上，露出土的石頭上，散射開去，山林中的一切便顯得影影綽綽，朦朦朧朧。

「嘎，嘎，嘎，嘎」，山林外，對面山坡上，有山雞叫。

山雞持續叫了一會兒，很安詳，似乎是熟睡中的夢囈。沒有風，沒有山林的喧嘩。夜晚的崇山峻嶺中很是寂靜，山雞的叫聲就十分響亮。

一叢灌木搖了搖，發出窸窸窣窣的響聲。忽然，在枝條下探出一個黑糊糊的東西。

那是一個腦袋。

那腦袋探出灌木叢，從黑暗中昂著，不動了。只有腦袋上豎起的兩隻三角形耳輪，在慢慢地、悄悄地轉。耳朵下面，兩隻眼睛像兩盞小燈籠，一黃一綠，忽明忽暗，幽幽地眨動。

灌木枝條不搖了。它們的葉子還不肯罷休似的晃來晃去，發出輕微的摩擦聲。

過了一刻，也許是十分鐘，灌木叢又嘩嘩搖擺起來。隨著「噗」地一聲輕響，灌木叢前，月光照耀的林間草地上，多了一條毛茸茸的黑影。黑影抬頭看看月亮，腦袋一擺，打了個噴嚏。靜了靜，黑影叉開四條腿站穩，聳起身上的毛，「撲撲落落」抖動起身體。

這條黑影有著蓬蓬鬆鬆的大尾巴，高矮像隻半大的狗，但腿比狗的短，模樣要比狗輕捷瀟灑——這是一隻大狐狸。

大狐狸眯縫著眼，全神貫注，用力抖動身上的每一處皮毛，把皮毛中的草梗、塵土、小蟲子，「撲撲拉拉」全甩出去……抖完身體，大狐狸又看看月亮，接著低下頭，嗅著還在散發熱氣的草叢、石塊，慢慢走過林間空地，鑽進了另一簇灌木叢。

牠要找食物去了。

牠打算找一隻大兔子，啣回洞。雌狐狸看守著小狐狸，正等著牠叼回食物。

牠已經捉到了幾隻老鼠。不過不夠。小狐狸們長得很快，吃得多，一家一天只吃幾隻老鼠，填不飽肚子。

大狐狸在草和灌木的根部咻咻抽動鼻子，走走停停，穿行在密密的松林中。草和灌木的根部，有時會散發出淡淡的獸腥氣。這是經過這兒的野獸留下來的。草和灌木很密，野獸走過這兒，身上的油脂或脫落的皮屑、毛髮，會被草和灌木刮下。而在草和灌木的根部，風也不容易吹透。這樣，野獸不經意留下的氣味，就會保存得久一些。

狐狸是山林中的獵手，鼻子的敏銳程度並不比狗差。牠們能根據草和灌木叢中的氣味，分辨出是哪一種野獸走過了這兒，什麼時候走過了這兒。

「呱呱喵，呱呱呱喵。」大狐狸頭頂上，密密的松樹枝葉間，突然爆發出一陣響亮的叫聲。

大叫聲很怪，又是突然爆發的，大狐狸嚇了一跳。一閃身，躲進身邊一簇草叢。……松樹上有枝葉搖擺的聲音。一個黑影搧動翅膀跳起來，飛走了。

是一隻貓頭鷹。

大狐狸輕輕吁出一口氣。貓頭鷹同別的鳥兒不一樣，這傢伙白天睡大覺，晚上才出來活動。

大狐狸黃綠色的眼睛緊緊盯著貓頭鷹飛走的方向，忽然又有些憂鬱。

「是不是貓頭鷹一直在盯著自己，自己一點也不知道？」

牠走得更謹慎了。

牠不怕貓頭鷹。這種鳥雖然兇猛，但奈何不了牠。牠只是擔憂這種臉盤兒像野貓的大鳥，會發現牠捕獲的老鼠。

牠捕獲的老鼠放在牠走過的灌木叢下。牠把牠們咬死了。牠不能叼著牠們再去捕捉別的老鼠，牠只能在結束打獵的時候，沿著來路尋找牠們，一塊兒叼回洞去。

問題就在這兒，貓頭鷹也捉老鼠。

但是現在，大狐狸沒有辦法保護自己的獵物，也沒有時間回去查看。牠還得走，還要抓緊時間捉一隻野兔。

大狐狸一路嗅著，走過一棵棵松樹。

牠打獵的這片山林，長在一面陡坡上。由於山勢陡，土層便不厚。因此，只有能耐得瘠薄、把根深深扎進石縫中的松樹，才能生長。

松樹長起來，茂密了，撒下層層落葉，化作薄薄的土，覆蓋住山坡。這樣，在每年下雨的季節，松樹和土攔蓄住雨水，不讓所有落到這兒的雨水都一洩而下，盡可能地滲進石縫和大山裡，這才使這片乾旱光禿的大山山坡長起各種植物，綠意綿綿，生氣勃勃。

當然，由於山坡陡，土層薄，這兒的草和灌木怎麼樣也長不成平原那樣茂盛。這樣，吃草的野獸，像山羊野兔，就不多。

在一片葉子修長的草叢裡，大狐狸站住了。

牠的鼻子飛快抽動起來，發出咻咻的響聲。這片草叢中的獸腥氣很濃。牠嗅出，這是兔子特有的那種氣味。這是一隻兔子留下的。

兔子常常單獨活動。這隻兔子或者剛剛在這兒逗留了一刻，或者經常在這兒走來走去。

大狐狸在草叢裡團團轉起來，一邊轉一邊用爪子撥翻青草。

牠站住了，抬起頭，繃緊嘴，努力向草叢外看去。皎潔的月光依然像剛才那樣灑照著山林，一棵棵黑糊糊的松樹，依然撐起一張張大傘。

大狐狸鑽出草叢，顛顛小跑起來。一邊跑，一邊不時低下頭，嗅嗅草叢灌木和土。牠的大尾巴拖在身後，像一把蓬鬆的大撢子，又像一把掃帚。

大狐狸發現獵物了。

牠知道該怎樣才能捉住這隻兔子。

在牠的捕獵歷史上，只要發現了獵物，那獵物就很難從牠的爪下逃出。

二、兔子出現了，狼也來了

大狐狸「刷」地收住了腿。

說是收住了腿，由於止在下坡，這兒的坡度又比較陡，牠向下滑了幾步，才勉強站住。

牠扭回身，疑惑地抽抽鼻子，停了停，又攀回到開始滑行的地方。

牠小心地轉動身子，仔細地嗅，從草根旁抽取空氣，從地面抽取空氣。剛才經過這兒的時候，牠覺得好像嗅到了一股奇怪的氣味。

這股氣味不是兔子留下的。

月光靜靜地透過松針縫隙，撒在牠身上。弄得牠的皮毛這兒一塊黑斑，那兒一片銀亮。牠的皮毛其實是火紅色的，很漂亮。只有耳朵是黑的，四隻腿膝蓋以下是黑的。這使牠看起來像戴著精緻的耳罩，穿著小巧的長統靴子。

在一塊露出地面的石頭旁邊，大狐狸不轉了。昂起頭，全身的毛一根根豎得筆直。「嗚，嗚」，牠鼻孔中滾動出低低的咆哮聲。

大狐狸嗅出，除了兔子之外，的確有另一隻野獸經過了這裡。

這隻野獸像牠一樣，在這兒滑了一下。不過，這傢伙沒有能夠站穩，一滑，重重撞在石頭上。石頭前有長長的滑痕，石頭上有濃濃的臊味兒。

這野獸更不走運的是，撞了一下還不算，硬是被石頭伸出的一個尖角勾了一下，在石尖上留下了一小片帶血的皮毛。

皮毛是灰白色的，像山下農村中毛驢肚子上的顏色。但這傢伙肯定不是農民飼養的毛驢。夜裡，人養的家畜不會在山野中亂跑。況且，毛驢的臊味兒帶著草腥氣，這傢伙留下的味道卻是臭烘烘的，散發出一種血腥，一種恐怖。

撞石頭的傢伙是一種食肉動物。大狐狸判斷。

可這是哪一種食肉的野獸呢？

牠不知道了。

過去，這一帶山林中從來沒有出現過這樣一種氣味。

這東西是從別處跑來的。大狐狸琢磨。

這些日子，遠處總有轟轟隆隆的響聲。總有一陣陣灰白色的、土黃色的煙霧騰起。總有一群群驚恐的鳥兒啼叫著從那邊飛來，又匆匆飛過頭頂。也總有一些野羊、野豬不知怎麼就忽然出現在林子裡，這兒啃幾口，那兒啃幾口，不知什麼時候，又悄悄鑽出林子，走了。

野豬野羊的味道，大狐狸不害怕。這隻陌生野獸的氣味，卻使大狐狸渾身的肌肉繃得緊緊。

牠「嗚嗚」低吼著，齜出牙，緊張地看看左邊，看看右邊，又昂頭眺望林子深處。……月影斑駁，林子裡靜靜的，只有一些蟲兒在唧唧唧地淺吟低唱。什麼動物也沒有，看不出哪兒隱藏著危險。

「嘎，嘎，嘎，嘎」，對面山坡上，山雞又啼叫起來，與平時沒有什麼兩樣。

「呱呱喵，呱呱喵」，山林深處，貓頭鷹不知在什麼地方叫。

貓頭鷹的鳴聲也很平靜。這鳥兒的眼睛十分銳利，又飛來飛去。聽聲音，大概牠也沒有發現什麼。

大狐狸合住嘴，不吼了。脖頸上豎起的毛漸漸平復下去。

「也許，這野獸也像野羊野豬一樣，鑽出林子，走了。」牠想。

牠再一低頭嗅嗅大石頭上那股叫牠心驚膽顫的氣味，小心繞開大石頭，又急急走起來。

牠還得打獵。牠的妻兒眼巴巴地在等著牠叼回食物。

只是，牠走得更謹慎了。牠腳步輕輕，沒有一點兒聲響。走過的地方，昆蟲仍然不停地吟唱。

兔子的蹤跡還在順著山坡向下伸延。

這隻兔子可能是趁著夜暗，到山溝底去吃草的。那兒土層厚一些，草長得茂盛。

繞過一棵棵松樹，穿過一簇簇草叢……接近山谷底部了，大狐狸忽然聽到「嘩啦」一聲輕響。

「誰？誰在前面？」……這是誰不小心踏翻了一塊小石子兒。

附近的蟲兒一下子閉住了嘴。

大狐狸站住了，耳朵急急搖動起來。在這同時，牠輕輕一跳，隱在一片草叢後面。

月亮照得到這兒，草叢後面明明亮亮。可這兒地勢稍高，從山坡下是看不到牠的身影的。

牠耳朵搖了一刻，不搖了。憑經驗，大狐狸判斷出，吃草的兔子回來了。

通常，兔子出洞回窩，總是走一條道。而剛才踩翻的石頭又不大，發出的聲音很輕

微。這也表明，走來的不會是大野獸。

蟲兒還沒歌唱，周圍靜悄悄的。踩翻石頭的長耳朵傢伙，此刻恐怕站住了腳，正驚駭地觀察四周的反應。

大狐狸伏在草叢後一動不動。月光下，這隻聰明的動物就像一段沒有生命的乾木頭。

前面仍然靜悄悄的。

大狐狸很有耐心，還是一動不動。在牠的捕獵歷史上，憑這份傑出的耐心，牠捉獲過許許多多隻兔子。

「嘎巴」，什麼地方傳來一聲輕響。

「兔子開始走了，聽，踩折了一根枯樹枝。」大狐狸想笑，把頭伏得更低了。

然而，不對，大狐狸又「呼」地抬起頭來。

聽聲音，被踩折的枯樹枝不細。兔子有多大重量，能踩折這樣的枝子？而且，聲音傳來的方向也不對。

大狐狸放眼巡視四周，扭扭頭，全身不由自主哆嗦了一下。十幾步外，一株松樹的陰影中，一隻大野獸正緊緊盯著牠。

由於黑暗，看不出那野獸的毛色。只看到那傢伙身材像山下村莊裡的牧羊狗，透出剽悍。而緊緊盯著牠的一對綠眼睛，陰森森的，不懷好意，讓牠一望就像遇到冰窟中吹出的寒風，從頭冷到腳。

「這就是碰在大石頭上的那傢伙！」

不知爲什麼，剎那間，大狐狸心裡閃過這樣一個可怕的判斷。

牠再也顧不得捉兔子了，閃電般跳起來，扭身就竄。

那邊一簇灌木旁，也有一條黑影。那黑影迎上來，幾乎和牠撞個滿懷。匆忙中一瞥，黑影同瞪著牠的傢伙幾乎一個模樣。

「嗷嗷！」大狐狸驚叫一聲，魂都丟了。

天啊，是兩隻！兩隻兇惡的陌生傢伙都要捉牠！

牠收不住腿，慌忙打個滾，一拐，跳進山溝，順著山溝胡亂竄起來。

兩隻大狗樣的兇猛野獸撒開腿，緊緊追了上去。

這是兩隻狼。牠們是跟著野豬野羊跑進這片林子的。原先居住的地方不能再待下去了，那兒人正開山，又是放炮，又是砍樹，一天到晚機器隆隆響個不停，這使牠們又煩惱，又害怕。

鳥兒飛了，野豬野羊跑了，人仍然沒有停手的意思。看來，這些兩條腿走路的動物，要在那兒安營紮寨。兩隻狼恨得咬牙切齒，卻無奈，惶惶地在越來越小、越來越不安寧的林子裡躲來躲去。終於不得不跑出來，向這片相對安靜的大山轉移。

牠們餓極了。這兒山很陡峻，谷也深幽。然而，也正是由於山高坡陡，樹沒有原先居住的地方粗，草和灌木沒有原先居住的地方密。而牠們賴以塡飽肚子的大型食草動物，也就沒有原先居住的地方多。兩隻狼在這片林子裡從東跑到西，從西跑到東，幾天了，只捉到幾隻老鼠和蚱蜢。

老天有眼，今天夜裡，兩隻狼嗅到一隻兔子的蹤跡。兔子比老鼠大多了，牠們興奮得連連咂嘴。正追蹤，又發現了一隻狐狸。狐狸比兔子又大多了。

獵物當然是越大越好，兩隻狼的肚皮正貼著脊梁骨。這一帶又缺水，跑遍幾座大山，連個水塘都看不到。牠們正需要一隻大動物，咬斷牠的喉嚨，喝牠的血。

兩隻狼決定圍捕狐狸。牠們躡手躡腳地跟蹤，小心地匍匐摸近。誰知好事多磨，已經摸到狐狸身邊，牠們中的一個卻踩斷一根細小的枯枝。

響聲讓牠們怔了一下，沒有及時衝上去。

兩隻狼又憤怒，又懊悔。牠們把滿腔的憤怒懊悔，全歸罪到在前面竄逃的狐狸身上。

兩隻狼發瘋一樣，跑得快極了。

風在耳邊呼嘯，灌木草叢的影子在眼前一閃而過。兩隻狼恨不得飛起來，一下子追上狐狸，把這個機靈油滑的東西按倒，咬住喉嚨，一掄，「啪」一聲摔在石頭上。

大狐狸聽到後面嘩嘩啦啦碰撞灌木、踏翻石頭的追趕聲，仨魂飛走兩個。逃生的本能，使牠的四條短腿奔得飛快。

牠的心急得很。牠知道，後面的兩個傢伙是吃肉的，牠身上長著肉，叫牠們捉住就完了。……而牠絕對不能跟牠們搏鬥，牠遠遠不是對手。——牠連山下村裡的一條看家狗都打不過，更別說這兩個看上去比狗還大、還兇狠的傢伙。

前面有草叢，牠「刷」地飛身躍起，擦著草梢竄過去。

前面有灌木，牠急速伏下身，「哧溜」鑽進去，貼著灌木枝條飛逃。……草葉像小刀，劃開牠的皮膚。灌木枝像錐子，像鐵鉤，刺牠扎牠，勾下牠的皮毛。

牠不覺得痛，也不叫。

牠什麼都顧不得了。

三、大狐狸的家

明亮的月光，照著山溝底三條魚貫飛竄的黑影。

前面的一隻個子小一些，由於腿短，像貼著地面飄飛。後面的兩隻個子大，腿長，嘴向前探，耳朵貼住脖頸，身體一屈一伸，一起一伏，極似狂奔的小駿馬。

山溝裡響徹「嘩嘩啦啦」和「嚓嚓嚓嚓」的聲音。

「嘩嘩啦啦」，是石頭被蹬翻，灌木被撞折發出的。「嚓嚓嚓嚓」，是腳上的爪子尖抓破地皮，劃過岩石發出的。

對面山坡上的山雞不叫了。

整條山溝裡的昆蟲都閉住了嘴。

大狐狸左衝右突，仗著對這一片山區的熟悉，沒有被迎面撲來的岩石撞碎腦袋，也沒有被一閃而過的灌木枝扎瞎眼睛。

兩隻狼如影隨形，緊追在後面。雖然牠們素來以善跑著稱，在這亂石滾滾、荊棘叢生的彎彎山溝裡，卻也一時發揮不出速度的優勢。

如水的月光下，生死存亡的追逐繼續著。

大狐狸不愧是大狐狸，逃了一陣，最初的慌亂便過去了。

牠一邊喘息著飛跑，一邊思索怎樣才能擺脫後面兩個兇惡的傢伙。心一冷靜，牠就發現，山溝越來越寬闊。有些地方，山坡上出現了一小塊一小塊的梯田。……原來，牠是在順著山溝向外跑。

好啊。牠有主意了。

拐過一道彎，又拐過一道彎，狐狸呼吸越來越急促。猛然間，牠向山坡上斜斜竄了過去。

這是山雞啼叫的那面山坡，蜿蜿蜒蜒伸展到了這裡。這是一面陽坡，雖然坡度緩一些，由於蒸發強烈，卻要比陰坡乾旱。這樣的山坡長不起樹，只有稀稀疏疏的一簇簇茅草和多刺的荊棘，點綴在赤裸著的岩石縫中。

兩隻狼一步不讓，緊跟著竄上山坡。

看看地勢，兩隻狼高興了。雖說這兒是斜著上坡，但視野開闊，沒有那麼多的亂石，也沒有那麼多的灌木草叢。這樣的地方適宜追逐，腿腳可以放開了。

「好，狐狸，你算傻到家了。」後面的狼三躥兩跳，同前面的狼跑成並排，你追我趕，爭先猛攆起來。

狼的速度明顯加快了。

前面出現一塊梯田，又出現一塊梯田。大狐狸跳躍著，徑直跑過梯田，向前面另一塊梯田的石堰下跑去。兩隻狼越追越猛，也緊隨著跑向石堰。……牠們的爪尖擦過赤裸的石板，冒出一溜溜細微的火花。

狼與狐狸間的距離迅速縮短，石堰越來越近。一人多高的石堰矗立在朦朧的月光下，像牆一樣陡。大狐狸彷彿不知道似的，還向石堰下跑。……莫非，狐狸還有力量跳上去不成？

兩隻狼很高興，只要再攆上一步，就可以咬住狐狸尾巴了。牠們緊跟著狐狸，向石堰下跑去。

這時候，石堰上忽然響起炸雷般的咆哮。兩隻狼嚇了一跳，急忙收住腳。「呼啦啦啦」石堰上飛躥下幾條黑影。

「嗚汪汪」，「嗚汪！」黑影惡狠狠吼叫著，剛落地，便箭一般猛撲過來。

「狗？……狗！」兩隻狼吃驚不小，這兒怎麼會有狗呢？……來不及思考，牠們齜出牙，聳起脖頸上的毛，微微後蹲，也「嗚——，嗚——」兇狠地咆哮起來。

狐狸早沒有了影子。

「打，打！」

「嘔呵，嘔呵！打！」石堰上，響起人的吆喝。

「啪！啪！」鞭子在揮動，清脆的鞭響在深夜裡聽起來就像槍聲。

兩隻狼慌了，急急扭轉身，飛快竄下坡，竄進山溝裡。

「狗狗，回來！狗狗，回來！」狼身後，傳來人的呼喊。

「狗日的，什麼野獸，也敢來摸羊！」

「咩咩，咩咩」，有亂哄哄的羊叫。

月華瀉地，寧靜的大山裡亂起來了。

大狐狸失魂落魄，回家了。

牧羊狗狂吠著跳下堰頂的時候，牠閃身躲在一叢低矮的荊棘後面。牧羊狗飛快衝過去追趕狼，牠伏在地上，止不住瑟瑟顫抖。石堰頂上人喊羊叫，亂起來，牠借著石縫和草叢掩護，一點點匍匐著倒退。……直到確信狗和人都看不到牠了，才一躍跳起，慌慌張張跑回了家。

這一帶是深山，山高坡陡，溝壑縱橫，交通十分不方便。農民們在山上開墾出梯田，很難把糞肥送上去。於是，聰明的農民便養一群羊，帶著牧羊狗，趕著羊群到地裡過夜。

羊們在地裡盤來踩去，又拉又尿，弄得地裡污穢不堪，然後，農民把地一耕，就等於給田土施上了底肥。

在山村中，牧羊人趕著羊群在梯田裡露宿過夜，這叫「臥地」。

大狐狸在這片山林中長大，是知道山村這種耕作方式的。牠看到這幾天始終有一群羊在山溝中吃草，知道這是給對面山坡上的梯田臥地。

被狼緊緊追趕，又跑不過狼，山窮水盡，牠不得不冒險了。

大狐狸身上髒兮兮的，沾掛著許多塵土草葉。胸脯肚腹兩側，扎破劃破的傷口，沁出一縷縷一片片的鮮血，把皮毛黏成一綹一綹。牠沒有敢去撿拾咬死的老鼠，在山林裡繞來繞去，把腳印弄得凌亂，像迷魂陣，這才在一棵黑暗的大樹下臥下來。氣喘勻了，身上不再感覺燥熱，才一瘸一拐走回家去。

狐狸身上也有臊味兒。在外面跑得熱烘烘的，臊味兒就大。這時候回家，是容易暴露家庭住址的。

大狐狸的家在一叢黃櫨叢後面。那兒有一個狗獾遺棄的土洞。這片地方樹長得茂密，灌木也長得茂密。葉兒圓圓的黃櫨叢把地面遮蓋得黑糊糊的。眼睛再好，若不撥開黃櫨枝條，就是在白天，也不會看清灌木後面有什麼。

「嗚噢，嗚噢。」有一隻狐狸在黑暗的黃櫨叢中小聲叫。大概牠聽到了狐狸走近的腳步聲。

「嗚噢！」大狐狸疲憊地低聲應和。

黃櫨叢的葉子嘩嘩啦啦響起來，一條黑影鑽出灌木。大狐狸站住不動了。

黑影衝上前，興奮地咬咬大狐狸脖頸，碰碰大狐狸的臉，又人一樣站起來，把兩條前腿搭上大狐狸脊背，要騎上去。

「嗚兒，汪！」大狐狸顫抖了一下，低聲吼著。

騎在大狐狸背上的黑影愣了。接著，小心翼翼爬下來，圍著狐狸一邊轉，一邊「嗚噢嗚噢」輕聲叫。

牠在詢問。

這是一隻雌狐狸，個兒嬌小，皮毛光滑，十分輕盈俏麗。

「嗚兒嗚兒嗚兒……」黃櫨叢中傳出一陣亂嘈嘈的尖叫。

灌木枝條「噼哩啪啦」搖晃起來。隨之，一群毛茸茸的小玩意兒跟頭骨碌地爬出了灌木叢。

大狐狸眯縫住眼，緩緩蹲下了。

小玩意兒們在地上亂嗅，你碰我，我撞你……牠們什麼也沒有找到，紛紛抬起頭，望著月光中蹲著的大狐狸，「吭，吭」叫起來。

這是剛剛睜開眼的小狐狸，還在吃奶。但牠們長得很快，僅僅靠吃奶已經不能滿足發育需要了。……小東西的叫聲悲悲切切，大狐狸低下了頭。

牠知道，孩子們這是在向牠訴說肚子餓。

一隻小狐狸抱著父親的前腿站起來，晃動小腦袋，嗅嗅這兒，嗅嗅那兒，忽然，張嘴叼住一綹血黏結的毛，吭一吭，向下扯起來。

大狐狸痛得渾身哆嗦，強忍著。但牠立刻就忍不住了。「嗚兒，嗷嗷嗷嗷」，牠低聲哼叫，痛苦地呻吟。

雌狐狸急了，一步跳過去，張口叼住了小狐狸脖頸，拎起來。小傢伙鬆開嘴，雌狐狸一甩頭，把牠扔了出去。「嗚兒嗚兒嗚兒」，小狐狸尖聲尖氣叫起來，滾出很遠，急忙爬起，衝著媽媽吠。

其他的小傢伙滾滾跌跌，急忙擠到一起，依著灌木，簌簌地抖。

「嗚噢」，大狐狸歉疚地看著雌狐狸，哼了一聲。

「嗚噢」，雌狐狸應和。

找食物不是那麼容易的，空手而歸是常有的事。捉不到獵物就算了，犯不著爲狩獵失敗而難過。

但是，雌狐狸眼光中閃爍出疑惑。

「嗚——嗚噢？」牠問。

大狐狸看看雌狐狸，見牠看著自己身上的傷痕，明白了。低下頭，伸出舌頭，在剛才小狐狸揪扯的那綹帶血的毛上，一下一下舔起來。

「嗚嗚，嗚嗚」，牠一邊舔，一邊哼。

雌狐狸靜靜聽著，漸漸地，牠的毛豎起來，眼神中透出恐怖。

牠並沒有完全明白丈夫碰到了什麼，怎樣冒險逃回了性命。動物的語言很簡單，只有少得可憐的一些音節（或者說詞彙）。靠這麼一點音節（詞彙），是很難清楚、準確地描繪事物，敘述事情經過的。這就好像古時候的人或者文化不發達的民族，詞彙貧乏，一個詞兒往往有很多意思，表達和描述很費力，常常使人不容易理解，或者產生誤解。

不過，久居一起的動物，不是完全靠語言交流思想的。眼神，表情，動作，都幫助著表達。譬如一隻公雞，「咕咕咕」一叫，就一個音節。但在發出這樣一個單調聲音的同時，牠垂下一側翅膀，圍著母雞轉圈子，或者在一隻被啄了個半死的小蟲子旁，不停地點腦袋，母雞就會明白，公雞是在求婚，或者是在獻殷勤。在這兒，公雞並沒有、也不會說那麼多的甜言蜜語，但意思已經被母雞理解了。

大狐狸出獵從來沒有這樣狼狽過，疲勞不堪，遍體鱗傷，一看就知道經過了一場拚命的搏鬥。這一帶一向平靜，丈夫出獵也一向沒有敵手。現在，是什麼野獸威脅到了丈夫？這東西肯定十分強大，又十分兇惡。

聯想到這些日子以來，遠處隆隆的炮聲，跑進林子來的一批批鳥獸，雌狐狸不能不毛骨悚然。牠跳起來，低低吼著，把小狐狸們向黃櫨叢裡又推又拱。

危險降臨了，禍事來了。

第二章　窺探狼窩

一、誰強佔了領地

牧羊人帶著牧羊狗，到林子裡查看。山坡很陡，林子很密，許多地方難以通行，只能用棍子撥開草和灌木，鑽過去，擠過去。

這一帶是飛播造林，國家花了很多錢的。平時封山育林，不准隨便來此割草放牧。山裡人老實淳樸，再加上這兒是深山區，交通極爲不便，幾十年平平靜靜，飛機從天上撒下來的樹種，終於在陡峭瘠薄的山坡上長起來，長成了鬱鬱蔥蔥的山林。

一大早鑽進山林，牧羊人吆吆喝喝，牧羊狗汪汪狂叫。野獸們躲起來，鳥兒們撲棱棱飛跑了。轉了一上午，只查看了一小片林區，什麼猛獸的痕跡也沒有發現。灌木荊棘拉拉扯扯，褲子褂子被撕開許多三角口。牧羊人十分心痛，一路罵罵咧咧。太陽剛剛爬上頭頂，他們就覺得餓極了，累極了。拍拍身上的塵土草葉，撫撫破爛的衣衫，吆喝著牧羊狗下山了。

「咱自己嚇唬自己吧，」一個牧羊人說，「也許是一隻大獾，一隻野羊，跑過石堰下。這群牧羊狗見過什麼？沒事胡叫喚。」

他說著，「啪、啪」甩了兩鞭子。鞭鞘劃破空氣，把一簇灌木抽得枝斷葉飛。

他身邊的牧羊狗嚇了一跳，「呼」地站住了。齜出牙，衝著主人「汪汪」狂叫起來。吼了幾聲，又搖搖尾巴，趕快跑開了。

「是吧，我也覺得狗是發神經。咱這一帶有啥？沒準兒是隻野羊，想串串親戚，叫這群狗把好事攪了。」另一個牧羊人附和著說。

兩個牧羊人嘻嘻哈哈笑起來。林子裡又恢復了平靜。

大狐狸仍然在夜裡出來打獵，兔子老鼠一般都在太陽下山以後活動。小狐狸正長個頭，沒有食物吃不行。不過，經過上一次的危險，牠不再把捕獲的老鼠放在灌木草叢下。現在，只要捉到一隻，牠就叼著飛快跑回去。這樣雖然累一些，但捉到一隻是一隻，不至於再丟掉。牠的雌狐狸和小狐狸，也總是能源源不斷得到食物，不再挨餓。

夜間的山林裡，大狐狸捕鼠的身影更常見了。一夜之間，牠常常能捉十餘隻老鼠——不必擔心老鼠被捕絕，老鼠的繁殖是很快的。有科學家計算過，一對老鼠，在不受干擾的情況下，一年下來，生的鼠兒鼠女鼠孫鼠重孫，可以達到幾千隻。

世界上有多少對老鼠？如果讓牠們幸福生活，愉快繁殖，這地球不消兩年，就會變得滿目都是大大小小的老鼠，人連插足的地方都沒有了。幸好，自然界有老鼠的剋星。許多鳥獸都以老鼠為食，使非常能生育的老鼠一爬出洞就可能被吃掉。在捕捉老鼠的鳥獸中，狐狸是捉鼠最多、維護自然界平衡最得力的。

不讀書的牧羊人不知道，飛播下來的樹種能長成樹林，有一代代狐狸的莫大功勞。

雌狐狸也常常出來捕鼠。大狐狸太疲勞的時候，牠就替換大狐狸，讓大狐狸在家守護小狐狸，自己出來捉幾趟老鼠。不過，每逢這時候，大狐狸總是焦躁不安。一會兒站起，一會兒臥下，憂鬱地望著黃櫨叢外面。

牠盼著雌狐狸快些歸來。離開了母親，這時的小狐狸是很難活下去的。而此刻的山林，已經不太平了。

謝天謝地，雌狐狸每一次都平安歸來，什麼事都沒有發生。

大狐狸每一次謝天謝地之後都很奇怪：狼呢？狼到哪兒去了？莫非，也像一批批的野羊野豬一樣，鑽出林子，走了？

下了一場雨，林子裡的樹，灌木，露出地表的大石頭，都被洗得乾乾淨淨。草長高了，葉子一片青翠。起了風，漫山遍野的樹和灌木搖動起來，起起伏伏，發出一陣陣「呼——呼——」的聲響。這是林濤。

由於山林的攔蓄，雨水大量滲進土層石縫。大山潮潤了，山坡下出現了一個個冒水的泉眼。清澈晶瑩的水從大山肚子裡流出來，翻滾著水花，流淌到山溝底，在亂石間淙淙作響。

低窪處積蓄了水，水又繞著彎打著旋兒向山溝外流去……青山長在，綠水長流。有綠森森的山林涵養水源，把　場場的雨水灌進大山肚子，炎熱的夏天，金色的秋天，甚至到發芽長葉的春天，這一帶一年都不會乾旱。呵，山林！

風吹落了枝葉上的水珠，地面乾燥了。這一夜，大狐狸鑽出了黃櫨叢。沒有月亮，山林裡黑黝黝的。

大狐狸小心邁開步，繞過一棵棵樹，悄沒聲地向坡下走去。

牠不怕天黑。所有夜行性動物都不怕天黑。牠們的眼睛底部感光神經十分敏銳。在沒有星星的夜晚，牠們也能看到周圍景物的輪廓。

聽到溝底汩汩的流水聲了。大狐狸站住腳，警惕地望著前面，又望望後面。三角形的大耳朵在頭頂上緩緩轉過來，轉過去，就像兩部正在工作的小雷達的天線。再有幾步就走出山林了，山林外比較明亮，又缺少掩蔽物，牠不能不仔細。

昆蟲唱下來，蝙蝠吱吱叫著在山溝上空飛來飛去。「哧溜」，一隻大尾巴松鼠從草叢中跳出來，看到大狐狸嚇了一跳，急忙爬上樹。「啪嗒」，樹上掉下一粒乾枯的松塔。

沒有什麼異常跡象。大狐狸鑽出了林子。牠把頭伏在溝底的亂石縫隙間，喝了不少水。直到肚子圓滾滾脹起來，再也喝不下去，才不得已抬起頭。「撲撲落落」，牠搖動腦袋和身子，抖去水珠。看了一會兒亂石間流動的水，才腳步輕鬆地順著山溝走起來。

有了水，山林裡更活躍了。野獸們乾渴了一冬一春，此時都會頻頻來喝水。牠們都像大狐狸，貪婪得恨不能把山溝中所有的水都喝進自己的肚子。下雨後的第一天夜裡，大狐狸和雌狐狸帶著小狐狸們來喝水，在山溝邊捉到一隻大老鼠。

那傢伙喝水喝得太多，肚子脹得老大，沉甸甸的，走不動路。看見狐狸一家走過來，急得四條腿亂划，就是挪不動地方，像在划旱船。小狐狸們團團圍住傢伙，看傻了……

大狐狸在亂石上跳來跳去，不斷低頭查看一下石縫。亂石間有許多氣味，牠不時輕輕打了個噴嚏。

前面不遠，有一塊大石頭，半截兒在溝邊，半截兒在溝底，就像一頭大牛趴在溝邊，把頭探進溝中喝水。大狐狸走過去，在石頭上下嗅起來。

牠的鼻翼一扇一扇，發出呼呼的聲響。嗅了幾遍，大狐狸站住了。小心看看周圍，把身子靠在大石頭上，「哧哧」蹭起癢。接著，牠轉到另一面，抬起一條後腿，向大石頭根部射出一股尿。立時，一股濃烈的臊味兒瀰漫開來。

大狐狸低頭嗅嗅，抬起頭，沿著山溝顛顛跑走了。

牠不捉老鼠了。牠發現，這場雨洗去了山林裡的灰塵，洗乾淨了石頭，也把牠留在一些突出物上的氣味洗掉了。

這不是小事情。這些突出物上的氣味，標誌著牠「領土」的疆界。

每隻成年公狐狸都占有一塊領地。在一塊領地之內，只能有一隻公狐狸。這塊領地的大小，要看領地上的獵物豐富不豐富。獵物豐富，足以養活這隻公狐狸和公狐狸的配偶以及牠們的兒女，這塊領地可能會小一些。如果獵物不多，不足以養活這隻公狐狸和牠的妻兒，這塊領地就可能很大，直到能保證捕到足夠的獵物，使狐狸一家活下去。

公狐狸占有一塊地盤之後，會不斷在領地邊緣巡視，在搶眼、突出的大石頭上，樹上，灌木叢中，蹭癢，撒尿，拉屎，留下自己特有的氣味。這些沿邊界分佈的「氣味樁」，就是「界碑」，它們劃出了公狐狸的疆域。其他狐狸經過此地，嗅到這些突出物上的氣味，立刻就知道此地有主，一般會匆匆離去，不再在這一帶盤桓。若牠們故意越過「界碑」，在疆域內逗留，捕獵，住宿，那是要被視做挑釁和侵犯的，馬上就會爆發一場生死拚搏。

公狐狸占有一塊領地，以氣味劃出領地疆界，這有利於狐狸繁衍，避免無謂的爭鬥。現在，大狐狸在疆域邊沿留下的氣味消失了，這還了得？

大狐狸急匆匆地走，在山林邊沿的大樹上、石頭上，不時嗅嗅，蹭蹭，射幾滴尿水……牠的疆域是這面山坡上的山林。這塊領地不小。但這兒坡陡土薄，也只有這麼大的領地，才能保證牠的小狐狸和雌狐狸有足夠吃喝。

山坡越來越低矮。山林在這兒到了頭。

大狐狸在一棵大樹樹根旁轉了一圈兒，剛要靠上樹身，忽然站住了。牠低下頭，在樹根下的石頭縫縫裡嗅聞。接著，又急躁地扒翻石頭，嗅石頭的另一面。

牠嗅得那樣用力，黑黑的鼻子尖幾乎貼到石頭上。

石頭上的土屑飛起來。牠不嗅了，身上的毛兒「蓬」地豎得筆直。

石頭縫裡有一股濃烈的氣味——有誰在這兒做了標誌！也是一泡尿。

誰？這是誰？大狐狸很憤怒。這個撒尿做標誌的傢伙，是看中了這塊有主的山林，要強佔牠的領地，橫行霸道麼？

牠抬頭看看周圍，看看黑黝黝的山林，急匆匆地順著山林邊緣跑起來。

二、大獾被咬死了

狐狸是一種擅長追蹤的動物。牠們好奇心很盛，發現稀奇古怪的事，就一定要探根究底，非弄明白不罷休。

現在，有一個傢伙竟然在大狐狸的領地上撒尿做「界樁」，這是鼻子不好使，還是故意漠視這塊領地的占有者呢？大狐狸不能不生氣，不能不追蹤查個究竟。

沒費什麼力氣，牠就找到了那傢伙的蹤跡。

當牠低著頭嗅那傢伙留下的臭味的時候，心裡有一絲疑惑，牠好像有些熟悉這臭味，可牠仔細分辨，怎麼也想不起誰有這麼一種臭氣。

牠追蹤探察的勁兒更大了。

順著臭跡，大狐狸爬上山梁。翻過山梁，是長不起樹，只有一片片荊棘和茅草的陽坡。走下陽坡，到了另一條溝底。跨過溝底，爬上陰坡，面前又是一片鬱鬱蔥蔥的山林。這兒已經是另一隻公狐狸的領地了。臭跡還在向前伸延。

大狐狸憂鬱起來，沒有再向前走。

雖然，大狐狸站在自己那塊領地的山梁上，眺望過這片山林，也曾翻下陽坡，順著山溝，捉過野兔。但是，牠還從來沒有進入過這片林子。現在，留下臭跡的那傢伙，把牠這個鄰居的領地也劃進了自己的疆域範圍。

大狐狸驚訝得在林子邊久久轉圈子：那東西多貪婪哪！

那東西的目的是用不著懷疑的。牠的的確確是在做「界樁」。一路上，凡是突出搶眼的地方，那傢伙都撒了尿，都留下了難聞的氣味。

大狐狸抬頭看看黑黝黝的林子，在原地轉幾圈。抬頭看看黑黝黝的林子，再在原地轉幾圈。終於，牠又順著臭跡追蹤起來。牠要看看那傢伙的貪心到底有多大。而牠也看出，實在不必擔心犯侵犯鄰居的錯誤。那傢伙的臭跡並沒有深入這片林子，只是在林子邊沿通過。

山林裡靜悄悄。偶爾，有貓頭鷹叫。

臭跡圍著山林轉，上坡又下坡……

星星露面了，下弦月兒升起來。

大狐狸「啊嚏，啊嚏」不斷打噴嚏。牠的鼻子太疲勞了。

嗅著那傢伙的蹤跡轉來轉去，跑了半夜，轉了三架山梁。也就是說，那個貪婪的傢伙把三架山梁都囊括進了自己的疆域！這三架山梁包括兩條大溝，三面陽坡，三面陰坡（陰坡上都長著林子）。

而在這塊疆域裡，大狐狸占有的那片山林是腹地，是中心。換句話說，劃疆界的那傢伙，很可能是在大狐狸的樹林中做窩。這讓大狐狸又懼怕，又憤怒。

劃疆界的傢伙強佔這麼大的疆域，肚子該有多大呢？吃的多，力氣也必然了得。這傢伙真是太可惡了，明明知道山林有主，還劃進自己的疆域範圍。並且，還偏偏選中牠的領地做窩。這不是沒有把牠這條公狐狸放在眼裡麼？

更重要的是，沒有了領地，叫雌狐狸、小狐狸怎樣活下去？

大狐狸氣得兩眼噴火，肚子一鼓一鼓。頸子上的毛兒全豎起來，齜出牙，衝著臭跡嗚嗚咆哮。牠的兩隻前爪惡狠狠地又抓又刨，把眼前的一叢草抓刨得稀稀爛爛！

牠忍不住了，終於忘記了恐懼。

牠有公狐狸的血性，牠有責任。牠得維護自己的領土，維護一家子的安寧。

大狐狸顛兒顛兒跑起來。

牠要去找留下臭跡的那個傢伙，拚死同那個傢伙打一架！

翻過山梁，衝下山坡，聽到了淙淙的流水聲。繞過一叢灌木，眼前就是亂石滾滾的溝底。大狐狸忽然聞到一股濃烈的血腥味兒，「有情況！」牠一下收住腿，接著，「啪」，閃到灌木後。

潮潤的水氣中，的確混雜著一股一股的血腥。

山溝裡靜靜的，只有溝底淺淺的流水在亂石間激起的汩汩響聲。

蝙蝠無聲無息飛過夜空，追逐著成群亂舞的蚊蟲。

月牙兒很單薄，在藍黑色的天深處慢慢滑行，從從容容，彷彿也沒有受到什麼驚擾。

大狐狸心安了一些。

牠抽抽鼻子，再抽抽鼻子。一邊抽，一邊轉動腦袋。當牠的尖嘴指向離灌木叢十幾步遠的一塊半人高的大石頭時，牠的腦袋不轉動了。濃烈的血腥味兒就來自那兒。

大狐狸眨眨黃綠色的眼睛，又眨了眨。星光下，大石頭周圍空空曠曠，除了亂滾滾的碎石，沒有什麼東西。大石頭黑糊糊的，倒是能遮擋住狗呀什麼的野獸。但現在氣氛平靜，也不像隱藏著危險。

「沒事，不要緊。」這是大狐狸的直覺。

牠的直覺一向準確。

牠仍然隱藏在灌木叢後面，緊緊窺視黑糊糊的大石頭，一動不動。畢竟，這兒瀰漫著血腥氣。

蝙蝠疲倦了，飛走了，再也沒有回來。

月牙兒滑進一片雲彩，變得朦朦朧朧，似乎瞇縫住眼睛休息了。大狐狸站得腿酸，悄悄挪了挪地方。看來，大石頭後面確實沒有什麼危險。

沒有誰會有這樣的耐心的。這樣久了，若石頭後面有埋伏，埋伏的那野獸早沉不住氣了。就是不走，也禁不住要探頭探腦向四面窺探。大狐狸眨眨眼，休息休息疲勞的眼睛，接著，搖搖大尾巴，活動起腿腳。

牠小心翼翼離開灌木叢，慢慢向大石頭走過去。走幾步，停停，高昂起腦袋打量一番。牠仍然時刻準備著，一有動靜，立刻拔腿而逃。

大石頭被雨水沖洗得十分乾淨，在黯淡的星光下泛著灰白的顏色。有幾隻大螞蟻在石頭上匆匆忙忙爬，一邊爬一邊急急搖動短短的觸角。大狐狸嗅嗅黑螞蟻，謹慎地向大石頭後探出頭。血腥味兒更濃烈了。

大狐狸已經知道這兒發生過流血事件，大石頭後的情景仍然讓牠驚駭不已：微弱的光線下，一隻大獾沒有了身子，只剩下腦袋和一條腿，亂拋在血泊中。大獾的眼睛瞪著，齜出牙，好像還要咬誰。大石頭上血跡斑斑，沾黏著肉屑骨渣……大狐狸明白了，大石頭上的黑螞蟻爲什麼那麼激動。

顯然，這兒剛剛結束一場殘殺。

大狐狸認識這隻大獾。這是牠的鄰居，也在這片山林中住——這片山林雖然是牠的領地，不允許其他公狐狸闖進來，但不同種的野獸來住，牠還是能容納的。牠一家棲息的那個土洞，就是這隻大獾遺棄的。

這隻大獾個頭高大，比山下的牧羊狗還粗壯。大獾主要吃草根和灘木的嫩梢新葉，但爪子又長又尖。特別是兩隻前爪，簡直像兩簇閃閃發亮的鋼鉤。挖起土來，快得不得了，幾乎是轉轉身的工夫，這對爪子就挖出個深深的、能容下大獾身子的大洞。看到粗壯有力的鄰居，大狐狸總是又敬又怕。

現在，狗一樣高大的大獾，怎麼變成了這個樣子呢？

誰殺害了牠？大狐狸心顫顫地圍著屍骸和大石頭轉起來。

溝底的小石頭，有的被踏翻了。灌木和草叢，被碰折踩倒不少……有一根灌木枝上，挑著一綹灰黑色的毛，在夜色裡微微搖晃。

大狐狸湊上去，嗅了嗅。牠覺得毛兒的氣味不陌生，又深深吸起氣。牠一邊吸氣分辨，一邊仔細打量。

忽然，牠閃電般跳開了。

牠想起，這綹毛同那天晚上大石頭刮下的皮毛沒有區別！一樣的顏色，一樣的長短，一樣的氣味。

「狼？……狼，狼！」

大狐狸顫抖起來。

怪不得那樣高大有力的一隻獾會被咬死，會被吃得只剩下腦袋和腿。驚魂甫定，大狐狸又向毛湊過去，小心嗅起來。這一次，牠認定了，這綹毛的的確確是那天晚上那兩隻差點捉住牠的野獸的。

那倆傢伙沒有離開林子！

牠忽然又想起，剛才追蹤臭跡的時候，在前面那架山梁上，有一叢刺兒長長的荊棘，刺兒上也掛著幾根毛。那毛也是這樣的顏色，這樣的氣味。只是，毛太少，被扯下的時間又長，日曬風吹，味道很淡。牠嗅了嗅，沒有在意，匆匆跑了過去。

「這就是說，追蹤的臭跡，是那兩隻比狗還兇的野獸留下的！」

大狐狸明白了。怪不得臭跡劃出的疆域那麼大，把三隻狐狸的領地都占了去。狐狸是犬科動物，狼也是犬科動物。公狼也有圈出勢力範圍，在領地邊緣留氣味、做「界樁」的習慣。

大狐狸不敢再逗留下去，誰也不知道狼還會不會返回來，吃牠們剩下的獵物。狼不是同類，大狐狸不會同牠們爭領地。大狐狸看看仍然黑暗的四周，注意傾聽了一會兒附近的聲響，忽然跳過去，從血泊中叼起獾腿，一溜煙跑過小溪，鑽進了寂靜的山林。

三、窺視狼窩

翻過山梁，向下走十幾米，石縫中長出一叢茂茂實實的馬棘。

這是一種一人多高的小灌木。細細的枝條，挺著一串串羽狀對生的小葉，十分像槐樹。在綠色小葉下面，枝條上還挺著尖尖的、黑褐色的刺。

這也很像槐樹。不過，槐樹是喬木，馬棘是灌木。槐樹枝的刺短，向下向後彎曲，馬棘的刺卻是長長的，直直的，像一根根生了鏽的粗鋼針，彷彿在向走近的動物警示：離我遠一些，別過來呀。不然，我扎你！

在令人望而生畏的灌木下面，是一叢叢葉兒狹長、葉面有短短硬毛的白茅草。

去年的白茅草已經枯死，但長長的草根挺立著。今年的白茅草就從枯黃的草梗中長起來，露出灰綠色的葉子。新生的、老死的草糾結在一起，厚厚的，遮擋住了草下的一切。

灌木和茅草相配合，長成一簇，上下照應，是乾旱的陽坡上常見的景觀，一點也不引人注意。

現在，有兩隻狼正伏在馬棘枝條下的白茅草叢中酣睡。

這是追趕過大狐狸的那兩隻狼。

大公狼已經劃定了勢力範圍。牠覺得這一片山區坡陡土薄又旱，獵物不多，要養活自己和母狼以及明年春天有可能降生的小狼，必須多占有一些領地。

狼是很善跑的，這片遼闊的領地，牠跑得過來。

牠選中了領地中間的這條山梁做窩。還沒有掘洞。在大雪飄飛的冬季未到，母狼懷孕以前，住在這叢有長刺的灌木下，還是很愜意的。這兒隱蔽，更主要的是出人意料。牧羊人和牧羊狗傻呼呼地在山林中鑽了半晌，就不知道牠和母狼壓根兒不在山林裡住。

山梁上有一條小道。從草被踩踏的情況看，常有動物和人沿小道走。走山梁視野開闊，可以望出去很遠。正因爲如此，也往往使人和動物不大注意身邊的情況。

兩隻狼伏在馬棘叢下，聽得到人和動物的腳步響，人和動物卻不會想到，在他們腳下十幾米遠的地方，是一對狼的窩。

這兩隻狼真是又狡猾又大膽。

山風習習，馬棘枝搖曳。沒有蒼蠅，沒有蚊蟲。白茅草狹長密集的葉兒下，兩隻狼吃得飽飽，睡得好不香甜。

那隻大獾好大好肥。

跑到這片山中來，已經十幾天了。走遍附近的山林，牠們發現，這兒除了狐狸，很少有其他大動物。老鼠不缺乏，辛苦一些，完全可以塡飽肚子。可是，捕捉小小的老鼠，那兒有吃大動物過癮呢？

特別是，牠們是狼，需要殘酷搏殺的刺激。

昨天夜裡，牠們遊蕩到溝底喝水，剛出林子，就聽到「啪嗒啪嗒」的戲水聲。兩隻狼站在黑暗中，向傳來聲音的方向盯了好一陣，彼此交換了一下眼光，悄悄摸了上去。

聽聲音，戲水的傢伙個頭不小……果然，是一隻大獾。

這隻大獾在亂石間打滾，又撩起水向身上潑。

大獾比牠們還粗壯。兩隻狼滿心歡喜，一縱身撲了上去。

牠們不怕大獾，大獾越粗壯越好——再粗壯的大獾，也是吃草的。何況，牠們是兩隻。

是大獾玩水玩得太專心了，還是從來沒有遇到過危險？牠一點防備也沒有。直到狼撲翻牠，咬住咽喉，牠才意識到發生了什麼。獾掙扎起來，有勁得很。可已經晚了，公狼利用獾扭動的力量，利齒一合，一甩頭，獾被甩翻，脖子上被撕開一個大豁口。

氣管斷了，食管斷了，滾燙的鮮血噴泉般湧出來。大獾躥起來，竄上溝岸。母狼撲上去，一口咬住牠的後腿。

獾摔倒了，和狼滾到一起。

公狼衝過去，咬住獾的後脖頸。隨著血的流出，獾的力量越來越小。終於，牠癱瘓在地，只有大口大口呼吸的勁兒了。

兩隻狼不過癮，覺得搏殺太輕鬆。獾還沒有死，牠們就撕開牠的肚子，把頭探進去，惡狠狠大吃大嚼……這樣一個大傢伙，本來應該拚死搏鬥好一會兒的。那樣，兩隻狼就可以來勢洶洶地大聲咆哮，亮亮腿腳，甚至，還可以受點輕傷。

牠們把大獾的骨頭也嚼得粉碎，吞下去。當牠們打起飽嗝，又漸漸感到了愉快。這是許久以來第一次從心底、從每一塊骨頭縫中產生的愉悅呀。

「嘩啦」，馬棘叢附近有一塊小石頭響了一聲。

母狼耳朵搖搖，睜開了眼。牠的身體仍然伏在草叢下，沒有動。

公狼在牠身旁趴著，下巴枕在向前伸出的前腿上，還在沉睡。母狼的耳朵悄沒聲轉起來。

除了細微的風聲，再沒有其他響聲。

母狼抽抽鼻子，又抽了抽……風兒清爽，帶著陽坡上草和灌木散發出來的馨香。

母狼耳朵不搖了。過了一會兒，慢慢閉上了眼睛。

牠放心了。附近沒有人和狗經過。人和狗的腳步、氣味，牠聽得出來、嗅得出來。現在是大白天，除了人和狗，其他大動物是不出來的。

「是一隻山鼠跑了過去？」母狼想。

牠不能肯定。

牠這樣想的時候，腦海裏浮現出一隻尾巴蓬鬆、背上有幾道縱向花紋的老鼠形象。這東西住在土洞或石縫裡，大白天也跳跳蹦蹦，滿山亂跑。

母狼的心有點煩。牠咂咂嘴，不再瞎想。漸漸地，牠睡沉了。

離馬棘叢不遠的一簇胡枝子叢後，一道火紅色的光線一閃，「哧哧溜溜」竄出一條大狐狸。在狐狸躡手躡腳，溜到一道低矮的石坎後面，消失了蹤影。

過了一會兒，一個小腦袋升上石坎。兩隻眼睛滴溜溜直轉，悄悄向馬棘叢下打量……風在徐徐地吹。但風是從山谷爬上山頂的，經過紅狐狸身邊，不會把牠的狐臊味兒橫向扯走，扯進馬棘叢。

馬棘叢下沒有一點聲響。白茅草的葉子在微微晃動，但這是風吹的。由於晃動，白茅草下影影綽綽，反而更看不清什麼。

大狐狸跳上石坎，昂首望望，又伏下身，匍匐著小心向馬棘叢靠近幾步。牠身上漂亮的毛豎起來，尾巴梢在簌簌地顫抖。

狐狸是一種膽小的動物，可又狡猾。由於狡猾，這種膽小的動物常常會做出一些出人意料的事。這隻狐狸害怕狼，可正因爲害怕，牠尋找狼窩來了。

昨天夜裡，牠跟蹤了狼的臭跡。當牠知道狼把這一帶全圈占了去，並且狼的窩有可能藏在牠家附近時，牠怕得喘不過氣來。

黑色的了哥鳥飛上剛剛發亮的天空，漫山遍野地叫「起床，打工！」「起床，打工！」牠不顧一夜疲勞，又鑽出了黃櫨叢。

兇狠的狼就在身旁，卻不知道狼躲在哪兒，誰能安下心睡覺？既然趕不走狼，那就必須找到狼窩，把狼置於監視之下，知道狼在幹什麼。

狐狸是夜間活動的動物，狼也是。大狐狸覺得，尋找狼窩，必須是在白天。這個時候，狼在窩裡。

牠悄悄在山林裡鑽來鑽去。

牠熟悉這片山林，就像熟悉自己的皮毛。樹木哪兒稀疏哪兒稠密，山坡哪兒平緩哪兒陡峻，牠都知道。那樣大的兩隻狼，會藏在什麼地方呢？牠找了許多灌木叢，探看了許多土洞石洞，都沒有發現狼藏身的跡象。

牠腳步沉重起來，腦袋也有些迷糊。當牠到山溝底喝水的時候，才想起昨夜的屠殺。是的，吃飽了的狼，渾身血跡，是不可能不留下蹤跡的。牠興奮起來，找到大石頭旁邊，開始循著殺戮者的腳印追蹤。

大狐狸嗅嗅走走，走走嗅嗅。沒有想到，竟然穿過山林，爬上了山梁。兩隻狼的蹤跡消失了，牠在耀眼眩目的陽光下團團轉起來……這兒山石嶙峋，沒有鬱鬱蔥蔥的樹和灌木，狼在哪兒藏身呢？

難道，狼翻過山梁，到了下面的山溝裡？

可是，這條山梁是狼的疆域的中心，狼會丟棄中心，偏居一隅？

大狐狸嗅嗅亂石，抬頭看看，又低頭嗅嗅亂石……

兩隻山雀鳴叫著飛出山林，飛過梁頂，一斂翅，落向梁下十幾步遠的一叢長刺的灌木。大狐狸抬起頭。山雀剛落腳，長長的灌木枝還在忽悠忽悠顫動，那兩隻小鳥卻又「騰」地飛起來，「籽黑、籽黑」，急急叫著，飛跑了。

大狐狸的日光中出現了狐疑。

山雀爲什麼沒有站穩又飛跑了？莫非，灌木叢下藏著什麼？

牠緊張起來，耳朵不停地搖擺。

若是狼把窩選在這兒，那可真狡猾透了。

大狐狸昂頭看了一會兒，馬棘叢下什麼動靜也沒有。牠搖搖尾巴，悄悄走下梁頂。

狼的蹤跡在這兒消失，不會沒有原因的。

牠決心冒冒險，弄個水落石出。

牠已經選擇好了接近馬棘叢的路線。

能夠看到馬棘叢下了。

白茅草密密的長葉下黑糊糊的，似乎有兩塊黑色的大石頭臥在那兒，一動不動。那是石頭麼？大狐狸想再靠近些，又向前蹭了蹭。

一股小風從灌木叢下吹出，吹來一縷熱烘烘的氣味。大狐狸悚然一驚，扭回頭，箭一般躥上了梁頂。

「是狼！是狼的味道！」

大狐狸在梁頂一塊大石頭下站住了，身子緊緊貼住大石頭，驚恐地向梁下的馬棘叢窺視。

「呼——，呼——」大狐狸身後的山林起了林濤，像有什麼野獸在怒吼。前面的馬棘叢不驚不慌，富有彈性的枝條在悠悠擺動，彷彿在安撫大狐狸：你看到了什麼？什麼也沒有，你看花了眼吧。

大狐狸匆匆跑走了。

下午，大狐狸又出現在梁頂上。

牠選了一塊有菅草遮掩的大石頭，在石頭旁臥下來，透過菅草的葉隙，梁下馬棘叢中的動靜能看得一清二楚。

大狐狸身後，是一條通往梁下山林的小道。只要有危險，大狐狸可以「呼」地一跳，一滾，倏忽消失掉身影。

牠堅信找到了狼窩。

牠鼓足勇氣，不動聲色地在梁頂上窺視了好幾天。

第三章　炮聲響起來

一、雌狐狸要遷居，哪是家呢

黃櫨叢裡亂了。

小狐狸們由於恐懼，像小兔子似的擠在洞底，擠成一團，簌簌地抖。

牠們不明白發生了什麼事。可牠們已經學會了觀察。牠們從大狐狸緊張的表情，感到了一種莫名的恐怖。

雌狐狸叼起一隻小狐狸，「哧溜」鑽出洞，跑出黃櫨叢。回過頭，見丈夫沒有跟著跑出來，怔一怔，又「哧溜」鑽回來。

小狐狸在雌狐狸嘴下悠來蕩去，縮緊腿腳，一聲不響，就像一只小布偶。

雌狐狸咬著牠的後頸皮，咬的力量不大也不小：既咬不破，又不叫牠掉下去。可由於母親忽然跑去，又忽然跑來，顛顛蕩蕩，牠的後頸皮還是十分疼痛。

牠咧著嘴，強忍著，不哭也不叫。

自打生下來，牠和牠的兄弟姐妹就被父母教訓，遇到危險，千萬不要驚慌叫嚷。如果忍不住，危險就躲不過去了。

現在，母親的眼神中儘是慌亂，胸膛中的心也在「怦怦」急跳，並且又叼起牠逃跑，這說明，危險已經迫在眉睫。

「嗚——嗚噢。」牠的父親，大狐狸，蹲在洞口，望著母親，皺著鼻子，威嚴地叫。牠的父親也很慌亂。實際上，是牠的父親回家來，牠的母親才這樣驚慌不安的。但父親不像母親，因爲慌亂，叼起牠就跑。

雌狐狸把小狐狸放下了。

「嗚噢，嗚噢？」

母親乞求般地望著父親，顫聲叫。好像是在急急地問：怎麼辦，怎麼辦？

小狐狸站穩了，抖抖皮毛，急忙跑向洞底，嗅嗅牠的兄弟，又嗅嗅牠的姐妹，然後，用力擠進簌簌發抖的一群。

大狐狸嗅嗅站在身邊的雌狐狸，舔舔牠清秀的臉頰。接著，抬起頭，把目光投向黃櫨叢外，投向枝葉交錯的松林上空。

雌狐狸看到，丈夫的眼光中也儘是茫然。

幾天來，大狐狸沒有能夠好好捕獵。狼的蹤跡始終像一塊大石頭，壓著牠的心。現在，牠弄清楚了，狼窩就在不遠的山梁那邊。

牠窺視過狼的起居，知道狼晝伏夜出。牠跟蹤過狼，了解了狼是怎樣兇狠和貪婪。牠甚至還冒過一次險，弄清了狼的嗅覺和智力。

那一次，牠故意在山林中留下足跡，然後躲到一邊。牠看到狼跑過來，圍著牠的足跡嗅來嗅去……兩隻狼抬起頭，你看看我，我看看你，眼光裡都是喜悅和兇殘。

狼開始跟蹤。

大狐狸留下的足跡很亂，有的地方簡直像迷魂陣，沒有一點頭緒。狼不怕，在這樣的地方來回嗅幾遭，彼此碰碰鼻子，很快就走出了亂圈子。

在一片灌木叢茂密的地方，兩隻狼站住了。耳朵擺幾擺，伏下身，肚子貼著地，悄無聲息地向前爬行。那動作，比牠和雌狐狸還輕巧。

「這是幹什麼？」大狐狸覺得疑惑。

牠沒有想到狼在追蹤途中，還會表演這樣一段插曲。

「狼一定是發現了什麼！」大狐狸又想。

一隻山貓出現在灌木叢裡，正東聞聞西嗅嗅地找鳥巢。現在，正是小鳥出谷還不會飛的季節。山貓很愛捉鳥吃，有時還潛進人住的村子偷吃雞鴨。

兩隻狼偷偷摸近，停了停，收緊身子就要攻擊。

山貓命大，恰在這時候抬起了頭。

看到狼，山貓倏地變了臉色，「喵嗚」驚叫一聲，一跳，「哧哧溜溜」爬上身旁的一棵樹。

兩隻狼抬頭看看樹上顫抖不止的山貓，舔舔嘴邊的短毛，遺憾地彼此對視一下，立刻離開了這片灌木叢。

牠們繼續嗅著地面，順著大狐狸故意留下的足跡快步中跑著跟蹤，彷彿剛才什麼事也沒有發生。

小插曲只演奏了幾分鐘。

大狐狸悄悄跟在後面，把這一切看在眼裡，看得膽顫心驚。

好狼！頭腦真清醒。追蹤途中，發現其他獵物，牠們也想多撈一把。但牠們又清楚地知道自己上不了樹，決不死守活纏，耽擱時間……這只不過是順道撈一把，牠們時刻記著自己的追蹤目標。

同這樣厲害的猛獸做鄰居，那不是在死神爪子前過日子嗎？

大狐狸惶恐不安，不得不向雌狐狸「嗚嗚」敘說自己的發現。牠只是想告誡雌狐狸，要雌狐狸出外小心。不料，雌狐狸一聽，比自己還驚慌，竟然馬上要逃走，要遷窩。

要遷窩，能遷到哪裡去呢？

附近山梁上都有陰坡，陰坡上都生長著樹林。可每一坡樹林中都有一窩狐狸，能趕走這些同樣帶著小狐狸的同類，奪占牠們的巢穴嗎？

大狐狸做不出這樣的事。雌狐狸恐怕也做不出。

可是不這樣做，哪兒還有山林呢？

還是流浪漢的時候，人狐狸曾經跑上附近最高的山峰眺望過。牠看到，牠腳下是深山，是這一帶大山的腹地。只有在這個深山窩窩裡，才有一小片可憐的綠色。

在周圍，山頭一層層矮下去。以一個個山頭爲中心，趴伏著一道道山梁山谷。一道道山梁和山谷都赤裸著，反射著刺眼的陽光。好像它們自古以來就沒有長過樹，不曾有過綠色，有過生氣。

那樣的地方看著都煩，都害怕，能把妻子兒女遷到那樣的地方過日子嗎？

再說，小狐狸這樣小，怎麼能一隻隻叼著牠們，跋涉到那麼遠的地方？那要跑多少趟，跑多久？那還不是在害孩子？

不能遷窩，也沒有地方遷窩。與其自己去找死，還不如冒險生活在這兒。

而生活在這兒，又不能趕走自己的同類。大狐狸覺得，牠一家實在是已經無路可走了。

看到大狐狸爲難的樣子，雌狐狸在牠身邊蹲下來。

這隻嬌小俏麗的母狐狸，已經冷靜了。

牠覺察到了自己唐突。是的，遷居是個簡單的事麼？哪兒是家呢？牠舔舔丈夫的脖子，喉嚨裡嗚嚕嗚嚕哼。

牠的哼聲很輕，很柔順，既是在道歉，又是在安慰丈夫。接著，牠也順著丈夫的眼光，把視線投向黃櫨叢外的天空。

現在，雌狐狸心裡也只有無可奈何，只有悲哀了。

老天呵，你爲什麼把狼趕到這兒，不讓我一家寧寧靜靜地過下去呢？

老天呵，山林爲什麼這樣少呢？

牠的眼光裡滿是哀怨。

大狐狸看看妻子，又抬起頭。牠知道雌狐狸在想什麼，但牠安撫不了妻子。牠靜靜地蹲著，看著雲霞變幻的天空。

天空能回答牠們什麼問題呢？

地皮忽然抽搐了一下。

山林「嘩嘩」搖晃起來。

大狐狸跳起來，乍起身上的毛，齜出牙，如臨大敵般地「嗚嗚」狂吠……這是從來沒有過的事！

又是這樣突然——大山怎麼樣了？爲什麼會顫抖？大狐狸驚恐異常。

地皮又哆嗦了一下。

山坡高處，有石頭「嘩嘩」滾下來。山林外不遠的地方，傳來「轟隆」一聲悶響。

接著，又是一聲。

雌狐狸也跳起來，緊緊依靠住丈夫。但牠又立刻跳開了，「哧溜」鑽進洞。牠去看護小狐狸，牠怕驚嚇著孩子。

到底發生了什麼事？

大山又哆嗦起來，山林中亂了。

鳥兒們開始高聲啼叫，「撲撲啦啦」拍打翅膀亂飛亂竄。

有一隻貓頭鷹從樹枝上跳起，眼睛看不到周圍的情景，撞在樹幹上，驚慌大叫，像一片大樹葉翻滾著落下地。松鼠們吱吱尖叫，又蹦又跳，像沒頭蒼蠅一樣，一會兒躥上樹梢，一會兒又躥下地，樹林中響徹小爪子同樹皮摩擦的「嗤嗤」聲。

「喵嗚，喵嗚，」一對山貓穿過林子跑過來，又急惶惶地跑了過去。黃鼠狼也不知從什麼地方鑽出來，看到大狐狸，倏地收住腳，馬上又慌慌張張一跳，鑽進一叢草叢……

大狐狸怎麼也想不到，一向安謐寂靜的山林，頃刻間會跑出這樣多的動物。

「噭噭噭，噭噭噭。」透過密密的枝葉，山梁上傳來狗吠一樣的聲音。

「這是狼。」大狐狸猜測。

這時候，牠不再害怕。

世界末日到了，誰都自身難保。牠聽出，狼的叫聲是膽怯的，驚恐的，像是挨了打，在討饒。

「大家都慌亂，都遇上了大劫難。」大狐狸不由自主地想。

大山又跳了跳。

片刻後，轟隆聲灌進了山林。

二、狼不走，狼就在這兒安營紮寨

其實，狼更怕這種轟隆聲。

牠知道，這種像雷似的響聲，是人製造的。

人用一種嗒嗒作響的東西，在山上打洞眼，然後灌上藥粉，點著導火線。

當導火線嗤嗤燃燒，讓大家都覺得天地間十分靜謐、十分有趣的時候，大地猛然抽搐起來。接著，堅硬的大山粉身碎骨，飛上天空，於是，發出了這種震耳欲聾的聲音。

狼看到過這種情景。

當時，牠們正躲在家鄉一架小山梁上，偷看對面山坡上忙忙碌碌的人。

那些兩條腿的動物不斷製造這樣的震動和響聲……一塊大石頭飛過山溝，落下來，「撲通」一聲砸在狼的身邊。狼「嗷」地大叫一聲，跳起來就跑。

狼隱身的那片灌木，枝條繁茂，鬱鬱蔥蔥。一眨眼間，被砸得枝斷根折，七零八落。

好大的石頭，好大的力量！

狼不懂人的文化，可那次偷看，牠們領略了什麼叫「石破天驚」。人，這種站著走路的動物，細細瘦瘦的，本領真是不得了。

然而，本領如此了不得的人，卻濫用本領，東炸西炸，炸得那片大山支離破碎，草死樹倒，把那兒變得赤裸裸光禿禿，沒有了生氣。

鳥兒飛跑了，野獸們成群結隊，紛紛逃離。狼也在那兒活不下去，不得不背井離鄉。人這樣做當然是爲了他們自己。可弄到這一步，當真對他們自己有好處？

人是真不得了呢，還是假了不得？

兩隻狼每每想起這一幕，便有些疑惑。牠們又生氣，牙齒便不由得齜出來。

現在，這兒也要變成家鄉那樣的山區？

兩隻狼擔憂。

也許是兩隻狼經歷過這樣的震動，很敏感。當大山第一次顫抖的時候，馬棘枝還沒有來得及搖擺，牠們已經一躍而起，竄出了窩。

實際上牠們還沒有睡醒，腦袋昏昏沉沉。但牠們知道，這不是刮風，這是爆炸。牠們一個東一個西，竄出馬棘叢才完全睜開了眼。

牠們把尾巴緊緊夾在屁股溝子裡，一邊跑一邊扭頭看。發現跑得不對勁，又急忙彎回來，集結到一起。

當轟隆聲從山下飛上來的時候，牠們不約而同，幾個縱躍，一塊躥上了山梁。

集結並沒有使牠們膽大多少，牠們依然緊緊夾著尾巴。

兩隻狼正在梁頂上團團轉，大山又跳了跳。牠們明白了：果然，人來了。人正在山腳下炸大山！

像要證實牠們的判斷，山腳下騰起一團灰黃色的煙柱，接著，又是一團。

隨著轟隆聲接二連三響起，煙柱越來越多。這些煙柱惡魔般上升著，膨脹著，變幻著，終於糾結到一起，遮蔽了湛藍得沒有一絲污垢的天空。

在梁頂上，也聞到了煙柱刺鼻的氣味。

兩隻狼禁不住哀號起來。

牠們仍然仇恨人。只是此刻恐懼占了上風，壓倒一切。「嗷嗷嗷嗷，嗷嗷嗷嗷。」這樣雄壯的狼，叫聲中卻充滿了無奈，充滿了乞求。

沒有誰會聽野獸的泣訴，轟隆聲依然繼續。

當大地又狠狠跳了一下，兩隻狼跑了。

像有誰在追趕，兩隻狼跑得飛快。

石塊磕絆牠們，荊棘攔阻牠們，牠們毫不顧及。火辣辣的陽光下，牠們像兩個灰黑色的氣球，竄竄跳跳，一口氣順著山梁跑上嶺頂。

由於海拔太高，這兒沒有了灌木和草。到處是岩石，光溜溜地碓砌、鑲嵌在一起。陽

光還是很強烈，耀眼眩目。但是，嶺頂的風十分強硬，並且帶著凜凜的涼意。

兩隻狼用爪子緊緊抓住岩石，昂起頭，瞇縫起眼，眺望著遠遠近近。強勁的山風一陣陣撞在牠們身上，推牠們。見推不動，便在牠們身上亂撕亂扯，把灰黑色的毛撕扯得起起伏伏、高低不平。

這座山嶺，是這片山區最高的山峰了。站在嶺頂，群山盡收眼底。遠遠地，地平線附近，是世界有名的大平原。在西斜的陽光下，閃耀著土黃的顏色。狼知道，那塊平原上村莊稠密，人口密集，再沒有森林，沒有野生動物棲身的地方了。

近一點，群山逶迤，像一張巨大的、被揉搓過的灰紙。數不清的山梁山谷，就是這張灰紙被揉搓出的皺褶。

在數不清的皺褶中，也散佈著許多村莊。只是比平原上少一些。但那兒的森林也被毀滅了，到處是梯田，到處是工廠和礦井，岩石和土都是赤裸的，乾巴巴的陽光沒有阻攔地到處跳蕩。

狼就是從那兒逃出來的，那些皺褶中也沒有了野生動物的生存之地。

腳下山高谷深，霧氣沼沼。霧氣下，是爽目的蒼綠和青翠。是這些蒼綠和青翠，攔蓄住雨水，蒸發出雲霧，才使大山有了濕潤，雲霧繚繞，氣象萬千。

這兒人煙較少，交通不便，是野生動物休養生息的樂園。

然而，這片樂園太小了，就這一抹了。在這方世界上舉目四望，哪兒還有森林能給野獸們蔭庇呢？

離開這兒，還能到哪兒去？

兩隻狼痴痴地站在嶺頂，看著，尋找著。

山腳下翻滾的硝煙已經消散了。

「啊嚏」，公狼打了個噴嚏。

母狼也感覺到了冷。在這兒站得太久了。母狼的鼻子皺了皺，又皺了皺，急忙蓬鬆身上的皮毛，「撲撲落落」抖起來。

兩隻狼蔫蔫踏著黃色的夕陽光下山了。

牠們無路可去，又回到巢中。

夜裡，狼悄悄摸到了山腳下。

沒有月亮，星光黯淡。

山間漆黑漆黑，只能影影綽綽看到山石大樹的輪廓。

狼不怕。四隻綠幽幽的眼睛，像四盞小燈籠，悄沒聲兒地在坑坑窪窪的地面上晃來晃去。

這兒是河灘，是白天騰起煙柱的地方。周圍山谷中的水都匯流到這兒，沖擊小河道裡的卵石，嘩嘩作響。

在河灘一側，沿著山腳，亂石滾滾，很難下腳。稜角崢嶸的大小石塊熱乎乎的，散發著刺鼻的硝煙味兒。山岬角被劈開了，河邊的大石頭被炸飛了，聳起的石坎被炸了個粉碎。

兩隻狼心驚膽顫地看著，嗅著，小心地不踩翻一塊石頭。

這兒已經沒有人了，開山炸石的那些兩條腿動物，早在日落前就收工走了。但爆炸留下的痕跡，仍然叫兩隻狼害怕不已。

兩隻狼在亂石間繞來繞去，走走停停，不時驚懼地昂起頭，搖搖尖尖的耳朵。牠們悄悄沿著河道走出很遠，又悄悄在黑暗中摸了回來。

牠們發現，人炸山炸得範圍不大，只是沿著河道炸出去長長的、伸向山外的一溜兒。清理掉炸下的亂石，應該就是一條傍著小河的大路。

這是在修路？

憑經驗，如果只是修路，人開山的喧鬧不會響很久。並且，這一帶的山林也不會遭到很大的破壞。

兩隻狼恨恨地審視著碎石遍地的施工場地，心稍稍安定了一點。

住下吧，就在這兒住卜吧，不走了。

兩隻狼停住腳，碰碰眼光，把臉貼到了一起。

老天總算有眼，給狼留下了一塊生存之處。

抬頭看看天，下弦月已經升起來。星星更稠密了，山間亮堂了許多。兩隻狼的肚子咕嚕咕嚕響起來，該去捉隻什麼動物充充饑了。

兩隻狼顛顛跑起來，碎石在牠們腳下嘩嘩啦啦作響。「哧溜」，前面一塊大石後閃出一條影子，飛快上了山。

「狐狸！」兩隻狼同時判斷。一瞥間，牠們看清了黑影拖著的大尾巴。

兩隻狼來了勁兒，飛快竄跳著追了上去。

三、山林不和諧了

大狐狸拖著尾巴，疾風般地奔逃。

牠也來看爆炸現場，沒想到在這兒碰到了狼。

牠躲在一堆碎石後，想等狼走了再出來。誰知狼「唰唰」跑起來，這叫牠吃了一驚。

牠以爲自己暴露了，躲藏不住了，趕快扭回頭，落荒而逃。

牠的四隻爪子，「嚓啦嚓啦」扒著山石，向山梁上急竄。小草被扒出來，碎石骨碌骨碌滾下山去。

牠的爪子很痛，大概是被石頭稜割破了。牠不敢顧惜爪子，還是一個勁兒地猛跑。

牠聽得到尾巴後面的呼吸。

兩隻狼也在猛跑。牠們張著嘴，以便於喘息，這使呼吸聲十分粗重。

不愧是野獸中的長跑冠軍，兩隻狼的確跑得很快。牠們的耳朵貼在後脖頸上，尾巴在身後飄得直直。

牠們的大爪子也把山石扒得「嚓啦嚓啦」響，但牠們的腳不痛。牠們腿長，關節又靈活，上山跑得飛快，比大狐狸顯得輕鬆。

山坡越來越陡，前面出現一道黑黝黝的石壁。

大狐狸暗暗叫苦：糟糕，怎麼跑到了這裡！

牠來過這兒，知道自己決不可能爬上去。牠想拐個彎，繞過去，聽聽後面的動靜，怕來不及。後面的狼一左一右，離牠只有幾步之遙，牠一拐彎，立刻會撞在狼的嘴頭上。

沒有辦法，牠只好硬著頭皮向石壁跑。

石壁就在眼前了，牠跳起來，希望能抓住突出的石稜攀登上去。

奇蹟沒有出現，「哧哧哧」，牠貼著石壁滑下來。爪子更痛了，肘關節似乎也磨破了皮。

兩隻狼竄上來，大狐狸眼前全是惡狠狠的綠眼睛。甚至，牠還感覺到了狼嘴裡噴出的熱氣。已經沒有時間再爬石壁，大狐狸急昏了。

忽然，牠心一橫，「嗚嗷」吼一聲，跳起來，向迎面竄來的一隻狼撲過去。

牠不知道自己爲什麼要這樣做，但牠這樣做了。

是失去了理智？還是困獸猶鬥？沒有誰知道。

狼嚇了一跳，怎麼也想不到大狐狸還敢反撲。一齊「嗷」地大叫一聲，「啪」一下跳開去。

一隻狼慌一些，坡又陡，沒站穩，像個布袋般骨碌骨碌滾下了山。另一隻狼趔趄了一下，尾巴急急夾進屁股溝子，惶恐地看看大狐狸，看看伙伴。

現在，好像大狐狸變成了一團火球，一塊滾燙的石頭，沒有誰敢接近牠，摸牠。大狐狸不管這些，閃電般從狼的身邊竄過，跑下了山。

狼清醒過來，互相看看，非常後悔又非常惱怒，怒火「唰」地燒上腦門，不由得都齜出牙，「嗚嗚」咆哮起來。牠們幾乎是同時撒開腿，發瘋般向狐狸追去。

天空中的月牙兒像一片薄紙撕成的，慘白透亮，發出的光線十分黯淡。星星一顆顆，一群群，驚訝地俯視著大山間的追殺，不住哆嗦。

由於兩隻狼一時糊塗，大狐狸跑得沒了影兒。但大狐狸的足跡剛剛留下，尋得到。那足跡有帶血的，不遠一個，不遠一個，像是路標……聞到足跡上的血腥氣，兩隻狼的肚子咕嚕咕嚕鬧得更厲害了。牠們不斷低頭嗅嗅地面，一路緊緊追趕。

拐過一道山岬角，一片黑糊糊的房屋矗立的山溝裡，擋住了去路。

兩隻狼倏地夾起尾巴，站住了。

這是人居住的村莊。

莫非，又上了狐狸的當？

狼狐疑地高昂起頭，不斷搖動耳朵。

黑暗中，可以分辨出一大片房屋，隱隱有縱橫的街巷。那是到各家各戶或者穿過村莊的路。微微的夜風順著街巷流淌出來，散發著一陣陣人的茅廁和雞窩豬圈牲畜棚特有的臭氣。

「嗚——汪汪！」一隻狗狂叫起來。

「嗚——汪！」

「汪汪！」

「嗚——汪汪！」

頃刻間，村子裡的狗吠成一片。

村頭，有一間房子的窗口「帕」地閃出燈光。接著，「哐噹，吱吱呀——」屋子的門開了。

「被人發現了？」兩隻狼的頸毛豎起來。

驀地，母狼扭回頭，箭一般跑走了。

公狼怔怔地看著母狼，一眨眼，也扭轉過身，「嚓嚓嚓」跑起來。

狼在黑暗中失去了蹤影。

狐狸一家終於沒有搬走。

大狐狸還是每天忙忙碌碌地在山林裡捕捉老鼠和野兔。只是，除了夜裡，白天也常常能在灌木草叢間看到牠的身影。

小狐狸又長大了一些，吃得更多了。牠和雌狐狸再也不能僅僅是夜間出獵，牠們更勞累了。

大狐狸在林子裡穿行，發現鳥兒不如過去多了。山雞還有。每逢早晨傍晚，或者天氣不好的時候，還是能夠聽到對面山坡上牠們那粗大的歌喉。

杜鵑還有。「布穀，布穀，」公杜鵑漫山遍野地飛，把叫聲撒向每一棵松樹，每一片灌木叢。

「顆粒，顆粒，顆粒，」母杜鵑立即在灌木叢樹枝間應和。彷彿牠在和牠的丈夫躲貓貓。

黃鸝、喜鵲、烏鴉……這些北方山林裡常見的鳥兒，也還能夠看到牠們的身影，聽到牠們或者婉轉或者刺耳的鳴聲。

可是，頭上有一把小扇子、叫起來急促發出「厚撲，厚撲，雨潑雨潑，西爾爾爾爾」一連串聲音的戴勝鳥看不到了。

羽毛粉褐色、尾巴尖鮮黃、頭上聳立著一撮毛、山林中最美麗的太平鳥看不到了。

攀在樹幹上「嚧、嚧、嚧、嚧」叫，一邊叫一邊爲樹木做手術、捉拿寄生蟲的綠啄木

鳥看不到了。

「起床，打工；起床，打工！」每天天剛亮就催促人們出門做活的黑色了哥鳥看不到了……

大狐狸疑惑地仰起頭，望著枝杈縱橫的松樹樹冠，百思不得其解。這些鳥兒到哪兒去了呢？轟轟隆隆的炮聲不是越來越少了嗎？

自從那天忽然間開山炸石，驚擾了山林，炮聲接連響了一些日子。鳥兒們剛飛起又落下，落下再飛起，在山林裡亂竄，在山谷上空疲憊地飛了一圈又一圈。

牠們不敢找食，不敢休息，飛著飛著，有些鳥就一頭栽下來，活活摔死了。但是，漸漸地，許多鳥還是習慣了這種人造的雷聲。牠們不驚叫、不亂飛，在炮聲間歇中，能夠匆匆去找食了。

牠們挺了過來。

可是，戴勝太平鳥們呢？難道就牠們嬌氣，都死光了？

大狐狸發現了山貓的蹤跡。這是在一片茂密灌叢中發現的。潮濕的浮土上，清晰地印著一溜梅花似的腳印。

這種樣子像小豹子、身手矯健、常常上樹抓鳥吃的傢伙，很靈活，很會投機，有一度銷聲匿跡，不知躲到了哪裡。現在，炮聲響過，牠們又回來了。

這東西膽大心狠，有便宜就撈，有危險就溜。牠們吃老鼠，吃鳥，也常常偷偷跑到人的村子裡，捉家禽，捉牠們的本家——家貓吃。

山裡的人們說，家貓一看到這傢伙就腿軟了，癱在地上動不得，眼巴巴地等著山貓來咬斷喉嚨。在山林裡，成年狐狸不怕這傢伙，但小狐狸常常遭到這傢伙的殺害。

然而，不管怎樣，這些地痞惡棍似的野獸也是山林的一部分。牠們久居山林，忽然沒有了牠們，山林中的和諧便被破壞了。

大狐狸也看到了狼的腳印。

狼走得不慌不忙，腳印便也很均勻。好像牠們已經安下心來，就要在這片林子裡安營紮寨。這倆東西，炮聲怎麼就嚇不跑牠們呢？

每逢看到兩隻狼留下的蹤跡，大狐狸都止不住渾身緊張，頸毛豎起。緊張之後，牠不安地轉幾個圈子，便開始小心地追蹤。牠不斷地爬上山梁，窺視馬棘叢下的狼巢。

無論白天黑夜，只要想起來，就悄悄跑去看看。有時，牠會爲此中斷自己的捕獵。

牠怕狼，可越怕狼，越想弄清狼在幹什麼。

牠更謹慎了，跑出黃櫨叢便豎起耳朵。

而當牠回家的時候，牠就會弄亂腳印。或者，一邊走，一邊甩動大尾巴，把足跡抹掉。

第四章　山林中來了一個胖子

一、槍，槍

一隻大老鼠出現在梯田邊。

不知道這傢伙是哪兒來的，忽然間，「噗」，一聲輕響，梯田邊的一塊石頭上便多了這麼一個傢伙。

這時候，太陽剛剛爬過東山頂，照亮梯田邊的大石頭。大老鼠在柔和的太陽光中，人一樣站起來，影子在牠身後橫躺著，像油把石頭浸濕了一片。

這是一隻大田鼠。身體粗壯，耳朵短圓，兩隻小黑豆般的眼睛在毛乎乎的臉上滴溜溜地直忽閃，顯得十分有精神。山裡人把這種東西叫做「大眼賊」。

「大眼賊」忽而向左看看，忽而向右看看，小腦袋不停地轉來轉去。兩隻小爪子舉在胸前，像在作揖。

牠的嘴磨動起來，長長的鬍鬚一顫一顫。

這東西像在欣賞風景。其實，牠是在注意觀察傾聽周圍的動靜。

梯田裡靜悄悄的，身後也靜悄悄。天上有隻鳥兒飛過，但是細看看，那不是鷹。

田鼠的嘴停止磨動，「噗」，跳下石頭，哧溜溜竄進田裡，摟住一棵玉米，「咯吱咯吱」啃起來……玉米已經長到人的小腿那麼高，修長的葉子碧綠碧綠，很是討人喜歡。玉米痛苦地瑟瑟哆嗦。這時候的玉米莖甜嫩多汁，又解渴又富有營養。

「喀嚓」，玉米被啃折了。

田鼠蹲在梯田裡，捧著玉米的屍體大吃大嚼。陽光下，黃黑色的皮毛油亮油亮。

啃了一會兒，「大眼賊」拋掉爪中的玉米莖，仍然蹲坐著，又打量起身邊的其他玉米。

「賊，賊，抓賊！」

兩隻小鳥尖聲鳴叫著，飛過頭頂。這是鶺鴒。

田鼠急忙抬起頭，看看天空。又趕快向左轉轉腦袋，向右轉轉腦袋。

山谷裡沒有其他動靜，田鼠放心了。牠惡狠狠盯住鶺鴒鳥飛走的方向，望了一會兒，然後，磨動磨動三瓣嘴，一跳，又摟住了一棵碧綠碧綠的玉米。

田鼠的長牙就要扎進嫩嫩的玉米莖，梯田裡的所有玉米彷彿都要暈倒。梯田邊紅光一閃，一隻比狗矮小一些的動物好像神兵天降，「嗖」地跳進梯田，直衝過來。

田鼠瞥到了，渾身肥肉一抖。縮縮腦袋，見逃避不及，急忙丟開玉米，「呼」地一滾。紅色動物沒有抓住牠。田鼠跳起來拔腿就跑。

紅色的動物扭過身，個縱跳。田鼠腿短，沒有跑出幾步，又被追上了。

田鼠屈一屈身，又要打滾，紅色動物有了防備，急速一低頭，張嘴咬住牠。

「吱——」，田鼠大叫起來，並且掙扎著彎回脖子，惡狠狠張開了嘴。

紅色動物不怠慢，猛搖脖子，「大眼賊」被掄起來。田鼠脊椎骨斷了，軟軟耷拉在紅色動物嘴邊。田鼠嘴裡滴滴答答滴下紅色的液體，大概牠的內臟也受了重傷。見田鼠不再掙扎，紅色動物放下了牠。

這是大狐狸。

田鼠在田地上不斷抽搐，像被電擊暈了。過了片刻，又趔趄著爬起來，用兩條還有知覺的前腿掙扎著爬動……

大狐狸看著牠，任牠爬。

大狐狸很高興，沒費什麼力氣就抓住了這麼一個傢伙。這一帶是山谷口，接近人的村莊，梯田密集。山谷兩側的山坡幾乎都被開墾出來，種上了莊稼。梯田多，人跡稠，野生動物們一般不到這裡來。老鼠們卻非常喜歡這兒。天敵少，食物豐富，比在山林裡日子過得舒服。因此，只要敢冒險，到這兒來捉老鼠，成功率大得多。

「大眼賊」不爬了，伏在地上呼呼喘起氣來。嘴邊紅色的液體，被呼出的氣一吹，變成了紅色的泡沫。

大狐狸看牠一時死不了，又把牠叼起來。大狐狸要的就是這樣一隻老鼠。小狐狸們不能只吃死傢伙。牠得讓牠們認識活老鼠，訓練牠們捕獵。

大狐狸鑽出玉米地，田鼠在牠嘴下悠悠蕩蕩。

走下梯田，顛顛跑了幾步，山溝裡忽然傳來人的說話聲。牠怔了怔，急忙閃向一簇灌木後。在灌木一側，大狐狸悄悄探出了頭。

說話聲越來越近。有幾個人鑽出陰影，沿著山溝走過來。

走在前面的，是山腳下村莊裡的一個人。大狐狸見過他。這人瘦瘦高高，走路彎著腰。臉面黑黑，身上總是帶著些霸氣。一說話，一舉手一投足，村莊裡的其他人似乎都很害怕。他們對他總是畢恭畢敬，滿臉順從。

可是現在，這個人身上沒有霸氣了。他對跟在身後的人十分恭敬，加上又總是彎著腰，看上去是一副俯首帖耳的樣子。

他一路走，一路不斷面露笑容地回頭招呼：

「看腳下，看腳下。山裡的路不像城裡，不平得很呢。」

他身後的人是個胖子，滿面紅光，穿戴得整齊乾淨。

胖子看著腳下，常常顧不得說話。於是簇擁著他的兩個人便替他應和：

「這兒的路就是難走。今天咱們不急，慢慢轉。有了公路，今後再來就方便多了。」

「首長血壓高，神經衰弱。醫生說，常到山林裡轉轉，比吃藥打針、練這個功那個功強多了。」

這倆人一人扛著一杆槍。

「就是，就是。嘻嘻。」前面領路的人回答。

大狐狸全身緊張起來，毛梢微微抖動。牠認得槍。

牠的父親，一隻老狐狸，就是被這種鐵棍一樣的東西打死的。那時候，牠還小。正和兄弟姐妹們在洞外玩耍，跑來了一條狗。父親急忙竄出去，故意暴露目標，把狗引開。一個人閃出來，舉起了槍。父親被打得飛起來，滿頭都是血。

槍這東西看似瘦骨伶仃，沒有一絲活氣，其實兇狠得嚇人。就那「砰」的一聲吼叫，也能震得動物的耳朵「嗡嗡」響半天。

已經好幾年沒有看到槍了，山村裡已經沒有槍了。現在，這倆傢伙怎麼扛著這玩意兒，到山裡來了？要屠殺動物們麼？哪些動物會丟掉性命？

大狐狸眨眨眼，盯著四個人，盯得很緊，心情就像窺探狼窩時一樣。

牠叼著的大田鼠一動不動，不知道什麼時候被牠咬死了。

「我小時候，山裡的樹多得很，古木參天。大煉鋼鐵那年都砍了。現在的林子還太小，是這二三十年長起來的，還不像個樣子。」走在前面的人又回過頭，滿面笑容地介紹。

「你們一定要保護好這片林子，這是國家投了不少資的。」胖子說話了。

「一定，一定。」

「別光說好話。若保護不好這片林子，首長連散心的地方也沒有了。」扛著槍、簇擁著胖子的一個人叮囑。

「放心放心。」領路的人拍了拍胸脯。停了停，他舔舔嘴唇，又說：「不過，要保護林子，就得派人看守。哪有錢呀？再說，這林子又不屬於我們村……」

「瞧，又說困難了不是？」另一個扛槍的人說，「保護林子人人有責。首長不是給你們撥過款麼？」

「那款項修了公路。首長說過『要致富，先修路』，咱這兒窮……」

「路修起來了，就該富了。國家也很窮，沒有多少錢。不能老是向國家伸手。你是村長，幹部哩，應該多想想怎麼給國家有點貢獻。」扛槍的人說。

他一邊說，一邊擠眼。忽然，他又笑嘻嘻地探探頭，看著胖子臉色說：

「首長，我說得對不？」

「對，對。」胖子點了點頭。

四個人哈哈笑起來。

大狐狸緊張地看著他們，直到他們走遠了，拐過彎去，才鬆弛下肌肉，長長吁出一口

氣。牠聽不懂人話，不知道四個人說了些什麼，爲什麼笑。但感覺扛槍的人在開導訓斥村長。那人的聲調和表情，都像雌狐狸在教訓小狐狸。

扛槍的人並不比村長高大雄壯，他怎麼敢教訓村長呢？村長不是一向很威風的嗎？這個時候，爲什麼會低眉順日，夾起尾巴？大狐狸弄不懂。

牠悄悄跑下坡，在四個人走過的小路上低頭嗅起來。嗅了一會兒，跟蹤四個人跑了幾步，又嗅。四個傢伙的足跡都很臭。除了其中一個有大狐狸熟悉的牲口糞味，其餘三個都帶有一種特殊的氣味。

這是什麼氣味呢？大狐狸抽動鼻子，分辨著，思索著。

當牠扭過頭，看到山谷口外的公路，想起來了：這是公路上跑來跑去的、那些大大小小轟轟作響的機器共有的味兒。

牠明白了，陌生的胖子和扛槍的人，是順著公路跑來的，是從機器裡鑽出來的。呀，胖子和扛槍人是開著機器，專門來山林中屠殺動物的呀！

以爲炮聲停了，山林就可以恢復原來的安寧了。誰知道，修好的公路也會給山林帶來危險。大狐狸的心沉重起來。捕獲田鼠的喜悅，早不知飛到了哪裡。牠跑上山坡，七彎八繞，在胖子的槍聲響起來以前，趕回到窩裡。

這一天白天，牠沒有再去捕鼠，也沒有准許雌狐狸去。小狐狸餓的咕咕叫，在牠們身後亂擠亂拱，牠們也沒去。

小狐狸們受委屈了。

二、狼差點兒被打死

「砰」，什麼地方響了一聲炸雷。兩隻狼倏地睜開眼，抬起頭。帶刺的馬棘叢沒有搖晃。附近靜悄悄的，沒有腳步聲。

太陽光在馬棘叢外的岩石上跳蕩，閃射著耀眼的金黃。空氣中還有一絲潮潤，不是乾辣辣的熱。也就是說，還沒有到中午。

天晴得如此之好，怎麼會有雷聲呢？人在炸山？路不是已經修好，通車了麼？再說，放炮都是在中午或傍晚，怎麼會提前到這個時間呢？

兩隻狼把頭抬得高高，耳朵不停地轉來轉去。牠們還伏在茅草叢下，沒有站起來。聲響可疑，沒有弄清情況，不能輕易暴露自己。

「砰」，又一聲炸雷。

「在山梁那邊，在林子裡！」

兩隻狼立刻判斷出聲響發生的地點。牠們並且聽出，這是人製造的聲響。在大自然中，除了刮風下雨，沒有誰能夠弄出這麼大又這麼突然的聲音。

怎麼回事？路修好了，還鼓搗什麼？

睡不成覺了。牠們站起來，一前一後走出馬棘叢。

在山梁上，兩隻狼站了一會兒，隨後走下去，鑽進了林子。

山林裡空氣清新，散發著淡淡的松脂味兒。厚厚的紅棕色落葉鋪在地上，富有彈性，像鋪下一張質地優良的巨大地毯。

陽光從松樹枝葉間漏下來，一束一束的，照得林子裡明明暗暗，斑斑駁駁。兩隻狼躡手躡腳走在亮暗變化的光影中，感到又新鮮又恐怖。

牠們白天很少進林子，林子裡白天的景象見得不多。漏到地面上的光雖然很弱，牠們也覺得自己毫無遮掩，暴露無遺。兩隻狼挑選陰暗的地方走，一邊走一邊頻頻轉動腦袋，左望望，右看看。牠們大致知道聲響發生的方向。

兩隻狼耳朵轉著，鼻翼不停地扇動。現在是白天，空氣受熱，沿著山坡緩緩向上流動。狼從山梁上下來，是逆風而行，這有利於牠們隱蔽自己，發現目標。

繞過密密的松樹樹幹，鑽過一叢叢茂盛的灌木，兩隻狼悄沒聲兒地潛行。沒有鳥兒鳴叫，沒有松鼠跳來跳去，動物們都被巨大的聲響震懾住了，林子裡寧靜而又神秘。在一叢開著小花的紫荊叢旁，兩隻狼站住了。

空氣中有一縷硝煙味兒在裊裊飄蕩。

這是炸山火藥的那種味道。這味道沒有炸開的石頭上的味道濃烈。可在這裏，在這時候，與紫荊花的雅香、松樹樹脂的清爽味相襯相比，還是很突出，很刺鼻。

兩隻狼昂著頭，在東一股西一股的小風中搜索這種味道，嗅了又嗅。牠們感覺，人就在下面不遠的地方了。兩隻狼又邁開了腿。

走出幾步，狼耳朵急劇搖動起來。只有一瞬，「啪」，牠們夾緊了尾巴。接著，扭頭撒開腿，一躥，閃電般鑽進了紫荊叢。

灌木枝條晃蕩起來，梢上的紫色小花掉下許多細碎的花瓣，紛紛揚揚，像飄落了一場小雪。

「剛才那是什麼？灰灰的，一閃不見了。」坡下有人嚷。人說來就來了，就在紫荊叢前面的坡下，正向上攀登。

「在哪兒？」有人回應。

「看到那叢開紫花的灌木了嗎？就在那前面。」

「你看清了？那東西有多大？」

「好像有狗那麼高。嘿，我這眼睛，給首長開車，早練出來了。」

似乎有人嘻嘻笑起來。

「是野狼吧？要不，就是狗獾。」有人猜。

「叫我打牠一傢伙。」

「野狼和獾是不是國家保護動物……」

「你剛才打的哪一樣不是保護動物？要按規定，你連獵槍都不該借……咱們不是爲了首長身體好麼？」

沒有人再說話，山林裡靜下來了。立刻，世界顯得過分安寧。

「砰」，猛然間炸響一聲霹靂。

枯黃的松針受到強大聲浪的震盪，從樹上簌簌落下來。

狼頭上，紫荊叢的枝條折了幾根，耷拉下來。一溜小葉碎了，離開灌木枝，在空中翩翩飛舞，像一隻綠色的小蝴蝶……子彈嘯叫著飛過頭頂，兩隻狼嚇得眨眨眼，不由自主伏了伏身子。接著齜出牙，跳起來，扭頭就跑。

紫荊叢嘩嘩啦啦劇烈搖擺起來。

「有東西，有東西！」有人叫。

隨著人的高聲叫嚷，有浮石被踏翻，灌木枝條被碰得噼哩啪啦響。

「是個大傢伙，追，追！」

「你們追吧，我陪著首長。」又有人叫。

兩隻狼不敢向樹和灌木稀疏的地方跑，貼著樹幹和灌木叢亂竄。這樣的地方光線暗，有枝葉掩映。牠們有些後悔，剛才有些太沉不住氣。槍彈飛過去，又沒有打在身上，跑什麼呢？現在，叫人發現了。

下面的人正巴不得牠們跳出來哩！

透過枝葉縫隙，牠們已經看清，下面上來的是四個人。並且還看清，其中有一個肥肥的、嫩嫩的胖子。

胖子一開始拿著槍，後來把槍給了身邊的一個年輕人。這只是一瞥之間的事，牠們的眼睛比給胖子開車的司機好多了。

「砰」，又是一聲霹靂。

兩隻狼身後的灌木嘩嘩搖擺，狼的影子忽隱忽顯。子彈打在前面的狼一側，鑽進土中，濺起的泥土和枯松針打在狼身上，狼嚇了一跳。公狼伏伏身子，母狼一躍超過去，拐過彎，「嚓嚓」猛竄。

狼原來是向山梁上跑，現在，母狼改做同山梁平行。

公狼沒有受傷，只是驚慌了一剎那。

看母狼拐了彎，憤怒起來。牠竄跳著，飛快去追趕母狼，一邊追，一邊「嗚嗚」低聲咆哮。牠得制止嚇得丟失了魂魄的母狼，不能讓牠胡竄亂跑。

公狼很快趕上了母狼。牠忽然發現，母狼跑的方向正好。順著山坡和山梁平行跑，跑起來省力，速度也快。這樣，一開始可能暴露在人的視野裡時間長一些，但人不好瞄準。而論賽跑，人決不是牠們的對手，牠們很快就能夠把人遠遠甩下。

公狼竄到母狼前面，領頭跑起來。

狼跑的方向出人意料，速度又快，人提著槍，瞄了瞄，亂樹遮掩，狼一閃而過。不能瞄準。無奈，兩個人只好放下槍，向忽而閃過灌木叢、忽而閃過樹木的灰色影子叫罵著，斜刺裡追過去。

果然，在山林裡，兩條腿的人遠不是狼的對手，五六分鐘以後，他們再也看不到狼的影子了。

狼跑了一陣，漸漸鎮靜下來，自信又回到牠們身上。

聽不到後面的咋呼聲了，牠們喘口氣，拐彎向下跑去。接著，牠們又拐過一個彎，向紫荊叢那個方向跑。

牠們不知道爲什麼會這麼做，根本還來不及思考。是相信人絕對發現不了牠們？還是好奇心所致？誰也說不上來。

牠們悄悄接近了呼呼喘著氣、向坡上攀登的胖子，在離胖子不遠的一叢灌木後潛伏下來，緊緊盯著那個圓滾滾的人，盯著他那短粗的、紅通通的脖子。

兩隻狼已經完全鎮靜下來。牠們身後晃動的灌木草叢，此刻早已停止搖擺。讓那倆拿槍的傢伙瞎狗似的到處亂闖吧，人是無論如何也不會想到牠們在逃竄一陣以後，會藏到這兒來的。

胖子身上散發著一股公路上跑動的那些機器的味道。陽光照在胖子額頭上，那兒沁出密密的汗珠，亮晶晶的。胖子一邊爬，一邊骨骨碌碌轉動眼珠，左看右看。有好幾次，胖子的視線都停留在狼藏身的那叢灌木上。

狼從胖子的眼光裡，看到了疑懼和不安。狼更膽大了。

跟在胖子身邊的那個人很討厭，一會兒跑到胖子前面，爲胖子撥開灌木，一會兒又跑到胖子身邊，攙扶胖子。他跑來跑去，就是不離開胖子。其實，從皮膚看，他比胖子的年齡要大。

那人的眼光裡除了討好，沒有一絲慌亂。而在討好的背後，似乎還深深隱藏著什麼。兩隻狼感覺到了，這使牠們有些害怕。

「砰」，又一聲霹靂。

兩隻狼在灌木叢後不由得哆嗦了一下。

「問問他們，打到了沒有？」胖子說。

胖子身邊的人急忙呼喊起來：「首長叫我問問，你們打到了沒有？」

「沒有——不知跑哪兒去了。」上面有人回答。

「知道是什麼東西不？」

這一回，是胖子直接呼喊。胖子的嗓音尖尖的，油膩膩的，說是隻小公雞的叫聲，又不太像。

「好像是狼……看不真，影影綽綽。」上面回答。

「不可能是狼。哪兒有狼？咱在這地方住，有狼還能不知道？」跟在胖子身邊的人急忙向胖子解釋。

「上個月，我們村裡的羊倌還搜了林子。我猜想，是隻狗獾吧。」

胖子膽壯了，眼裏立刻沒有了驚慌的神色。

「告訴他們，別再找那東西了。咱們不過是出來散散心。」

胖子身邊的人，又把指示傳達了上去。

兩個人越攀越高，消失在灌木叢後面了。

公狼和母狼不知道四個人吼吼地喊了些什麼。但直覺告訴牠們，人吼叫的內容，都與牠們有關。

牠們始終有點緊張，不敢輕舉妄動。待四個人都走遠了，再也聽不到他們的聲音了，兩隻狼才離開掩身的灌木叢，繞一個大圈子，回到了窩裡。

槍聲在林子裡響了一天，直到天黑才沉寂下來。

這一天，兩隻狼沒有睡覺。牠們伏在馬棘叢下，一會兒抬頭望望山梁，一會兒站起來，警惕地搖搖耳朵。牠們不知道人會不會翻過山梁，拿槍來打茅草叢。

牠們心很煩，不僅僅因爲休息不好。牠們覺得，牠們判斷錯了。路並非修完就完了。這四個闖進來的人只是個開始，今後，山林大概不會安寧了。

三、閃亮的是什麼

狼的憂慮不是多餘的。

胖子一行在山林裡轉了一天，之後，來山林的人果然多起來。

這些人都是順著剛修築好的公路來的。

他們都知道了這兒有一片山林，首長來這兒打過獵。他們有的坐著汽車，有的騎著摩托車，有的蹬著單薄的自行車，轟轟隆隆，吱吱扭扭，「嘀嘀——」，「嘀鈴鈴鈴」順著公路，闖進來了。

這些人中，有的是來轉一轉，散散心。有的是來看看能不能撈一把。來轉轉散心的，帶著照相機，帶著礦泉水，帶著大包小包的噴香食物。來撈一把的，帶著彈簧刀，帶著自製的弩箭，帶著裝火藥的土槍……

不管是哪種人，來了都滿山亂竄，又叫又吼。竄累了，吼餓了，他們就揪草葉，折樹枝，點篝火。山林裡的自然氣息被干擾了，污染了。

小狐狸們經常不能吃飽肚子了。

人們滿山亂竄、又吼又喊的時候，大狐狸和雌狐狸是不能出去捕老鼠的。人們看到牠們，可不得了。那些發狂的人會窮追、打死牠們的。就是追不上，打不死牠們，那些人也會激動得滿臉放光，滿世界亂講他們的發現。那時候，狐狸的窩就保不住了。

而晚上人走了，狼又出來滿山亂竄。

這樣，小狐狸就經常「吭、吭」地哼，在大狐狸和雌狐狸身前身後轉來轉去，用頭拱牠們。小狐狸這是在哭，在叫餓。

大狐狸、雌狐狸心裡難受極了。

這是牠們的孩子，牠們的下一代。若是有足夠的食物，小狐狸很快就會改變毛色，成爲模樣瀟灑的少年了。然而狼來了以後，小狐狸們的發育明顯遲緩了。

現在，又來了人。

人比狼更可怕。

這一天，大狐狸一家被「嚓嚓」的腳步聲驚醒了。雌狐狸急忙把小狐狸掩在身後，大狐狸悄悄把頭探出洞。

有人的說話聲。兩個人繞過灌木叢，一邊說話，一邊走過來。

這兩人神情兇惡，卻又鬼鬼祟祟。他們向黃櫨叢直闖過來，並且向黃櫨叢伸過來手。大狐狸嚇得幾乎跳起來，衝出去。幸好，那兩個人停住了腳。伸過來的手只是揪住幾片黃櫨叢的葉子，沒有撥開灌木叢。

那兩個人站在黃櫨叢邊上，揉搓著灌木圓圓的葉片，說起了話。

「還有沒有？」

「一隻也沒有了。」

「唔。明天早起來看吧。」

「這玩意兒這樣簡單，真管用？」

「管用。你沒聽老人說過，以前，前山的人還套住過豹子！」

「嘻，豹子。野獸就那樣傻？」

「牠不知道吧。知道了還不躲開?走吧，明天早起來看看。」

揪下幾片葉子，兩個人走了。

大狐狸的心「怦怦」跳了好半天，直到雌狐狸碰碰牠，才穩定下來。

月亮明晃晃掛上天空。大狐狸溜出黃櫨叢，警惕地搖動耳朵，站了一會兒，沒有發現周圍有什麼異常，牠顛顛小跑起來。

牠在樹林中左彎右繞，轉來轉去，把腳印弄得亂亂的，才跑出山林，到山溝中喝了些水。

牠嗅著草叢，石塊，沿著山林邊緣走起來。牠常常站住，遠遠盯著灌木枝上掛著的一塊塑膠袋、草叢中扔著的一張破報紙站半天。

這不是山林中的東西，散發著怪怪的氣味兒。

這些人拋棄的東西，讓牠害怕。同時，又必須弄清楚。

轉過一道山岬角，山溝中散發出一股熏鼻的臭味。這臭味也不是山林裡原有的，大狐狸又站住了。

牠抽抽鼻子，嗅出來，臭味從山溝底的石頭間散發出來。那兒傍著水，潮濕，臭味不易散開去。

這種臭味好像在哪兒聞到過。牠一邊皺著鼻子嗅，一邊思索。

大狐狸在山溝邊轉了幾圈。驀地，牠想起，從人住的樹莊旁邊跑過，就常常聞到這種味。牠不轉了。抬頭看看月亮，月亮幽幽地在天上滑行。

看看周圍，周圍靜靜的，一切都影影綽綽。牠邁開腿，徑直循著溝底的臭味走過去。

牠想知道，到底是人的什麼東西會發出這樣的氣味。

月光下，有個什麼東西飛過來，黑糊糊的，「啪」，撞在大狐狸臉上。

大狐狸吃了一驚，急忙跳到一旁。地面上，有個圓圓的黑傢伙在掙扎，要翻過身。是隻昆蟲。大狐狸低下頭仔細端詳：黑傢伙個頭不小，像半個大核桃。殼兒硬硬的，腿兒亂撓亂蹬。大狐狸伸出爪子，撥了撥那東西。那東西翻過身，急急爬起來。一股臭氣鑽進大狐狸鼻孔。

「屎殼郎（編按：甲殼蟲的一種）。」牠急忙躲到了一邊。

不必再到溝底看了，一切都清楚了。

大狐狸想起「吭吭」哭叫的孩子，顛顛小跑起來。

人遺留的垃圾越來越多，山林越來越骯髒了。

跑進山林，光線黯淡下來。一叢叢灌木，一棵棵大樹矗立在黑影裡，不搖不動。大狐狸不敢大意，把腳步放得輕輕，一邊沿著山坡向上爬，一邊警覺地晃著耳朵。

「撲騰撲騰」，上面不遠處，似乎有什麼動物在掙扎。

大狐狸脖頸的毛「刷」地豎起來。牠站住了。

「撲騰，撲騰撲騰」，掙扎的聲音又傳下來。

「嘩啦，嘩啦啦」，有一塊小石頭順著山坡滾下來。

大狐狸轉身想走，牠覺得這兒很可怕。邁出兩步，又站住了。

「到底發生了什麼事？爲什麼叫也不叫一聲呢？」牠很納悶。

上面的掙扎停下來，「撲騰」聲沒有了。大狐狸久久站著，耳朵豎得直直，緊張地搖來搖去。山林裡靜靜的，蟲兒開始吟唱。沒有發覺有什麼危險。當上面又響起掙扎聲時，牠躡手躡腳摸了上去。

繞過一棵松樹，繞過一片灌木叢。驀地，牠看到上面月光斑駁的草叢裡，有一條吊著的黑影悠來蕩去。大狐狸急忙站住了，不敢再動。那黑影四條腿亂蹬，想擺脫什麼。可牠身下的坡很陡，腿一蹬，身體就游蕩起來。

黑影不蹬了，四條腿耷拉下去，身體軟軟的吊著，似乎沒了力氣。黑影有兩隻長長的耳朵，一條短短的小尾巴翹在屁股後面。

這是隻大兔子！大狐狸不由得高興異常，「嘓」，牠咽下一口口水。牠想立刻撲上去，按住這隻沒了力氣的兔子。

但牠抬抬腿，又站住了。牠仍然站在灌木叢旁的陰影裡。牠得先弄清，兔子怎麼會這樣，爲什麼要受這樣的罪。

兔子也許已經知道狐狸來了，但牠沒有跑，也沒有再掙扎。周圍靜悄悄的，沒有誰來打擾。

「唧，唧唧」灌木下的昆蟲試探著叫了兩聲，見沒有什麼事，放心大膽地大叫起來。

大狐狸站了很久，腳有些麻。牠覺得，這樣下去不行。於是，向前一跳，又迅速竄回來。昆蟲閉住嘴，不唱了。

兔子又掙扎起來，四條腿亂蹬。很快，兔子又沒有了力氣。

「牠怎麼就不逃跑呢？」

大狐狸故伎重演，這一回，牠跳得離兔子更近了一些。兔子又拚命蹬起腿，擺動腦袋。可是，還是沒有跑走。

大狐狸扭頭跑走了。弄不清真相，不能貿然出擊。牠還得打獵，不能把時間白白浪費在這兒。

牠跑了一段路，站住了。昂頭看看前方，看看周圍，咂咂嘴，猶豫片刻，又扭頭跑回來。大狐狸依舊站在灌木下，瞪圓了眼睛觀察。

兔子還是像剛才那樣掙扎，只是撲騰的時間更短了。大狐狸看不出有什麼異常，只好又跳出去，在離兔子很近的地方來回跑動。

兔子又拚命掙扎起來。這一回，彷彿使出了最後的力氣。牠使勁擺動腦袋，四肢蹬住陡坡，身子向後退，似乎要把腦袋從那兒拔出來。

兔子的眼睛可怕的瞪著，嘴邊「噗噗噗」噴出白沫。然而，牠還是失敗了，身子又像鐘擺一樣悠蕩起來。

這一回，大狐狸發現，兔子脖頸套著一根閃亮的細絲。

這細絲比蜘蛛絲粗不了多少，卻好像比蜘蛛絲結實。兔子極力想擺脫的，就是這根細絲。然而，牠只是向後退。越退，細絲拉得越緊，兔子的脖頸被勒得越厲害，以至於透不過來氣。

兔子不動了。大狐狸小心看看兔子，又扭頭看看周圍。

過了一刻，牠向兔子慢慢湊過去。兔子眼還瞪著，已經沒有了神采。嘴痛苦地咧著，白沫被一點點吹出來，濡濕了嘴邊的短毛……大狐狸伸爪撥撥兔子，兔子已經沒有一點力氣做出反應，只是身子不由自主又悠蕩起來。

大狐狸完全放心了。牠低頭咬咬細絲，細絲堅硬的很，咯得牙齒酸痛。

牠又伸爪撥撥細絲，再撥撥，像在彈奏一把獨弦琴。

大狐狸看清楚了，這根人造的細金屬絲，一頭拴著兔子脖頸，另一頭拴在一根木橛上。木橛深深釘在上面的草叢裡，十分隱蔽。

大狐狸小心地刨了刨木橛，又刨了刨，看刨不出來，圍著木橛轉起來，折騰了半夜，現在，牠已經解開了兔子在這兒掙扎的謎：有人用細金屬絲攙成一個活套，豎在草叢裡。兔子經過這兒，不小心把頭伸進活套，就被套住了脖頸。兔子慌了，要退出來，活套越拉

越緊。兔子向前跑也跑不掉，活套同樣會抽緊。這兒坡陡，兔子掙扎來掙扎去，沒了力氣，骨碌滾下來，就成了半上吊的模樣。

這個活套能捉住兔子，對其他粗心的動物，也不會留情。

看著這根閃閃發亮的細絲，人狐狸毛骨悚然。

夜裏，狼出來了。然而，現在的危險已經不單單是狼了，人布置的圈套也在悄悄等著牠。

不知爲什麼，大狐狸忽然想到白天那兩個人。牠覺得，這個套子就是那倆個鬼鬼祟祟的傢伙下的。幸好。那倆惡人沒有闖進黃櫨叢。

大狐狸又一次感到了害怕。

天快亮的時候，大狐狸咬斷兔子的脖頸，把兔了叼回了窩。

第五章　越來越熱鬧的山林

一、人把狼弄得怒火衝天

夜色四合。兩隻狼睡眼惺鬆，從白茅草下站起來，張開大嘴，連連打了好幾個哈欠。咂咂嘴，又默默站了一會兒，搖搖晃晃走出馬棘叢。

牠們還想睡覺。可是，怎麼也睡不著了。每一種動物體內都存在、卻又不知藏在哪兒的生物時鐘在發揮作用。

兩隻狼一前一後走上山梁，站住了。昂首看看腳下暮靄籠罩的山林，看看迷濛的群山，搖搖耳朵，又開了腿。牠們伸個懶腰，拉拉肌肉，接著，「撲撲落落」抖動起身上的皮毛。

塵土飛出去，身上乾淨清爽了。肌肉和關節得到活動，血液通暢流動起來。這時，兩隻狼才覺得有了精神。

牠們你碰碰我的鼻子，我嗅嗅你的臉，又一齊抬頭抑天，望望早出的星星。然後，抬

腿向下面黑黝黝的山林走去。

白天，山林裡來了一夥年輕人。這些人打扮得奇形怪狀，長長的頭髮上散發出一股股油膩膩的氣味。在離狼窩不遠的山林邊緣，年輕人不走了，打開提來的錄音機，彈起吉他，扭動屁股瘋狂跳起來。

錄音機開的很大，吉他彈得很響，年輕人扯著嗓子又唱又吼，塵土和枯草被踢得飛起來，四處飄揚……兩隻狼睡不成覺，煩躁得一會兒齜齜牙齒，一會兒齜齜牙齒。

牠們不知道年輕人搞的是什麼。這種聲嘶力竭、亂七八糟的東西，也叫音樂，也是藝術？這簡直是摧殘神經！大公狼聽得心裡像有許多螞蟻在爬，血一陣陣向上湧。幾次想跳起來衝過山梁，都被母狼齜出牙齒「嗚嗚」咆哮著，阻止住了。

年輕人多，並且現在是白天。

好不容易，年輕人才收拾起樂器，下山去了。兩隻狼睡了一小會兒，天就黑下來。牠們沒有睡夠覺，滿肚子都是火氣。

鑽進山林，嗅到松脂氣味兒，兩隻狼的火氣小了一些，但當牠們摸到年輕人又唱又跳的地方，火氣不由得又沖天而起。

地上被弄得一片狼藉，油污污的塑膠袋、散發著怪味兒的香煙屁股、火柴梗，還有喝空了的飲料瓶、易開罐，丟得到處都是。草被糟蹋得屍骨無存，灌木被折了個七零八落，旁邊的松樹被砍了一刀，露出了慘白的木質部分……

兩隻狼一邊看一邊咆哮。把塑膠瓶「咯吱咯吱」咬得儘是窟窿，把塑膠袋撕扯成一片一片。

發了一會兒怒，還得去解決肚子空空的問題。

兩隻狼顛顛小跑起來。

牠們面前有一條明晃晃的小路。小路上草被踩平了，灌木被折去枝條，土被踩得十分堅硬。順著小路跑，坑窪不多，荊棘也不會撕扯皮毛。

這種小路是順著公路來的人踩出來的。

順著公路來的人越來越多了。

山林裡的動物也走路，也要來來往往。可動物們的路在樹下，在灌木叢下，在雜草中。動物們就在那些地方鑽來鑽去，樹，灌木，雜草，一般不會受到損傷。而茂盛的植物，不僅爲動物提供食物，還會掩藏動物，保護動物。

人不行。人站著走路，並且穿著衣服。他們非常強大，也不需要隱藏。他們不願意趴在地上鑽草叢灌木叢，擔心衣服被扯破撕壞。他們腳踏手折，刀砍斧斫，把植物弄死一片又一片，硬是在山林裏開闢出一條條胡同似的小路。

小路多了，動物跑起來也快了。可是小路多了，野獸的活動失去了許多遮掩。野生動物不是人，哪隻動物願意在不好藏身的林子裡生活呢？動物們跑了一批又一批，兩隻狼也經常餓肚子了。

牠們還不想走。

牠們不知道像自己這樣大的動物離開山林，能在哪兒生活。

牠們的火氣與日俱增，看到人的蹤跡，牙齒便咬得咯咯響。

明晃晃的小路彎彎曲曲，在黑暗下來的山林裡蜿蜒著向下，再向下……這條小路是下坡去的。順著小路，可以一直跑到溝底。

先去喝些清涼的水再說。

「吱——」有隻什麼動物在前面的灌木叢中叫了一聲。

兩隻狼倏地收住了腿。在坡度較大的坡上，又是向下跑，猛然收住腿是不容易的。但兩隻狼後腿一曲，身子向後一坐，幾乎一齊悄悄地站住了。

牠們已經適應了在這片山林中生活。

「窸窸窣窣」，前面坡下的灌木叢發出一陣輕微的聲響。

兩隻狼眼睛瞪得圓圓，緊緊盯著灌木叢。耳朵擺了擺，又擺了擺。「窸窸窣窣」，灌木叢中又響起來。

兩隻狼收回目光，彼此看看，邁開了腿。透過眼神交流，牠們已達成默契。離開小路，兩隻狼一左一右，向灌木叢包抄過去……灌木叢中沒有聲音了，似乎根本就沒有藏什麼動物。

是被發現不敢亂動了，還是發出聲響的傢伙已經跑了？

兩隻狼不約而同站了站，碰碰綠幽幽的眼光。只遲延了一瞬，又走起來。牠們沒有聽到躲在灌木叢裏的動物逃跑弄出的聲音。實在不好確定那東西已經逃跑。這樣，應該仍然按原來的打算做。

兩隻狼接近了灌木叢，在灌木叢外嗅嗅，聽聽，把腦袋探進去。灌木叢不大，兩隻狼脖子探進去，便在枝條間鼻子碰到了鼻子。正轉動腦袋查看，「嘩啦」，一根灌木枝猛然彈起。一條黑影在狼眼前閃過，三躥兩跳，逃出了灌木叢。

黑影不大，一尺多長，有一條蓬鬆的大尾巴。狼迅疾從灌木叢中抽出腦袋，扭身一躍。小黑影腿短，沒有竄出多遠，凌空撲躍的狼落在牠前面。小黑影慌了，收不住腳，打個滾兒，拐了彎。

另一隻狼竄上來，黑影正跳起，一頭撞在狼肚子上，「吱——」小東西悶悶叫了一聲。小黑影又跳起來，一縱身，向另一側跑去。

前面那隻狼早扭過身，一兜，又截住了黑影的路。

黑影懵了，滿眼都是狼的影子，牠扭過頭，胡亂竄跳起來。

狼的個子大，腿長，竄一步抵得上小黑影跑十幾步。小黑影個兒小，腿短，拐彎竄跳卻十分靈活。兩隻狼撲來截去，一時也按不住小東西。

黑暗裡，灌木叢被牠們碰得「噼哩啪啦」響個不住，草葉飛起來，泥土被踏得四處亂濺。兩隻狼呼呼喘粗氣，氣得嗚嗚咆哮。終於，小黑影被牠們咬翻了。

這是一隻松鼠。

兩隻狼蹲在灌木叢旁喘息著。松鼠伸直腿腳，橫躺在牠們爪前。兩隻狼低頭盯著死去的松鼠，哭笑不得，松鼠看起來個子不小，實際上毛蓬鬆，尾巴長大，身子份量不重，撕不下多少肉。以狼的身軀和力量，費這麼大勁兒，捉到這樣一隻小野獸，牠們怎麼能不覺得難受？

有什麼辦法呢？山林中的動物越來越少了。

說來也怪，山林中的其他的動物越來越少，大大小小的老鼠，包括地上的五花鼠和樹上的松鼠，卻越來越多。

在山林裡，吃老鼠的動物有很多。有狐狸、野貓、蠓、黃鼠狼、貓頭鷹、烏鴉、伯勞……這些動物一般體形不大，靈活，很適宜同老鼠周旋。而一些體形大，性情兇猛的肉食動物，又以這些動物爲食，老鼠，食鼠動物，吃食鼠動物的動物，這就構成了一個完整的食物鏈。當食物鏈的中間環節沒有了，生態平衡已經被破壞，狼不直接捉老鼠吃，吃什麼呢？

狼的身體不適宜捉老鼠，但牠們不得不面臨捉老鼠吃的日子了。

兩隻狼喘息了一會兒，當牠們的胸脯不再像皮老虎（一種風箱）那種劇烈起伏時，大公狼探頭叼起松鼠。母狼看著丈夫，大公狼瞥了牠一眼，母狼立刻湊上前，張嘴咬住松鼠露在丈夫嘴外的部分。

「噗」，松鼠被撕成兩半。黑暗的山林裡，一條人踏出的小路旁，響起「咯吱咯吱」

嚼碎小骨頭的聲音。

三下兩下，松鼠小小的軀體消失在兩隻狼的喉嚨裏。

二、狼恨極了，要扯斷公路

又嗅到了狐狸蹤跡。

這東西的蹤跡很好辨認，嗅起來，總有一股熱烘烘的臊臭味兒。獾的蹤跡不是這樣，獾走過的地方，有一種淡淡的、涼森森的腥氣。山貓的蹤跡也不是這樣，山貓踩出來的梅花似的腳印，雖然也熱烘烘的，卻散發出另外一種臭味。這種臭味不怎麼難聞，好像是一種發了霉的乾肉味兒。

可惜，山林裡已經沒有獾和山貓了。公路修好之後，山貓回到了山林裡。然而最近，山貓又跑了。找遍山林，再也看不到這種東西的蹤跡。

現在，在這片山區，除了狼，最大的動物就是狐狸了。

捉一隻狐狸，足夠兩隻狼飽餐一頓。兩隻狼興奮起來，呼吸急促了。

狐狸的臊味兒很濃，似乎剛留下不久，兩隻狼用力抽動鼻孔，從地面、從兩側的草葉和灌木枝上，吸取大團大團流過的空氣。由於用力，狼的鼻孔發出「咻、咻」的聲響。

臊味兒穿過灌木叢，穿過小路，沿著山坡向前伸延。狼一會兒抬起頭，一會兒伏下腦袋，一邊快步走，一邊嗅。牠們的爪子堅硬尖利，不能像山貓走路那樣，把爪子縮進爪鞘。可牠們走在山林裡，仍然沒有聲息。

狼像兩條黑色的影子，像兩股陰森森的風，毫不張揚，靜靜地在夜色中穿行。

狐狸不是個簡單的傢伙。這東西的智力絲毫不比狼遜色。人有句話，「要想捉住狐狸，就要比狐狸還狡猾」。狼同狐狸打過交道，深深知道這一點。

走過一片陰暗的松樹下，眼前出現一道石稜。石稜光光的，上面寸草不生。狐狸的蹤影在這兒消失了。

光光的石頭上不大容易留得住氣味兒。就是留得住一點氣味兒，也容易散失掉——這兒沒有什麼樹和草，空氣流動很順暢。

狐狸是走過石稜，到那邊樹林中去了，還是壓根兒就沒有走過石稜，又折回了頭呢？兩隻狼嗅不出來了。

牠們在石稜上走來走去，低著頭嘶嘶呼吸，把石縫中的灰塵也吹了出來。

追蹤狐狸，總是有這樣一個結果：轉來轉去，蹤跡斷了。狐狸像一隻會飛的鳥，忽然展開翅羽，離開大地，不知飛到了哪裡。

莫非，狐狸能窺視到自己，知道自己在後面跟蹤？

兩隻狼暴躁起來，爪子把石稜抓得哧啦哧啦響。

但這有什麼用呢？過了一刻，兩隻狼垂頭喪氣離開了。

走過灌木叢，走下山坡，接近山林邊緣的時候，兩隻狼站住了。
牠們聽到一種奇怪的聲音：「哧──哧──」……
這種聲音沉悶，卻很有力。像在不間斷地摩擦什麼，又像在用力啃噬什麼。
山林裡從來沒有過這種聲音。
兩隻狼一閃身躲進小路邊的黑暗裏，耳朵急劇擺動起來。
下面的聲音停了。片刻之後，又換了一種聲音：「咯吱吱，咯吱吱」……
這種聲音充滿顫抖，充滿痛苦。
「是松樹受了傷，在呻吟。」兩隻狼分辨出來。
「喀嚓，嘩啦啦啦。」松樹折了，倒了。枝葉碰到別的樹或灌木上，呻吟著向同伴們做最後的道別。
兩隻狼的心劇烈抽搐起來。
松樹是植物，但松樹也是生命。松樹長在大地上，同其他植物一起，構成了鬱鬱蔥蔥的山林。為狼，為動物們提供了棲息追逐的環境。此刻，狼覺得，牠們和松樹是一脈相通、息息相關的。
「沒有刮大風，樹怎麼會折斷倒下呢？」狼納悶。
「哧──哧──」奇怪的聲音又一遍遍響起來。

兩隻狼碰碰目光，悄悄向聲響的地方摸過去。

「那天，首長不是叫你保護好山林？」

有人的說話聲。

兩隻狼「刷」地收住了腿。黑暗裏，牠們的牙齒齜出來，閃爍著寒光。

深更半夜，山林裡怎麼會有人呢？

「嘿，他帶頭來打獵，叫我怎麼保護好山林？……人家不是說，外國有個加拿大，中國有個大家拿？他當官的拿那個，我就拿這個。」

「嘻，嘻嘻。」有人笑。

「公路修好了，人們的眼珠子也靈活起來。不先下手，就沒有咱的份兒了。」略顯蒼老的聲音又說。

兩隻狼放心了。牠們聽出來，說話的人沒有發現牠們。人的說話聲，伴著「哧——哧——」的摩擦嘖噬聲音。聽聲音，說話的人正一邊說話，一邊不慌不忙幹著活兒。

兩隻狼摸近了。牠們看到有兩個人坐在一棵樹的兩旁，用力拉著一種薄金屬片兒。星光下，薄金屬片長長的，扁扁的，閃閃發亮。這兩個人拉著金屬片，身子一塊兒擺動。他們每擺動一下，便「哧——」地長長響一聲。

隨著響聲，薄金屬片兒便更深地劃進樹身一些。

兩人身邊，亂七八糟倒著好幾棵樹。樹頭被弄下來，拋到一邊。樹身光溜溜的，沒有枝杈，沒有根鬚，像沒了腦袋沒了四肢的軀幹，死氣沉沉地躺在地上。

這是在盜伐樹木！

兩隻狼明白了。在過去居住的那片山區，就有這樣的事。

那片山區的樹，除了開山炸掉的，主要還是被盜伐的。盜伐樹的人，也像這倆傢伙一樣，鬼鬼祟祟的。

盜伐樹的時候，雖然不一定都在這樣的深夜，卻一般都在人跡稀少的當兒。盜伐樹的人，並不坐在地上推拉這種薄金屬片，而是用斧砍，「吭，吭」，每砍一斧，樹身都瑟瑟哆嗦許久。

狼總是有這樣的感覺：樹知道痛，人是在用斧子砍樹的腳。可惜樹沒有喉嚨，不會叫。如果樹有嘴，樹的痛苦喊聲肯定能叫人流淚的。

那片山區的樹，就這樣被一棵棵盜伐走了。

金屬片完全劃進樹身，樹站不住了，沉重的樹頭搖晃起來，發出搖搖欲墜的「喀嚓」聲。兩個人站起來，丟掉金屬片，一齊用力推樹身，「咯吱吱，咯吱吱，喀嚓」，樹悲慘地搖擺幾下，嘩嘩啦啦倒了。

樹被金屬片割斷了腳。現在，只有樹的腳還站在地上。

兩隻狼再也控制不住憤怒，嗚嗚咆哮起來。

「聽，聽，這是什麼聲音？」

盜伐樹的人，有一個叫著，一貓腰抄起一把斧子（狼認得斧子）。

兩隻狼趕快閉住了嘴。有小風吹進山谷，漫山遍野的樹搖動枝葉，發出「呼——呼——」的響聲。起林濤了。

母狼看看公狼。公狼耳朵向後抿著，脖頸上的毛完全豎起，牙齒還可怕地齜在嘴外。這是一觸即發，就要衝出去撕咬的架勢。母狼急忙探過頭去。碰碰牠的臉。

公狼皺皺鼻子，收起露在外面的牙齒。

「看把你嚇的，有啥？」

另一個人注意傾聽了一會兒山林中的聲音，這時候說話了。

這個人的聲音有些蒼老。

「咱這片林子你還不清楚？大不了是隻狐狸，連野豬也藏不下一隻。再說，咱們是兩個人。」

抄斧子的人也聽到了林濤聲，渾身肌肉鬆弛了。

「別傻愣著了，來，從這兒把樹頭砍斷。」聲音蒼老的那個人說。

拿斧子的人順從地彎下腰，舉起斧子，「吭、吭」砍起樹來。

看上去，這個人年輕一些。狼不認識這個人，但狼認出，站在旁邊的那個人，是那天陪同胖子來山林裏打獵的人。這人年歲大一些，皮厚肉糙，眼光閃爍，不好琢磨。

這是被胖子的隨從稱作村長的人。

木屑紛飛。不一刻，樹頭斷了。

「叔，你真行。怎麼就聯繫到買主了呢？」

年輕人直起腰，活動活動胳膊，一邊活動，一邊問。不等村長回答，他又貓腰砍起樹幹上的枝杈。

「樹是好東西，現在越來越少了。這樣稀少的東西，還不好找買主？過去沒有路，不好運出去。現在，只要砍下來，什麼都不必愁，嘿！」

「那，人家知不知道這是咱……」

「你不說，有誰會知道是咱？」村長打斷了年輕人的話。聽口氣，他有點不高興。「這深更半夜的，誰到這兒來。一會兒你開上車就走，天不亮就送進買主院子裡。村裡的人連個影兒也看不到，他們知道個屁！再說，你是跟著我幹的，我不怕，你怕啥？」

年輕人不吭氣了。

也許是年輕人的話起了一些作用，樹身上的枝杈砍完了，兩個人不約而同看看天，沒有再繼續用金屬片劃其他樹。

休息了一會兒，倆人開始扛木頭。

那個年輕人真有勁，兩三米長、碗口粗細的新樹幹，一下子就扛起三根。兩隻狼看得心驚膽戰，躲在黑暗中，再也沒有出聲。

盜伐樹的兩個人，緊緊廝跟著，一塊兒走，一塊兒扛，狼也不敢輕舉妄動。

天快亮的時候，伐下的松樹幹搬運空了。偌人的一片山坡，失去了樹的遮掩，變得空蕩蕩，只剩下一根根木橛似的殘樹樁。曾經枝繁葉茂、油綠可人的樹頭，東一堆，西一堆，蔫蔫地亂拋在樹樁間。太陽一升起來，它們就枯乾發黃了。

兩隻狼悄悄趕到了公路上。

小河的水嘩嘩流淌，冒著朦朦朧朧的寒氣。泛著灰白光的公路，在拂曉的青黑色光線中，靜靜向大山外伸延……小貨車開走了，路面上留下一灘熱烘烘的黃褐色油跡。

兩隻狼嗅嗅油跡，順著小貨車的車輪印痕跑出來。

跑了一段路，牠們不跑了。嗅嗅車輪印痕「嗤拉嗤拉」刨起來。牠們尖尖的爪子劃得飛快，直刨到爪下火星閃閃，塵土飛揚。

牠們一邊刨，一邊惡狠狠地嗚嗚咆哮。似乎這條公路是牠們的大敵，牠們要把公路刨開、扯斷！

公路上，很快出現了兩道白色的抓痕。

三、人，又是人

兩隻狼的肚子咕嚕咕嚕叫起來。胃像兩只正被洗刷的空口袋，翻過來倒過去地揉搓，扯得肚子肌肉一陣比一陣緊張，一陣比一陣痛。牠們更憤怒了，一邊在潮潤的晨風中顛顛跑，一邊左顧右盼。

一隻蚱蜢從路邊的草叢中跳出來，飛上了天空。

蚱猛的翅膀拚命搧動，發出一連串「啪啪」的響聲。聲音是那樣響亮，很像原來居住的那片山區，人在用機器打炮眼。

兩隻狼嚇了一跳，「唰」地站住了。

牠們的頭高高昂起，目光緊緊盯著躥上天空的小小黑影。也許是天還黑，也許是蚱猛還沒睡醒，這隻拚命拍翅的昆蟲，一拐彎，一頭碰在路邊的一棵松樹上。

「撲撲落落」，蚱蜢打著滾兒掉下來，掉進了樹下的草叢裡。

大公狼撲上去，張開大嘴，一口咬住了這隻兩頭尖尖、像艘小船的蟲兒。接著，猛一甩頭，好像牠抓住的是一隻多麼大的野獸，牠正咬著野獸的喉嚨。

大公狼用力嚼起來。牠的嘴邊掛著一簇草。牠把那簇草也捲進了嘴裏。一隻蚱蜢腿掉下地，母狼看到了，跑過去，撿進了大嘴。

腳旁草莖上有一隻蝸牛，受到驚動，開始沿草莖爬動。母狼低頭嗅嗅，伸出舌頭，一舔，把蝸牛也舔進了嘴裡。

大公狼的嘴角出現綠色的泡沫。母狼嘴裏發出「啪啦啪啦」的碎裂聲。母狼靈巧地吐出粉碎的殼片，蝸牛已經變成了乳白色的漿汁。

蚱蜢咽了下去，蝸牛咽了下去。兩隻狼仔細舔掉嘴邊的唾液泡沫，感覺肚子咕嚕咕嚕響得更厲害了。

牠們抬起頭，默默看了一會兒天空，又急急跑起來。東邊山後，天已經開始亮了，黑夜馬上就要隱去。不能再耽擱，必須在太陽照亮山林以前，再找到一些吃的，不然，這新的一天牠們也會睡不好。

拐過一道山岬，又拐過一道山岬，兩隻狼眼前紅光一閃，出現一條狐狸。那狐狸正跑在前面不遠的地方，一邊跑，一邊搖動尾巴。像要掃掉留在路上的腳印，消滅痕跡。

狐狸在亂石間拐了個彎，嘴下有什麼東西晃了一下。

「是隻打獵的狐狸，叼著一隻大老鼠。」兩隻狼判斷。

牠們的眼睛亮了。踏破鐵鞋無覓處，得來全不費功夫。想不到，前半夜找來找去，還是失去了蹤跡的狐狸，此刻就在牠們眼前跑。而且，狐狸嘴邊還帶著捕獲的獵物。

兩隻狼興奮不已，箭一般衝了上去。

牠們沒有隱蔽，現在也不能隱蔽。這不是伏擊。小石頭被扒向後面，大石頭被踩得翻過身，山溝裏響徹「嘩嘩啦啦」的聲音。狐狸發現了牠們，慌張起來，開始竄逃。

狐狸沒有丟掉獵物，還叼在嘴裡。

好，這樣最好。

夜色稀薄了許多，像在墨汁中兌入了大量清水。山間的景物清晰起來，前面狐狸的一舉一動，狼都看得清清楚楚。

「嘀哩，嘀哩，嘀哩哩哩哩」，山溝邊上，山林裡，有一隻鳥叫起來。馬上，山溝兩側，這兒那兒，凡是有草有樹的地方都響起了悅耳的鳥鳴。

狐狸像一團流動的火，在山溝底的石頭和灌木叢間竄跳。看得出，牠很驚恐。這隻美麗的動物沒有了往日的瀟灑，耳朵緊緊貼在後頸上，大尾巴在空氣中，像一面急急揮舞的破旗。

牠們沒有想到，白天追趕，竟然能把對方看得那樣清楚。

「看你往哪跑！」兩隻狼恨恨的想。

狐狸跌倒了，滾出去老遠……狐狸跳起來，瘸著腿，竄出山溝，竄上山坡，鑽進了山林。

狼看到狐狸瞥了牠們一眼，眼神中，儘是恐怖和仇視。狐狸嘴下仍然叼著獵物。

假如狐狸再多翻幾個滾，腿再瘸得厲害一些，狼就趕上去按住牠了。不過，這也沒關係，因爲跌倒，狼和狐狸之間的距離，已經大大縮短。

狼也迅速鑽進了山林。

山林裡還暗。但也比夜裡亮了許多。到處是樹和灌木叢，磕磕絆絆，拉拉扯扯，奔跑的速度受到了影響。可這並不只是狼一方面的損失。狼和狐狸在山坡上拚命竄躍，在灌木叢間瘋了似的追逐。

狐狸毛蓬蓬的尾巴尖，就在狼眼前晃動。有幾次，尾巴尖上的毛還掃到狼的黑鼻子頭上，掃得狼癢酥酥的，直想打噴嚏。狼張開大嘴，要咬住這根尾巴，然而大尾巴一晃，狼咬空了，上牙狠狠碰到下牙。

狐狸十分滑溜，左躲右閃，竄來跳去，像一條飛快扭動的泥鰍。

狼跑得快，跳得高。只是身軀大一些，份量重一些。鑽灌木叢，繞大樹，不如狐狸輕捷靈活。再加上這是上坡攀登，根本跳不起來。

狐狸在呼呼喘粗氣，狼也在呼呼喘粗氣。令狼欣慰的是，到了這時候，狐狸也沒有丟掉獵物——傻傢伙，叼著獵物能跑得快嗎？可這對狼來說，是最好不過的事情。

跑上一段直路，狼和狐狸間的距離又縮短了。狼看到眼前晃動的尾巴，張開大嘴。然而狐狸毛蓬蓬的大尾巴一撅，有幾根毛掃進了狼鼻孔。

這一回，狼終於忍不住了，「啊嚏，啊——嚏！」一連打了好幾個大噴嚏。

狼的腳步慢下來，狐狸的尾巴離得遠了。

狼意識到噴嚏的影響，怒火騰騰燃燒起來。

「要是母狼能竄上來，就不怕狐狸尾巴了。」牠怨天尤人，一邊跑，一邊扭回頭，瞅了母狼一眼。

總是在一起生活，天長日久，動物之間會產生心靈感應。母狼看到公狼的眼神，只一瞥便明白了丈夫的心思。牠咬牙用一把勁，從旁邊竄了上去。

狐狸一跳，拐彎了。

狼不得不跟著拐彎。母狼跑在外側，白費了力氣，大公狼的怒火燒得更旺了。跑出幾步，牠又轉怒爲喜。

牠看出狐狸是在順著山坡跑，而前面有一段開闊的陡坡，沒有密密的大樹和灌木叢，只生長著一片青草。

「好，就是這兒，傻東西活到頭了。」牠深吸一口氣，拚上了最後的力氣。沒有障礙，狐狸絕對跑不過狼。

母狼也看出了好處，「嘓！」響亮地咽下一口口水。

大公狼同狐狸間的距離迅速縮短了，紅色的尾巴像一大團跳動的火苗，極有誘惑力地在狼的眼前閃動。

大公狼不想再咬尾巴，只想撲到狐狸身上，一下壓折狐狸的脊梁骨。

竄躍中，狼抬起頭，彎緊身子，像一根彎曲了的彈簧，蓄足了跳起的力量。可是，就在這個時候，狼腳下一絆，忽然跌了個跟頭。

牠只來得及大叫一聲。

這一跤跌得真慘，脖子先著地，接著是胸脯和前腿，「撲通」滾倒在地。只滾了幾步，像被什麼一拽，又向陡坡下翻去。

如果只是翻下去也好，大不了擦破些皮肉。可牠跟頭骨碌滾著，一隻前腿不知被什麼吊起來，猛一下抻得直直。

「嗷嗷嗷，嗷嗷嗷嗷」，狼痛得撕心裂肺，大叫不止。

母狼也跑得飛快，收不住腳，幾乎被跌翻的公狼絆倒。趕快一躍，從丈夫身上跳過去。牠不知發生了什麼事，嚇慌了，緊緊夾住尾巴，兜回來怔怔地看著公狼。

狐狸跳躍著，在樹叢間消失了。

大公狼前腿吊著，在陡坡下悠蕩。牠想爬起來，爬上去，一邊不住聲兒地哀號，一邊掙扎。可牠不習慣一條腿被抻著，吊著。另外三條腿一時間也不知道該如何蹬扒，一掙扎，悠蕩的幅度反而更大了。

「嗷嗷嗷嗷，嗷嗷嗷嗷」，大公狼的叫聲更悲慘起來。

母狼定住了神。牠看到丈夫的前腿似乎是被一條細絲吊著。隨著丈夫的悠湯，細絲在草叢中一閃一閃發亮。

牠湊過去，伸爪拔開青草，果然有一根細絲。這細絲比蜘蛛絲稍粗一些，緊繃繃的。一頭拴在公狼的腿，一頭拴在一根小木橛上。怪不得丈夫被絆得摔了那樣大的一個跟頭！

可是，丈夫的腿怎麼就會被拴住了呢？

母狼耳朵搖來搖去。眼睛眨了又眨，怎麼也想不透。

母狼低頭咬住了細絲。細絲堅硬，比石頭還硬。母狼抬起頭，嘴角淌出血絲。細絲只是彎曲了一點，連個牙痕也沒有留下。

「這不是蜘蛛絲，也不是山林中自然有的，這是人造的東西！」

母狼明白了。

人，又是人！

是人故意安排了細絲，來害山林裡的動物的！

母狼「嗚嗚」咆哮起來。

聽到母狼怒叫，大公狼鎮靜了。從母狼叫聲裏，牠聽出了自己是中了人的圈套。牠不再胡亂掙扎，前腿刀割一般的巨痛因此輕了一些。另外三條腿嘗試著扒住陡坡，居然用上了力。

牠向上挪挪身子，慢慢站起來，稍微愣了愣，爬上了坡。

牠的腳腕被細絲割得血肉模糊，但現在疼痛多了。牠碰碰母狼的鼻子，瞇眼沉默了一會兒。接著又憤怒起來，找到草叢中的小木橛，齜齜牙，咬住，猛一甩脖，木橛一下子被拔了出來。

帶起的泥土濺了母狼一臉。

大公狼自由了。

牠仍然憤怒異常。牠瘸著腿，一跛一跛走起來。

牠和母狼在附近的草叢中轉來轉去，拔出了許多拴著細絲套的木橛。

第六章　有驚無險

一、鄰居，鄰居哪去了

大狐狸越來越憂鬱。每天只要眼睛睜著，牠就有一種前景越來越黯淡的感覺。狼來了，不斷地尋找牠；人來了，不斷地騷擾山林，毀壞樹木。牠和雌狐狸爲孩子累死累活，不知什麼時候就會遭遇危險。更重要的是，長此下去，小狐狸們就是長大了，能有什麼好日子過呢？莫非，真該離開這塊地方了？

動物們一批批搬走了，山林卻越來越熱鬧：狼窩近在咫尺，幾乎天天要與狼打照面。人漫山遍野亂竄，開槍，唱歌跳舞……最近，乾脆開始砍伐林子——砍得多的人，夜裡來。砍得少的人，白天來。

夜裡來的，扛著鋸子，一鋸就是一大片。白天來的，腰裏別著把鋒利的斧子，這兒摸摸，那兒瞅瞅，選中一棵樹就砍。有人看見了說，你怎麼盜伐樹木？他咧嘴笑笑，嚷，這叫盜伐？大白天的。家裡的牲口棚壞了，砍一棵修修。

你砍他砍，幾十年才長起來的樹，一棵一棵倒下了。山林百孔千瘡，綠色的面積越來越小，動物們不得不跑走了。

可是，能逃到哪兒去呢？哪兒是野生動物的家呢？大狐狸不能不憂鬱。

這一夜，大狐狸跑到山林邊緣，嗅嗅疆域「界碑」，發現石頭腳、大樹根部的臊味兒淡了。牠沒有再捕獵，顛顛順著疆界跑起來。

應該巡視領地，重新明確界限了。

牠繞著山林邊緣走，在一塊塊突出的大石頭下撒尿，在一棵棵顯眼的大樹上蹭癢。

白天，下了一場小雨，沒有人來砍樹，也沒有人來轉悠。牠和雌狐狸的捕獵沒受什麼干擾，捉了許多老鼠，小狐狸們吃得飽飽。

現在，山林裡動物少了，老鼠多起來。只要沒有干擾，老鼠很容易捉到。

跑到山谷盡頭，順著山林邊緣爬上山梁，大狐狸站住了。

牠向對面陰坡上的山林眺望起來。

那是另一隻雄狐狸的領地。大狐狸已經很久不知道這隻雄狐狸的消息了。雄狐狸和牠的一家過得好嗎？

大狐狸久久站著，耳朵靜靜地在頭上轉動。

天還陰著，沒有一絲星光，對面山林裡黑黝黝的，聽不到一點聲音。大狐狸走下山

梁，顛兒顛兒奔向山谷。牠忽然決定去探望探望鄰居。

山谷底也有一條小水溝，但是沒有水。從小水溝的亂石間穿過，走上山坡，就是在山梁上看到的那片山林。大狐狸沒有貿然站進鄰居的山林，沿著山林邊緣緩緩走起來。

牠一邊走，一邊嗅，極力尋找鄰居的蹤跡。在一塊突出的大石頭下，牠停了一會兒。像這樣的地主，雄狐狸是應該留下標誌的。大狐狸抽動鼻子，圍著大石頭抽取空氣。嗅遍大石頭上上下下，都沒有嗅到鄰居的臊味兒。

大狐狸皺皺鼻子，疑惑地轉動眼珠。過了一會兒，牠又邁開了腿。

一棵大樹出現在黑暗中。大樹枝條柔軟，垂掛下來，有些就是擦著山溝底的亂石頭。這是一棵柳樹。從這棵柳樹的粗細看，應該有幾十年的樹齡了。

這一帶林子，都是飛機播撒的樹種，基本上全是松柏，柳樹很稀罕。這棵柳樹又獨自矗立在山溝邊，一般而言，狐狸建立「界碑」，都會選擇這樣的突出物。大狐狸跑過去，圍著柳樹轉起來。

大柳樹樹身上，沒有雄狐狸蹭癢留下的氣味。樹根旁，也沒有尿臊味兒。

「鄰居呢？鄰居怎麼不在這兒留下標誌？」

大狐狸實在想不通了，抬起頭，迷惘地看著上面的山林。

山林裡黑糊糊的。聽不到夜裡出來的鳥兒鳴叫。「吱——吱——」有兩隻老鼠叫，好像在圍著一棵大樹追逐。

大狐狸離開柳樹，顛兒顛兒跑起來。

沿著山林邊，又嗅了幾處地方，都沒有發現鄰居的氣味。

大狐狸折轉身，鑽進了山林。

這片山林生長的山坡也比較陡。樹也是碗口粗細。只是死樹、枯樹比較多，不像大狐狸居住的那片山林生機勃勃。草叢中，灌木間，到處是人扔下的紙屑、塑膠袋以及玻璃瓶碎片，顯得那樣骯髒，那樣不和諧。

在人遺留的污穢氣味中，分辨不出其他動物的蹤跡。老鼠在死樹和垃圾間竄來竄去，有的甚至就從大狐狸身邊跑過。大狐狸顧不上捉牠們，可也認出，這些肆無忌憚的傢伙種類不少。有林鼠，有田鼠，有松鼠，有五花鼠，還有尾巴長長、模樣可憎的褐家鼠……大狐狸不知道，家鼠怎麼也會溜進山林。

大狐狸在山林中風也似的跑來跑去，沒有誰阻攔牠，驅逐牠，好像這兒是一塊無主的領地。牠鑽灌木叢，尋草叢，繞石堆，看到這片山林裡也有縱橫交錯的「人道」——人踩出來的小道。

小道兩邊，這兒一片，那兒一片，露出泥土和石板，沒有了樹木。一根根小腿高的樹樁，立在赤裸的陡坡上，向牠顯示，這兒也曾有過繁榮，有過鬱鬱蔥蔥的生機。

大山林下部邊緣，有些被砍掉樹木的空地，已經被開墾成梯田。壘起一道道石堰，在蓄積的薄土上撒了籽兒。以後，牧羊人也會鑽進山林，趕著羊群來這兒臥地。

大狐狸心情沉重起來。牠覺得有些恐怖。

穿過一簇零落的灌木叢，大狐狸站住了。土堆坍塌不久，還很鬆軟。牠嗅一嗅土堆，聞到了一股淡淡的味兒。大狐狸興奮起來，開始在土堆上下扒來刨去。

牠刨刨停停，低頭嗅嗅……牠越刨越快，兩條前腿划水似的飛舞，鬆軟的泥土「嚓嚓」向後拋出。味兒越來越濃烈。不需要停下來也能嗅到土中散發的臊臭了。

其實，大狐狸早已經覺察到，這兒就是牠那位鄰居的家。

穿過七零八落的灌木叢，目光第一次落在土堆上的時候，牠的心「怦怦」跳了起來。這是直覺。

牠有些害怕，也有些奇怪。牠扒開土堆，只是爲了證實自己的直覺到底對不對。

黑黝黝的洞口露出來，大狐狸停止刨動。一股濃烈的、熱烘烘潮呼呼的狐臭氣，從還沒有完全扒開的洞口湧出來。大狐狸呼吸困難，急忙扭過頭，長長呼出一口氣，過了一會兒，才又回頭嗅嗅，繼續刨土。

洞口整個露了出來。洞不大，也不深，大狐狸探進腦袋鑽進去，鑽到底。屁股還露在外面。洞壁很光滑，沒有掛一絲土渣。牠左看看，右嗅嗅，對鄰居的家感覺很新奇，暫時忘了一切。

洞底有塊小骨頭，牠用爪子撥撥，低頭嗅嗅，叼了出來。

現在是黑夜，外面的光亮還是比洞裏強得多。

大狐狸把小骨頭放在地上，仔細端詳。發現這是一塊兔子肩胛骨的碎片，扇形的骨板上，有幾處白色的印記。

大狐狸把骨片挪了一下，又低下頭。牠看出，骨片上的白色印記，是牙啃過的痕跡，是小牙、還不怎麼結實的小牙啃過留下的。

一瞬時，牠想起了自己的小狐狸。小東西們也是這樣，吃完肉，還要抱著光光的骨頭亂啃一氣。不知牠們是沒有吃飽，還是在玩耍。牠們的小牙啃不動，在骨頭上滑來滑去，便留下了這樣淺淺的印痕。

這位鄰居也成了家，有了孩子？

再仔細辨認辨認，大狐狸高興起來。沒錯，這就是小狐狸亂啃留下的。

牠抬起頭，目光接觸到零落的灌木，又黯淡下來。灌木枝條枯乾，葉子幾乎掉光了。只有灌木根部綠一些，還掛著幾張倔強的小葉。

鄰居呢？雄狐狸呢？雄狐狸的妻子和孩子們呢？

孩子這樣小，雄狐狸的領地怎麼會變成這樣？

大狐狸想起半夜的尋覓，心中一時沉甸甸的。

山林裡黑黝黝，林子外的天空陰沉沉的。大狐狸仰起腦袋，把尖尖的嘴巴指向天空，叫起來。

「噢嘔，噢嘔。」叫聲傳播開去，在樹與樹之間震盪，在山坡山谷之間反射。

幾分鐘過去了，樹林裡沒有什麼反應。

「噢嘔，噢嘔，嘔——」大狐狸不甘心，又叫。

仍然沒有牠期待的聲音。

雄狐狸跑哪兒去了？怎麼連洞也塌了？是舉家搬走了，還是傾巢覆滅，被狼吃掉、被人打死了？就這樣少了一家鄰居？

「噢嘔，嘔——」大狐狸再一次扯直喉嚨。

叫聲飛上樹梢，飛上天空。叫聲裏充滿想念，充滿孤單寂寞的痛苦。

大狐狸頭仰著，默默聽著群山的回聲。「嘩啦！」遠處有什麼響了一聲。牠警覺起來，耳朵開始急劇搖動。

「嘩嘩啦啦」，山梁上有什麼東西飛竄而下，撞上一叢乾枯的灌木。

在深夜裡，在這片寂靜的山林裡，灌木枝折斷的聲音很響亮，遠遠就能聽到。這不是狐狸，狐狸不會撞上灌木叢。大狐狸判斷。

「狼？……狼！」

大狐狸頸上的毛兒「刷」地豎起來。

牠想起來，這兒也是狼的領地，狼很善跑，常到這邊覓食。

牠悄悄離開坍塌的土洞，箭一般竄下山溝。

二、在汽車上，可憐的小狐狸

又是一個黑沉沉的夜。

大狐狸捉了幾隻老鼠，送回黃櫨叢中。當牠又一次出獵，靠近另一道山梁、另一片山林的時候，又悄悄到另一戶鄰居家串門子去了。

牠心裏總是不踏實。後山的鄰居失蹤，前山的鄰居怎麼樣？牠急於弄清楚。

前山山林裡的情景同牠的領地也差不多：一片片的樹被砍倒，一條條胡亂交織的「人道」，一簇簇枯死的草叢灌木叢，滿山坡的垃圾……一踏進鄰居的山林，牠心裡就有不祥的感覺。

果然，跑來跑去，累得筋疲力盡，也沒有發現鄰居的家，沒有發現鄰居。

牠沒有驚詫。山林變成這麼一副樣子，後山的鄰居找不到，前山的鄰居消失了，這有什麼可奇怪的呢？這原本是在預料之中的。

牠只是感到孤獨，感到冷清。這麼一大片山區，只剩下牠一家了。

從各種跡象看，這片林子的狐狸失蹤還不久。疆界上的「界碑」臊味還很新鮮，像是幾天前留下的。

山林裡一叢胡枝子的斷枝上，夾著鄰居的一綹毛兒，隨風飄搖，像一小團淡淡的火苗。一叢草叢旁，有幾個淺淺的、斜斜的小坑，一看就知道是淘氣的小狐狸挖出的。小坑旁有一些亂糟糟的小腳印，嗅一嗅，有一縷縷淡淡的臊臭。小狐狸被父母帶到草地上，一刻也閒不住。除了追逐，打滾，還會在草根下挖坑。牠的小東西們就是這樣。這樣淺的小坑，又是在這樣的坡上，時間稍長，就會被落葉或者雨水沖來的泥土覆蓋住。

「鄰居也有了小傢伙？」

大狐狸沒有高興，心情更沉重了。

天快亮的時候，大狐狸離開了鄰居的山林。

牠是父親，還得養活自己的孩子。

牠跑到靠近山谷口的梯田邊，在一叢有刺的灌木下伏下身。牠相信，不一會兒，就能在這兒逮到幾隻大老鼠。

山谷裡靜靜的，流蕩著青紫色的晨霧。山石，小溪，樹木的輪廓，在時濃時薄的霧氣中忽隱忽現……

「嘎嘎嘎嘎嘎，嘎嘎嘎嘎嘎」，有一隻鳥兒叫起來。

這隻鳥兒嗓門很大，但叫聲不是很好聽。而且叫得並不早。過去，山林中第一個迎著曙光起身的鳥兒，是這樣叫的：

「起床，打工！起床，打工！」

叫聲既嘹亮，又圓潤，誰聽了都不會討厭。

「這種勤快的鳥兒也走了。」大狐狸心中又湧起悲哀和淒涼。

遠遠地，公路上響起一輛汽車駛來的聲音。

汽車似乎是從山樹那邊駛過來的。在清靜的早晨，聲音很清晰。汽車跑近了，聲音越來越大。忽然，「吱——」長長的一聲怪響，在山谷口外停住了。

大狐狸抬起頭，透過薄薄的晨霧向山谷口眺望。牠的耳朵豎得筆直，緩緩地前後搖動。山谷口外，隱隱有人的說話聲和鋼鐵碰撞聲。

「吭，吭」，仔細分辨，潮潤的晨霧裡，似乎還夾雜著這樣一種聲音。

沒有風。

如果沒有風，這細弱的聲音就會被刮跑，聽不到了。

大狐狸耳朵急劇搖動起來。這聲音好像在公路上，和人的聲音在一處。這聲音稚嫩尖細，似乎是小狐狸受了委屈，在哭泣。

小狐狸怎麼會和人在一起呢？

大狐狸「呼」地站起來，身邊的荊棘毫不客氣地扎了牠一下。牠沒有感覺到。只是被扎的那塊皮膚，不由自主地抖了抖，又抖了抖。

大狐狸猶豫了一會兒，前爪子在石板上抓來抓去。當牠再一次聽到隱隱的「吭吭」

聲時，站不住了，「唰」地鑽出荊棘叢，沿著梯田石堰邊和灌木叢，隱蔽地向山谷口外跑去。

時間還早，山谷中還沒有來耕作的人影。

一輛客貨兩用的小汽車，停在公路上。透過玻璃窗，駕駛室裏，有兩個人正貓著腰，用什麼東西在「哐噹、哐噹」敲打機器。

駕駛室後，面積不大的小車廂向天空敞著口。「吭吭」的哭叫聲，似乎就是從車廂裏傳出來的。

天已經亮起來。公路上空空蕩蕩，沒有其他車輛。

大狐狸在山谷口邊的一塊山石後藏了一會兒，把小汽車和公路打量了又打量。

牠很害怕，還從來沒有在白天離人這麼近過。就是對汽車，牠也不熟悉。公路修通時間還不久，在這之前，牠連見也沒有見過這種鋼鐵製造的、跑得比風還快的玩意兒。

「吭，吭。」車廂裡又傳出小狐狸的哭叫聲。

「就是在這兒。」這一回，大狐狸聽得清清楚楚。牠的心像針扎一樣痛。

牠已聽出，這不是牠的小狐狸。但這奶聲奶氣的哭叫，仍然使牠非常難受。

「哐！」有什麼東西敲了敲駕駛室後窗。

大狐狸急忙縮回頭，伏低了身體。

「叫，還叫！再叫，一個個掐死你們。」有人在駕駛室裏吼。

小狐狸們不敢哭了。

「算了，快修車吧。……搭你的車真倒楣，起個大早，趕個晚集。」又有人說。

「嘿嘿，不是什麼大毛病，一會兒就好。……耽誤幾分鐘，能影響你的買賣？」

「買賣是影響不了。就是怕一會兒人多了，咱不好看——知道吧，現在到處都在宣傳保護動物。」

駕駛室裡的人扭過頭去，車廂裏傳來「嚓啦嚓啦」的聲音。大概是小狐狸們在移動身子。

大狐狸再也忍不住了，趁駕駛室裡的人又埋頭修起機器，從大石頭後閃出來，哧溜跑到車廂旁，站起身，「嗖嗖」攀著車緣，爬了上去。

「嚓啦嚓啦！」車廂一角有一只鐵絲籠子，籠子裡關著一群小狐狸。

小狐狸們猛然看到牠，吃了一驚，亂擠亂鑽，在籠子深處縮作一團。

大狐狸也吃了一驚。

朝天敞著的車廂裏，牠的鄰居，就是剛剛去尋覓過的那位前山雄狐狸，同一條肚皮下有一溜粉紅奶頭的母狐狸，並排靜靜躺著。關小狐狸的鐵絲籠眼兒很密，除了小狐狸的臊氣，還散發著一股兔子味兒。大概這鐵絲籠原來是養兔子用的。

有奶頭的母狐狸，肯定是鄰居的太太、小狐狸的母親。鄰居兩口子腿兒伸得直直，一動不動。毛兒亂蓬蓬的，沒有一點光澤。頭向前挺著，牙齒齜出來，兩眼瞪得圓圓，樣子很可怕，像在訴說著極大的憤怒。

不用說，這兩口子已經死去了。

大狐狸攀著車緣怔了一刻，沒有馬上跳下去。

看到車廂裡的情景，牠毛骨悚然。

有一隻小狐狸被擠痛了，「吭吭」叫了一聲，這才使牠清醒過來。牠急忙透過駕駛室的後窗玻璃，看看駕駛室裏的人，那兩個人沒有回頭，還貓著腰。牠一躍，跳進了車廂。

大狐狸嗅嗅鄰居，拱拱牠們的臉和肚子，致以狐狸的問候。

兩口子沒有站起來，牠們已經不可能站起來了。大狐狸好不悲哀，心淒淒的，又伏身蹭蹭牠們的脖子，在牠們胸前舔了舔。

大狐狸發現，鄰居兩口子都輕飄飄的，沒有什麼重量。稍微用力碰碰牠們，牠們就挪動，好像牠們是氣球。牠嚇了一跳，急忙後退一步。大狐狸看到兩口子的肚皮上，似乎都有一道長長的縫。

「這是怎麼回事？」大狐狸怔住了。

抬頭看看駕駛室，人仍舊在忙活。大狐狸低下頭，鼻翼搧動著，在鄰居肚子上研究起來。牠聞出鄰居肚子裡有一股濃濃的乾草味兒。翻動鄰居身體，果然，有一處縫兒縫得不嚴，露出了枯黃的乾草味兒。

大狸狸又是吃驚又是害怕，頸子上的毛兒豎起來，腿兒得得得地抖，幾乎再也站不住。

牠明白了，人抓住鄰居一家，把鄰居兩口子的肚子劃開，挖出腸子肝肺，塞進乾草，然後縫合。這樣既殺死了鄰居，又讓牠們看起來還像活著。

人啊，人，心腸真比狼還毒，比狼還殘忍哪！

「嗚噢，嗚噢」，鐵絲籠裏的小狐狸認出了大狐狸，不害怕了，紛紛望著牠，試探著向牠打招呼。牠們沒有見過大狐狸，但看得出牠是本族，而且是長輩。

透過密密的鐵絲籠眼看進去，小狐狸們的眼睛瞪得圓圓。小眼珠稚氣地望著牠，伸著小脖子，樣子煞是可愛。

大狐狸心裡一下子湧起一股柔情。「嗚噢，嗚噢」，牠低低地回答小狐狸。

小狐狸們激動起來，「呼啦」一下子跑過來，擠到了籠子邊上。「嗚噢，嗚噢！」牠們急切切地叫。

呵呵，幾天了，牠們生活在囚籠裏，受盡驚嚇。若跟著父母，看到陌生的大狐狸，牠們會一下子躲到父母身後。但是現在，父母沒有了，牠們已是孤兒，並且被人捉起來，尚不知道命運，看到忽然爬進車廂來的本族長輩，怎麼不覺得親切呢？

聽到小狐狸亂糟糟的叫聲，大狐狸急忙扭頭看看駕駛室玻璃窗。還好，人還沒有回頭。牠跑過去，隔著鐵絲網，挨著個兒碰碰小狐狸黑黑的小鼻子。接著，急急圍著鐵絲籠轉起來。

牠要救走這些可愛的孩子。但牠得好好看看，怎樣才能救走。

小狐狸們你擁我擠，跌跌撞撞，在籠子裡跟著牠團團轉。

鐵絲籠子很沉，拖是拖不動的。鐵絲不是太粗，但畢竟是鐵絲，不是木頭棍。鐵絲籠上有個小門，小狐狸大概是從這兒被塞進去的。然而，現在，小門被鐵絲擰得緊緊，怎麼也拱不動，扒不開。

大狐狸嗅嗅，撓撓，心涼了。

小狐狸們不擠了，大概是感覺到了本族長輩的無奈，小臉上露出了極悲切的神色。

「吭，吭，」有小傢伙哭起來。大狐狸心裡又是一陣酸痛。牠什麼也沒有考慮，在籠子邊臥下來，「咯吱，咯吱」咬起籠子上的鐵絲。

籠子裏的小狐狸也紛紛臥下了，睜著溜圓的小眼睛看著大狐狸。過了一會兒，也爭先恐後咬起鐵絲。

「哐噹，哐噹」，駕駛室裏的人仍然在修機器。

小狐狸們不咬了，抬起頭，一個個齜牙咧嘴。鐵絲太硬，咯得牠們的小牙十分疼痛。

大狐狸也抬起頭，牠嘴邊盡是黑褐色的鐵銹。牠扭頭看看駕駛室，回過頭，看看小狐狸，又咬起來。

「咯吱，咯吱，」朝天的車廂裏響著令人受不了的聲音。

大狐狸嘴角流出血，把籠子上的鐵絲也染紅了。牠停一停，舔舔嘴角，又咬……有一根鐵絲斷了，網眼大了一點。

大狐狸眼裡流露出興奮。喘一口氣，又低下頭去。

「嗚嗚，嗚嗚。」小狐狸在籠子裏看著長輩，也高興地哼哼。

「好了吧，試試？」駕駛室裏有人說話。

大狐狸抬起頭，緊緊盯住玻璃窗。但只有一瞬，牠又「咯吱咯吱」咬起鐵絲。牠感到人已經不修機器了，時間已經不多了。

快，要快！

「轟轟轟，轟——」汽車忽然顫抖起來，發出巨大的轟鳴。

大狐狸吃了一驚，跳起來。

「好了，轉起來了。」駕駛室裡的人歡呼。

「走吧。……嘿，快看，有隻狐狸活了。」

駕駛室玻璃窗後，有個人扭過頭來。

大狐狸眼光和那人碰到了一起，腦袋裏「轟」一下變成了空白。

「不好，被人發現了。」這是牠最後的思維。不知是怎樣站起身的，牠閃電般一跳，「噗」竄出了車廂。

前面駕駛室兩側的車門被猛地推開了，兩條大漢跳下來，手裏都拿著鐵傢伙。

天空越來越亮，山谷中的霧氣已經消散。拿著鐵傢伙的人看到一隻大狐狸逃得飛快，

二躥兩跳跑進山谷，剎那間在山石灌叢後消失了身影。

「吭，吭！」他們身後，汽車車廂裏，響起小狐狸悲切的哭喊。

三、狼？……狼

早晨，大狐狸在馬棘叢外兜了一圈。

這幾乎成了牠每天必辦的一件事。牠得知道狼在幹什麼，不然，這一天放不下心。

防備狼，防備人，大狐狸覺得自己像在冰上走，一不留神，就會掉進儘是漩渦的冰河裏。

自從探視了前後山林中的鄰居，牠更小心了。

馬棘叢中一點動靜也沒有。白茅草的葉兒同滿山遍野的草沒有什麼兩樣：大家搖，它們也搖，大家靜，它們也靜。

「狼在睡覺。」大狐狸判斷。

牠遠遠向狼窩中探探頭，悄無聲息地走了。

翻過山梁，鑽進山林，在一片灌木叢下，大狐狸發現了幾隻死老鼠。這幾隻老鼠有大有小，都是肚破腸流，血肉模糊。似乎是被咬死後，又被用腳狠狠踩，經受過一番揉搓。

這太慘了。

「這是誰幹的？」

大狐狸抬起頭。不遠處，一片枯黃的草叢裏，有一堆拋散開的土，大狐狸注意到了。牠躡手躡腳走過去，看到一個大鼠洞被掘開。

低頭嗅嗅地上的土，土還散發著潮潤的腥氣。牠又探頭嗅嗅殘破的鼠洞，鼠洞中濃烈的鼠臭味兒，嗆得牠「啊嚏、啊嚏」一連打了好幾個噴嚏。

「這鼠洞是夜裡被掘開的。」牠想。

牠噴著氣，清理清理鼻腔，在草叢周圍轉起來。

在一片新土上，牠發現了一個大腳印。

「狼……狼！」

霎時，牠明白了。

這鼠洞是狼掘開的，夜裏，狼在山林中打了獵。

狼看到一隻鼠，怒不可遏，飛快撲上去。可老鼠賊鬼流滑，從狼爪下逃脫了。狼怒火熊熊，再也不肯放過這隻老鼠，一直把牠趕進窩裡。聽聽鼠窩裡「啾啾啾啾」的鼠叫，兩隻狼噴出一口惡氣，划動爪子「嚓嚓嚓嚓」刨起土。

山林裡的土一般是腐葉化成的，加上風化的石屑，很鬆軟。這兒又是在一片草叢中。鼠洞很快被掘開了，鼠洞中的大小老鼠一窩蜂似的衝出來，四散奔逃。兩隻狼怎麼會放過牠們？又拍又咬，眨眼撂倒一片。

還是有幾隻跑掉了。狼把怒火完全燒到被抓獲的老鼠頭上。

這些老鼠受傷不輕，大多已經不行了。狼把牠們叼到灌木叢下，大吞大嚼，連骨頭也「劈啪」嚼個粉碎。可惜，狼這一夜捕獵很順利，肚子塡得滿滿，再也吃不下幾隻老鼠了。

狼不肯便宜這幾隻老鼠，把牠們的屍體又摔又踩。狼的性情本來殘忍，這些日子以來更暴躁了。

老鼠的毛脫了，腸子流出來，身體成了肉餅……

大狐狸戰戰兢兢地想像著夜間發生在這兒的一場屠殺，毛不住顫抖。

牠沒敢動死老鼠，跑了。慌忙中，忘了掃掉自己留在鬆土上的腳印。

太陽升了起來。金黃色的光斑一片一片撒在山林中的地上，山林的枝葉間，不時響起「撲撲稜稜」的鳥兒拍翅聲。

「嘰克，嘰克，脫呂克，脫呂克」，「居呂，居呂，脫呂衣」，「比利，比利……」，山林上空，不時有鳥兒悅耳的鳴唱。

這都是些小鳥，大型鳥已經很少見到了。

但是，因爲是早晨，大狐狸仍然很愉快。狼在窩裡，牠很放心。從早晨的偵察情況來看，狼吃得很飽，睡得很沉。

大狐狸捉了一隻老鼠，藏在灌木叢下，打算再捉一隻，一塊兒叼回去。

這是狼來以前，牠經常的做法。

有一群噪鶥鳥喳喳叫著飛起來，在山谷上空低低盤旋。大狐狸站住了，聽聽噪鶥的叫聲，閃電般站進一片密密的灌木叢。

噪鶥是一種黑褐色的小鳥，成群生活在一起。牠們的叫聲並不怎麼好聽，但稍微受到一些驚擾，牠們便會喳喳叫個不休。這常常是在給山林動物們報信：小心，危險來了，危險來了！

現在，是不是真有危險來了呢？

小心無大錯。大狐狸信奉這個經驗。

灌木叢搖了搖，掩藏住牠，不動了。

有人說話的聲音傳上來。

「再捉一窩狐狸，我就能蓋起兩層小樓。」

「你有把握捉住？」

「沒問題，一窩狐狸住一片林子。……那天上了汽車的那隻，就是往這兒跑的。」

果然有危險，噪鶥沒有報錯信兒。聽聲音，人似乎是向這個方向來的，大狐狸把身子伏低了些。

「咱這麼說話，會不會把狐狸驚跑了？」

「白天狐狸都在洞裡睡覺。……不過，還是少說話爲妙。」

人的聲音變小了。

有灌木枝折斷的響聲。人越來越近了。

大狐狸忽然嗅到一股臭味。這臭味和人的臭味摻和在一起。但仔細嗅嗅，還是分得出來。

這是怎麼回事？大狐狸納悶。牠抽扯鼻子，透過灌木枝葉縫隙，緊緊盯住折斷枝條的方向。

有一隻動物在那邊露出頭。這東西的鼻子湊近地面，一邊嗅一邊走。大狐狸認出來，這是一條狗。

這東西的模樣同牧羊狗差不多，尾巴都是向上捲起來，不斷地搖一搖。但是，這東西沒有牧羊狗那樣高大，那樣剽悍。牠細腰細腿，樣子單薄，耳朵軟軟耷拉下來，蓋住了耳朵眼。這東西樣子很輕靈，恐怕跑得很快。大狐狸判斷。

不知爲什麼，牠忽然覺得這條狗是爲捉自己而來的。牠毛兒豎得直直，腿微微發抖。以至挨著牠身體的灌木枝條也輕輕抖起來，葉子發出低低的「嚓嚓」聲。

幸好，狗耳朵眼被耷拉下來的耳朵蓋著，聽覺不是很靈敏。狗還在低頭嗅著走，沒有向這邊看一眼。狗現在走的路線同大狐狸早晨打獵的路不一致，狗在嗅，卻並沒有走向藏身的灌木叢。

狗後面出現了一個人。這個人手中握著一根皮帶，皮帶一頭拴在狗脖子上。這人露出身子不久，後面又露出一個人來。這人肩上，扛著一副捲起來的大網。

大狐狸緊張地盯住人的臉，這兩個人的面孔牠覺得有點熟悉。

驀地，牠想起來：這倆傢伙，是那天早晨開汽車，拉走前山鄰居一家的人。

想到鄰居兩口子肚子裡的乾草，大狐狸更害怕了。

狗領著人從大狐狸一側二三十米外走了過去。後面那人扛著的網不時被灌木枝掛住，他不得不停下來，摘下網。前面的那人也不得不勒住狗，不耐煩地等他。

他們這樣走走停停，走得很慢，好不容易才在樹木後消失了身影。

人和狗停下來的時候，狗和牽狗的人目光亂撒，這叫大狐狸一陣陣心驚，不斷把頭伏得低了又低。

危險終於過去了，大狐狸在灌木下昂起頭。但牠的毛仍然蓬鬆著，目光緊緊追著人消失的方向。當人和狗走路發出的聲音一點也聽不到了，牠才悄悄鑽出灌木叢，遠遠繞著圈跑到他們前面。

牠得看著他們。越是怕，越得知道三個傢伙要到哪裡，要幹什麼。

牠的雌狐狸和小狐狸，恐怕還不知道人和狗鑽進來了。

大狐狸注意到了風向，狗嗅不到牠的氣味。漸漸地，三個傢伙又暴露在牠的視野中。

狗停住了，轉起圈，嗅。似乎發現了什麼。兩個人也停住了，注意地看著狗，跟狗轉，大狐狸發現，這兒正是狼掘開鼠洞的地方。

怎麼，他們是來找狼的？

牠疑疑惑惑地揣測。

大狐狸仍然不敢大意。

牽狗的人勒住狗，蹲下身，折斷一根灌木枝，從灌木叢下撥出一堆死老鼠。這人激動地說了一會兒，與扛網的人說了句話，隨後解開了狗脖子上的皮帶。

狗自由了，低頭轉了轉，嗅著地面顛顛跑起來。兩個人緊緊跟著狗，也小跑起來。扛網的人又被灌木掛住了。他摘下網，團一團，摟在懷裏，又跑。

大狐狸悄悄跑到狗轉圈的地方，吃了一驚：鬆土上赫然印著牠的幾個腳印。

「這是什麼時候留下的？」牠緊張地搖著耳朵。

牠昂起頭，望望，狗現在是在順著牠翻下山梁時的足跡跑。狼雖然咬死了老鼠，但牠們的足跡不在這個方向。

這就是說，三個傢伙是來捉牠的！

這樣跑下去。沒準狗會領著人尋到黃櫨叢。

大狐狸急了，再也顧不得繞圈子，踏著人和狗的蹤跡緊緊追上去。

狗和人鑽出山林，牠也鑽出山林。狗和人爬上山梁，牠也爬上山梁。狗和人翻過山梁，牠閃身躲在一塊山石後。

這兒居高臨下，視野開闊，看得見狗和人在幹什麼。

太陽火辣辣地照著，陽坡上跳蕩著灼人的陽光。

細腰狗圍著馬棘叢轉起來，一邊轉一邊衝著馬棘叢狂吠。馬棘叢不搖不晃，不動聲色。

兩個人滿臉疑惑，打量著有刺的灌木叢。

一個人動了手。這是牽狗的那個人。他拍拍同夥，示意同夥把懷中的大網鬆開。兩個人張開網，轉著馬棘叢轉，一邊轉一邊支架起網。白茅草下黑糊糊的，仍然沒有動靜。

大網圍著馬棘叢架起一圈，就要收攏口子。細腰狗吠叫著，一步步後退，馬上就要退出去。馬棘叢下的白茅草忽然分開了，箭一般竄出兩條灰色的影子。

狗害怕了，「嗷嗷」連聲驚叫，扭頭就跑。牠跑得晚了一些，在竄出網口的一剎那，兩隻灰色的影子也竄出網口。就在一個支網人的身邊，一條灰影一縱身，撲翻了狗。接著，猛一甩頭。

狗像一隻失足的山羊，在山坡上翻滾起來。

兩條灰影沒有停留，風一樣跑上山梁，鑽進了山林。

捉了鄰居一家的人目瞪口呆，甚至叫也沒有叫一聲，整個過程的出現、變化都出奇的迅速，從兩條灰影竄出草叢，到狗被甩翻，前後不過一兩秒鐘。

細腰細腿的狗只是翻滾，不再叫。鮮紅的血噴出來，撒在金黃的陽光中，撒濕了偌大一片青石板。

「是……狼！」

第六章　有驚無險

灰影在山梁後消失了很久，牽狗的人才說出話。

「是，是……反正不是狐狸。」扛網的人回答。

「這一帶不是說沒有猛獸？怎麼會有狼呢？」

牽狗的人還不相信。

兩個人丟下沒有用了的網，走向狗的身邊。

狗不滾了，眼光已經黯淡下去。狗脖子上，豁開駭人的一大塊，鮮血還在汩汩淌出。

兩人幾乎同時哆嗦了一下。

大狐狸把一切都看在了眼裡。

第七章　大劫難

一、來了幾個烤食吃的人

大狐狸親眼看到了狼的兇猛。

牠的眼睛比人尖利得多，又是躲在狼和狗的前面，視線毫無遮攔。狗逃出網口，狼也跟著衝出來。狗不得已往山梁上逃，一面卻又想求人保護，扭頭瞥瞥人，腳慢了一步。狼不留情，毫不怠慢地跳起來。狗翻倒了，剛要咬架，狼比牠俐落，一邊調整四肢和尾巴站穩身軀，一邊就張開了大嘴。狗還沒抬起腦袋，狼嘴已咬住牠的咽喉……

這一切都發生在跑動中，狗沒有來得及叫一聲。而狼似乎根本沒有停步，狗脖子中的血還沒有躥出來，牠們已旋風般衝上了梁頂。

這場屠殺，就發生在人眼前，就在離人幾步遠的地方。

狼來得太快，狐狸也沒有料到。當兩隻狼旋風般衝過狐狸藏身的石頭邊，狐狸嚇得差點屙出屎來。

狼沒有扭頭看狐狸一眼。也許，牠們沒有發現牠。

狼鑽進山林，狐狸很久沒有動一動。人沮喪地收起網，牠才急急忙忙溜走。

這一天，大狐狸沒有敢出洞。

太陽落到山尖上了，牠偷偷爬上山梁，遠遠窺視馬棘叢，一邊看一邊隨時準備逃之夭夭。

馬棘叢靜靜的，長枝條上落著幾隻烏鴉。這些黑色的鳥兒呱呱叫著。整理著翅膀上的羽毛，長著長刺的灌木枝在牠們腳下悠來擺去。

看樣子，狼沒有在窩中。

第二天早晨，太陽爬上東邊的山尖，大狐狸又去窺探狼窩。一隻大田鼠從白茅草下跳出來，嚇了牠一大跳。田鼠吱吱叫著，連竄帶跳，跑下山坡，躲進一條深深的石縫裡。過了一會兒，那傢伙又露出頭，扭動著左望望，右看看。

田鼠在狼窩裡幹什麼？看樣子，狼還是沒有在窩中。

狼大概是不要這個窩了，大狐狸忽然有這樣的預感。

果然，黃昏的時候，牠又去了一趟，白茅草裡空空的，狼依然沒有在馬棘叢下。

大狐狸惴惴不安了。

狼並沒有逃離這片山區。昨天夜裡，牠還發現了牠們打獵的痕跡。

山溝底，一個野兔洞旁，有大爪子抓刨出來的深坑。可這兩隻狼不回舊窩了，牠們的新窩在哪兒，牠不知道。這樣一來，狼的行止已經失去了監視。

如果狼到處找窩，忽然覺得這片黃櫨叢不錯，闖了進來呢？如果雌狐狸帶著孩子們，正在陽光下活動，狼沒有睡覺，忽然跑過來了呢？小狐狸已經在洞中待不住了，只要睜開眼，就要往外跑。而現在，也是必須教牠們怎樣在叢林中生活的時候。

難道，必須離開這片山林了嗎？

大狐狸與雌狐狸猶豫起來。牠們一會兒鑽出洞，一會兒又鑽回來。嚇得小狐狸們吃不下東西，總是看牠們的臉。

大狐狸一家在惶恐不安中度過了一夜。

天剛亮，大狐狸又找狼去了。牠必須知道這倆傢伙現在住在哪兒，必須重新對牠們進行監視。

太陽升到頭頂，牠疲勞不堪地回來了。繞過密密的松樹和灌木叢，踏著斑斑駁駁的光影，無聲無息地往家跑。

牠的皮毛不再整潔，身上滿是泥土和草葉。肚子癟癟的，隨著牠的跑動擺來擺去，好像風一吹，就能繞著脊梁骨轉一圈兒。

還是沒有找到狼的棲息地。

在接近黃櫨叢的時候，大狐狸嗅到一股香氣。

這香氣從山坡下繚繚繞繞冒上來，瀰散開去。但每一股，每一縷，還是那麼香，那麼富有誘惑力。

「人，有人！」

大狐狸警覺地站住了。同時，「嘓」不由自主咽下一口口水。

牠的鼻子用力抽動，從空氣中攝取香氣。肚子蠕動起來。從外面就能看到胃腸的一陣陣痙攣。

牠從來沒有嗅到過這樣的香氣。這不是自然中的香氣，是經過烹調加工才有的。

站了一刻，大狐狸不由自主循著香氣邁開了步。

接近山溝底，在山林邊緣，有幾個人在燒篝火。這是幾個年輕人，他們有男有女，但一個個都很文雅。火堆旁圍著幾塊石頭，石頭上放著飯盒。

一個戴著眼鏡的女青年身邊地上，鋪著雪白的塑膠布，布上有水果，還有兩個油膩膩的大紙包。香氣就是從飯盒和紙包中散發出來的。

大狐狸鑽進一片灌木叢，這兒離那塊塑膠布最近。這幾個人不怎麼兇惡，大狐狸不怕他們。

「聞名天下的女詩人，」有人叫。是個小伙子。「到這個漂亮的地方來，有什麼感觸？做．首詩吧。」

戴眼鏡的女青年笑了，笑得十分美麗。

「哪兒有濕呀！太乾了。瞧，山溝裡就那麼一縷縷水。」

「一縷縷？好啊，」另一個小伙子放下手中的燒火棍，揚起頭，「這個『縷縷』用的多貼切！就衝這個『縷縷』也得來一首詩。」

小伙子拉過一個書包，拿出一架照相機，站起來，把鏡頭對準了女青年。

「做詩吧，詩人。」他說。

「啊，啊，繆斯在向我們呼喚。」

最先請女青年做詩的小伙子舉起雙手，向天空叫喊。

女青年笑得更燦爛了。她不得不站起來。

「這是在考我吧。好吧，我獻醜了。不過，一會兒大家吃不下燒雞，不能怪我，咱們有言在先。」

大家嘻嘻笑起來。

女青年抬頭看著對面光禿禿的山梁，推推眼鏡，吟哦起來：

好一片幽靜，
好一片神秘。
如果不是偏愛我的編輯部有約，

誰會知道，
竟然藏在大山的皺褶裏。

啊——
北方罕見的山林，
黃土地上的翡翠。
在這晴朗的天空下，
我多麼渴望，
在這兒擁有一幢小屋！

女青年激動起來，雙臂張開，像要擁抱對面的山梁。

人們笑起來。

舉著照相機的小伙子說：

「編輯部主任，聽見沒有？她向你要小屋呢。」

「快照，快照！……多好的鏡頭！」被叫做編輯部主任的小伙子嚷。

「喀嚓」一聲輕微的響亮，閃過一道炫目的藍光。

大狐狸嚇了一跳，眼睛一下子黑了，什麼也看不見。牠不敢動，焦急地依著灌木枝條。彷彿這時候，只有這些細細的枝條，才能給牠安全。

牠的眼睛漸漸亮起來，能看清眼前的事物了。牠發現，不知怎麼回事，火堆旁的一塊石頭翻了，飯盒掉進火堆中，「嘶」一陣響，火舌猛地竄起來。

「女眼鏡」想貓腰拿出飯盒，手伸出去，又急忙縮回來。「砰」，火堆中有什麼響了一聲，立刻火球亂迸亂飛。

美麗的女詩人跳開了，文雅的小伙子們逃也似的跳開去。一團火球落在白塑膠布上，滑膩的大紙包「轟」一聲著起火。白塑膠布冒起煙，馬上也跳起黃白色的火焰。

火堆旁的松枝著起來，地上的枯草著起來，旁邊的一棵松樹樹皮冒起煙，流出許多松脂……眨眼的工夫，松樹上的枯枝著了，烈焰騰騰，濃煙滾滾，像點著了一根巨大的火炬。

山林在上面，這兒是坡腳。並且，樹冠與樹冠枝杈相連。

燒篝火的人們驚醒了，害怕得臉變了顏色。

「救火！救火啊！」女詩人高聲喊。嗓子尖尖的，跑了調。

「救火！救火！」小伙子們也高喊起來。他們一邊喊，一邊拿起衣服撲打。

大狐狸沒有動，驚呆了。在這兒長這麼大，還沒有見過山林著火。火舌突突向天空亂竄，向上面的山林亂舔。嗆鼻的濃煙在山谷中瀰漫，山林變得影影綽綽，什麼也看不清了。

大狐狸忽然記起雌狐狸和小狐狸，黃櫨叢就在這片大火的上方。此刻，濃煙恐怕已經遮住了灌木叢，灌進了洞。

「得救牠們，要快！」

大狐狸心裡也著起火。

牠什麼也顧不得了，「嗖」地跳出灌木叢，撒腿就跑。

牠向著火的地方跑，徑直投向火焰，鑽進燃燒的山林。

牠不能迂迴，已經沒有時間迂迴了。

「瞧，瞧，一隻狐狸！」一個撲火的小伙子看到了，叫起來。

「哎呀，可惜！……牠準是嚇懵了。」

「造孽，造孽！這都怪咱們，這麼美麗的動物……」女詩人痛心疾首。

火舌在呼嘯，烈焰在飛騰。

二、大難臨頭

「咳、咳咳，咳！」小狐狸們不住地咳嗽。

雌狐狸也咳嗽。

該死的濃煙順著山坡漫上來，到處亂鑽亂灌。黃櫨叢淹沒在濃煙中，黃櫨叢後的土洞也被濃煙灌滿了。

濃煙剛漫上來的時候，雌狐狸正帶著小狐狸在洞外學習捕捉。嗅到煙味兒，看見一股股穿過樹林灌木叢撲面而來的煙霧，牠慌了，立即連吼帶拱，把小狐狸趕進洞。牠沒有見過這樣大的煙霧，一時不知該怎樣辦才好。

牠把小狐狸們堵在洞裏，不許牠們亂跑。只有一刻，煙霧便跟進了洞。

洞裏越來越黑暗，越來越嗆，孩子們受不了了，「咳咳」咳嗽，亂擠亂拱。最小的一隻小狐狸擠不過哥哥姐姐，被擠出來，哭了兩聲，咳嗽的再也哭不下去。

雌狐狸也被嗆得涕淚橫流，咳嗽不止。「呼——」「砰，嘩啦」，黃櫨叢外，似乎漫山遍野都響著驚心動魄的聲音。雌狐狸覺得異常恐怖，更加慌亂。牠把小狐狸們向洞底推推，扭身向洞外探出頭。

天地灰濛濛的，只能看到周圍灌木叢樹木的輪廓。山坡下，有大片紅光在濃煙中閃動，發出「呼，呼」的聲響……

雌狐狸眼睛被熏得湧出淚水，什麼也看不清了。牠咳嗽著，急忙縮回腦袋，扭過頭。

牠眼前仍然晃動著閃閃的紅光，這使牠覺得不祥。

「火！……大火！」牠忽然意識到，這片山林著火了，那大片閃動的紅光就是火舌。

「逃，快逃！」牠清醒了。

大火若燒上來，牠一家就要被烤熟。

再也不能耽擱，雌狐狸連忙「嗷嗷」叫著，鑽出洞。

小狐狸聽到媽媽驚慌的招呼聲也害怕了，擁擠著，一骨碌竄出來。

煙霧太大，特別是滾滾的濃煙有刺激性，熏得眼睛睜不開。雌狐狸根本看不清孩子們是不是都跑出來了，是不是都緊跟著牠。

「咯嘔，咳咳，咯嘔」，鑽出黃櫨叢，牠急急叫著，招呼小狐狸們圍到身邊來。

有一隻小狐狸竄得太猛，一下撞在牠身上。又一隻小狐狸碰了牠一下。

朦朧中，周圍都是小身影了，「吭，咳咳咳，咳咳咳」，稚嫩的咳嗽聲響成一片。

「呼——呼——」山下的紅光越來越亮，響聲越來越大。

雌狐狸不敢再等待，慌慌邁開腿。

牠被什麼絆了一下，差點跌倒。

「吭吭，咳咳，吭」，牠腳下響起被碰痛的哀叫和煙霧嗆入肺裡的咳嗽。

「是小狐狸！」雌狐狸聽出來。

顧不得安慰小傢伙，牠抬腿又走。

「咯嘔咯嘔，咳咳，咯嘔。」牠一邊走一邊叫。牠招呼小狐狸們，緊緊跟著走。

「咳咳咳，咳咳咳。」小狐狸們一邊咳嗽，一邊緊擠著牠，趔趔趄趄向前走。

「撲通！」有誰摔了一跤，骨碌骨碌滾下坡。

雌狐狸慌忙站住了，「咯嘔，咯嘔，咯嘔。」牠連連叫。

還好，摔倒的小狐狸沒有滾下去多遠，哭叫著爬上來了。雌狐狸透出一口氣，又走。

有一張小嘴叼住了牠肚子上的毛，拉得那塊肚皮火辣辣的痛。牠本能地抖抖身子，想甩掉那張小嘴。

剛抖一下，又停住了。

「這是個好辦法。」牠想。

「喀嘔喀嘔」，牠招呼別的小狐狸向那個小傢伙學，也叼住牠的毛。

小嘴們紛紛叼住了牠肚子尾巴上的毛，雌狐狸又邁開了腿。

小東西們走路磕磕絆絆，趔趔趄趄，拉得牠身上的皮膚像火灼一樣痛。牠還是很高興。現在，不必擔心孩子們的煙霧裡走失了。

要是剛剛嗅到煙霧的時候，就帶孩子們轉移，該多從容！雌狐狸很後悔。

那會兒，牠們嗅到一股撲鼻的香氣，懵了。小狐狸停止學習，不住搧動鼻翼。脖子伸得長長的，瞪圓小眼向山坡下看，「嘓嘓」地咽口水。牠沒有制止孩子們，牠也沒有聞到過這樣的香氣。這樣好聞的味兒鑽進鼻子，鑽進身體，牠的嘴裡也不由自主湧出許多口水。

嗅到煙味的時候，牠的腦袋一時轉不過來。想也沒想，就把孩子們趕進了洞裡。誰知道這滿山的煙霧預示著一場撲天大火呢？

「人啊，你們太狠毒了吧？」一瞬時，雌狐狸心裡又充滿了仇恨。

那股勾引得牠神魂顛倒的香氣，肯定是人造出來的。沒有修公路以前，山林裡從來沒有過這樣的香氣。而這大火，一定和香氣有關係。自從修築了公路，山林遭受了多少意料不到的劫難哪。

人爲什麼不願意有山林，不願意有動物生存呢？

雌狐狸想不通。

雌狐狸領著小狐狸們惶惶奔逃，一直順著山坡跑。這樣，牠拉著孩子們跑省力。並且，牠還以爲，這樣能快快鑽出濃煙，避開火。

「咳咳咳咳咳」，雌狐狸身後，遠遠傳來一陣奶聲奶氣的咳嗽。不是拉著牠毛的小狐狸發出的，雌狐狸站住了。

「誰掉了隊，誰？」

雌狐狸十分焦急。怎麼就不知道呢？

「喀嘔喀嘔」，牠叫起來。

「咳咳」，咳嗽聲迅速接近。聽聲音，是直直向牠這個方向跑過來的。「咳咳，噗」濃煙中，又傳來一聲短促、低沉有力的咳嗽。

雌狐狸眼睛放出光，叫得更急了。牠聽出後面急急趕上來的，是牠的一個孩子，還有牠的丈夫。

「嗚噢，嗚噢」，後面低沉有力的聲音制止牠。

雌狐狸不叫了。一條黑影穿過煙霧跑過來，嘴下悠悠蕩蕩叼著個什麼東西。

從身影看，果然是大狐狸。牠嘴下叼著的，是一隻小狐狸。

雌狐狸眨巴著眼淚汪汪的眼睛，心裡一下子輕鬆了許多。待到大狐狸跑到身邊，牠靠過來，委屈地在丈夫脖頸上蹭起來。

「嗷嗷！」大狐狸痛叫一聲，「啪」跳開了。牠叼著的小狐狸一下子跌下地，尖聲尖氣也叫起來。

這是那隻最小的小東西。

雌狐狸嚇了一跳，睜大了眼睛。牠注意到，灰濛濛的煙霧中。大狐狸一身漂亮的毛變得焦黑，一碰就成了粉末。丈夫身上還有幾塊燒傷，鼓起水靈靈的大泡。

雌狐狸的心哆嗦起來，彷彿那燒傷就在自己身上。看來，大狐狸是拚著命趕回來的，同火有過一番搏鬥。

跌在地上的小狐狸爬起來，叫著跑到兄弟姐妹身邊，又是碰鼻子，又是嗅，接著，也好奇地叼住媽媽尾巴上的一綹毛。

又一股濃濃的、捲著黑灰的煙撲過來，狐狸一家都劇烈咳嗽起來。

大狐狸覺得煙霧溫度比剛才高了，身上被燒傷的地方有些灼痛。牠扭頭看看坡下，大火燒得更近了。

「走，快走！」牠「喀嘔」叫一聲，提醒雌狐狸。

雌狐狸慌忙帶著小狐狸邁開了腿。

「咯嘔，咯嘔」，大狐狸又叫。

雌狐狸疑惑地扭回頭，碰到丈夫被熏得連連眨動的眼睛。目光交流，牠明白了，丈夫在叫牠扭頭，向山梁上跑。

「怎麼能向那兒跑呢！」雌狐狸站住了。火不是也要往山梁上燒麼？牠的目光又一次同大狐狸碰到一起。

大狐狸眼神焦灼，但是明白無誤。

雌狐狸只好扭轉頭，帶小狐狸向坡上爬。牠還想不通，可牠相信丈夫。

小狐狸叼著媽媽的毛，嗚嗚咳咳哼著，咳嗽著，跟媽媽爬向山梁。

大狐狸跟在後面，看著。哪個孩子跌倒了，牠趕上去，扶一下，幫小狐狸站起來。哪個孩子咳嗽得厲害，走不動了，牠拱拱小狐狸，推著小傢伙走。有大狐狸幫助，雌狐狸走得比剛才快了。

看著前面的妻子兒女，大狐狸鬆了口氣。

牠竄跳著衝過火線，燒光了身上的毛。有一刻，牠甚至覺得身體也燃燒起來。

當牠竄進黃櫨叢，土洞裡煙霧繚繞，寂無聲息。雌狐狸已經帶著小狐狸逃走了，牠這才覺察到身上的痛。

可是，雌狐狸帶著孩子們在向哪兒跑呢？牠還是不放心。大火之中，昏頭昏腦地跑，是跑不出去的呀。

牠在黃櫨叢外時濃時淡的煙霧中，找到一隻哀叫亂竄的小狐狸，心裡又急起來。果然，妻子慌慌亂亂，連孩子都找不齊了。

牠急忙叼起小狐狸，憑著對妻子的了解，順著山坡急急跑起來。

小狐狸們已經大了，會跑了，這時候，不需要再叼著轉移了。可是，煙霧這樣大，孩子這樣多，孩子跟著母親跑，能不失散麼？

牠很快找到了妻子。妻子也果然在順著山坡跑。不過，讓牠欣慰的是，除了黃櫨叢外的小狐狸，沿途再沒有看到一個小傢伙失落。原來，雌狐狸是讓孩子們叼著毛兒跟著跑的！

妻子原來也有小聰明呵。

狐狸一家急急向山梁上攀登。在火海濃煙這樣的大劫難中，苗條瘦弱的雌狐狸渾身都是勁。

「咳咳咳，咳咳」，有小狐狸咳嗽得過急，鬆開叼著媽媽毛兒的嘴，走不動了。大狐狸把牠叼起來，走一段路，再把牠放下，於是小傢伙快快跟上媽媽和兄弟姐妹，又甩開小腿兒急急逃命。

小東西也不願意死呵。

大狐狸一家的身後，熊熊大火已燒到山腰。黃櫨叢冒起青灰色的煙，忽然，也「轟」的一下著起來了。頃刻間，狐狸一家生活過許久的地方，陷進了火海裡。

鑽出山林了，攀上山梁了。

翻過山梁，狐狸一家癱在地上，雌狐狸喘吁吁地抬起頭，看到山梁那邊煙霧騰騰，火苗亂舞，但煙霧和火苗是向上冒向上燒的，到山梁邊就躥向了天空。這邊山坡，實際上不會受到大火威脅了。

雌狐狸敬佩地看了看丈夫。

大狐狸焦頭爛額，正昂首站著，看著山梁。牠的眼光裡儘是憤怒和淒然。

三、雌狐狸走了，找不到了

事情來得那樣突然，小堆篝火，一飯盒油炸的食物，頃刻間便引發了沖天大火，燒毀了整整一面山坡的樹林。

國家幾十年的努力，一個白天便付之東流。

大狐狸一家也倒了楣，失去了領地和家。大狐狸雌狐狸不得不拖兒帶女，開始漂泊流浪。

大狐狸在前面走，後面跟著一群小狐狸。雌狐狸走在最後，負責監視和收容。可憐小狐狸腿短，在崎嶇不平的山坡上跌跌撞撞。繞過亂石和荊棘，跳過石縫，一路不知摔了多少跟頭。

「吭——吭——」有一隻小狐狸不想走了，蹲在地上，看著渾身黑炭般的爸爸，又看看後面的媽媽，哭起來。大狐狸扭回頭，無可奈何地看著孩子。雌狐狸趕上來，拱拱小狐狸，小狐狸不站起，還哭。

這怎麼行？

現在是白天，又是沒有什麼遮掩的陽坡上。一窩狐狸停在這兒，有多危險哪。不要說被人和狼發現，就是頭頂上飛過一群烏鴉，也有可能會傷害小狐狸。

烏鴉膽子賊大，腦袋還很好使喚。看到大狐狸帶著小狐狸，就會動壞心眼。牠們悄悄分成幾組，忽然俯衝下來。幾隻圍攻大狐狸，其餘的跳到小狐狸身上，啄瞎小狐狸的眼，啄開小狐狸的肚子，拉出牠們的內臟。

四五隻大烏鴉，就能把一隻昏死過去的小狐狸抬上天空。

「這小東西太不懂事了。」雌狐狸想。看小狐狸還不動，牠忽然張開嘴，在小狐狸後背上咬了一口。

「嗷嗷嗷，嗷嗷嗷」，小狐狸嚇了一跳，又痛，不哭了，尖聲叫著跳起來，跌跌爬爬竄到父親身邊。

狐狸一家又開始移動。

大狐狸遍體燒傷，灼熱的太陽光照在身上，皮膚火燎一般痛。牠不敢憐惜自己，不敢大意，警覺地巡視著周圍和天空。走下陽坡，穿過沒有水的溝底，鄰居的山林到了。

鄰居一家都失蹤了，不知到哪兒去了。這片山林實際上已不再是誰的領地。大狐狸領雌狐狸小狐狸走進山林，走進樹木陰影，鬆了口氣。

先在這兒歇歇腳吧，小狐狸們夠累了。但這兒也不可久留。這片山林被砍伐得亂七八糟，有許多地方還被開墾成梯田，有這樣的地方，是不能藏身的。

雌狐狸領著小狐狸鑽進一叢茂密的灌木叢，消失在枝葉下。大狐狸警惕地抽抽鼻子，搖搖耳朵，沒有發現有什麼危險，也鑽進一叢灌木叢臥下來。

在這片灌木叢裏，可以看到雌狐狸小狐狸休息的那叢灌木。這樣，有什麼事發生，可以照應。

大狐狸透過灌木枝條望望這兒，看看那兒，想起那天夜裡看到的鄰居的殘破窩巢，心裡壓上了塊大石頭。

就憑鄰居一家失蹤，也不能在這兒住。

「可是，鄰居一家到底到哪兒去了呢？」

沒有誰告訴大狐狸。

過去沒有答案，現在也沒有答案。大狐狸覺得很累，漸漸閉上眼睛……如果鄰居一家搬走了，丟棄了這片山林，這說明，這片山林已經不適宜狐狸居住了。

如果鄰居也遭到了前山狐狸的下場，一家都被人捉走了，這說明，這片山林也藏不住狐狸了。

……大狐狸腦袋麻木起來，怎麼也考慮不下去了。牠把頭枕在前爪上，陷入昏睡中。

「吭，吭」，前面那叢灌木中傳來小狐狸的哭泣。

大狐狸沒有聽到。

雌狐狸看看丈夫藏身的灌木叢，爬起來。牠知道，小狐狸們從早晨到現在沒吃什麼東西，早餓了。就是牠自己，也餓得肚子咕咕嚕嚕響，得去找點兒食物。

牠悄悄鑽出灌木叢，走了。牠沒有叫醒大狐狸。丈夫終日東奔西跑，太辛苦了，今天又被燒成那個樣子。

這片山林同自己家那片山林不一樣，到處破破爛爛。塑膠袋扔得滿坡都是，碎啤酒瓶在這兒那兒反射著耀眼的光。人在大腳踩枯了青草，踩折灌木，踩出的人道縱橫交織，像在林子裏撒了一張大網。

不過，這片林子裡到處都有老鼠的氣息，這使雌狐狸很喜歡。

繞過一片灌木，面前出現一塊梯田。雌狐狸站住了。

「山林中怎麼能有梯田呢？」牠納悶。

附近沒有人。遠處也看不到。太陽就要落山了。照得樹葉亮閃閃的，像鍍了一層金。

從梯田上面望出去，對面山梁後的大火已經熄滅。只是還有許多處冒著煙。讓牠心驚膽戰。

得快點找食物。雌狐狸低下頭，嗅著，顛顛跑上梯田石堰。

一隻田鼠受到驚動，從石堰石縫中忽然跑出來，跌跌撞撞跑進梯田。雌狐狸吃了一驚，站住了。

田鼠跑不快，趔趔趄趄，直耍翻跟頭。雌狐狸高興了，「呼」一下撲過去，按住了田鼠。

田鼠在牠爪下掙扎，並且扭回頭，張嘴齜出牙。

田鼠的力量不大，扭頭的動作也不快。雌狐狸沒有細想，「喀嚓」，咬碎了田鼠腦袋。田鼠細細的四肢抽動起來。揮身篩糠般亂抖。

田鼠的血不是鮮紅的，並且嘴角邊有血沫。雌狐狸審視著田鼠，覺得這隻田鼠的血肉不大新鮮。可是，這畢竟是剛剛捕殺的。牠想了想，決定自己吃掉田鼠，然後再去給小狐狸捉別的。

牠實在太餓，而且，還要跑跳著打獵。於是，「啊嗚啊嗚」吞吃起來，喉嚨裏像有隻爪子在往下拽。

不一刻，田鼠被牠吃得乾乾淨淨，連骨頭也沒有剩下一根。

雌狐狸覺得有了勁，又邁開了腿。

在梯田石堰縫隙中，牠又看到一隻田鼠。這田鼠已經死了，一動不動。牠伸爪把死田鼠抓了出來。田鼠很肥，鬍子耷拉著，瞪眼咧嘴，嘴角邊也淌出許多血沫。

雌狐狸撥撥田鼠，嗅一嗅，又撥撥田鼠，嗅一嗅。接著，牠圍著田鼠轉起來。牠很奇怪：這田鼠肥肥壯壯，毛兒油光水滑，正當盛年，身上又沒有被咬過抓過的傷，怎麼會忽然死在這兒呢？

轉了一會兒，牠走了。這隻田鼠不是牠捕殺的，死得也十分可疑，牠覺得還是丟棄爲好。走出十幾步，牠站住了，扭回頭看看田鼠，猶豫一會兒，又走了回來。牠覺得，這樣一隻大田鼠，丟棄實在有些可惜。

牠嗅嗅死田鼠，用前爪撥來撥去，仔細審視一會兒，還是走開了。牠想起大狐狸曾告訴過牠，不要碰梯田附近的死田鼠，人有毒鼠的藥。

走近梯田邊，雌狐狸的肚子忽然痛起來。牠站住了。馬上，牠想嘔吐。牠伸長脖子，乾嘔兩下，卻又嘔不出來。牠覺得胃裡像塞滿了茅草，讓牠噁心不已。

牠忽然意識到，牠中毒了。

這確實是中毒的感覺！

小時候，牠吃過一隻毒蟲子，胃裡就是這樣。牠吃下的那隻田鼠，和牠丟棄的死田鼠，都是中過毒的呀。田鼠嘴角的血沫，就是內臟出血湧出來的。那隻田鼠雖然還能跑，但不是已經跌跌撞撞，跑不動了嗎？

雌狐狸後悔極了，眼角湧出眼淚。

「人，真壞啊。……還能活下去嗎？」

牠不知道。

肚子越來越痛，又乾嘔了幾次，什麼也沒有嘔出來。本能使雌狐狸撒開腿，掙扎著跑下山坡。牠要喝水。牠現在必須大量喝水。喝純淨的水會促使胃裡的毒鼠肉嘔吐出來，會幫助身體把血液中的毒素排出去。

中毒以後大量喝水，是所有動物求生的本能，並不只是雌狐狸具有。

山溝到了。但是由於人們對這片山坡上山林的破壞，山林攔蓄雨水、轉化成泉的能力已經大幅度減弱，此時的山溝裡乾巴巴的，只有滾滾的亂石。

雌狐狸急起來，順著山溝向上跑了一段，又向下跑。

這個季節，又是山溝，怎麼會沒有水呢？自己家那條山溝，這時候不是流水潺潺嗎？莫非，還得翻過大坡，穿過燒焦了的山林，回那條溝去？

牠又乾嘔起來，肚子裡翻江倒海，腸子像要斷成一截一截。牠痛得受不了，不敢耽擱，順著山溝一直向下跑起來。

下游地勢低窪，沒有清泉，難道還沒有一窪渾濁的泥水嗎？無論好歹，快找到喝下去一些，救命吧。

雌狐狸跌倒了，肚子中的疼痛使牠站不起來。牠翻滾著，連連乾嘔，嘔出一小灘一小灘黏液。牠掙扎著爬起來，搖搖晃晃走出幾步，又痛得彎起腰，跌翻在地。

牠的頭也痛起來，眼睛模模糊糊，看什麼都是朦朧一片。

「喂，那上面是什麼？」

有人的說話聲順著山溝傳過來。

太陽就要落山，正向山溝撒下最後一抹輝煌。

雌狐狸緊張起來。牠耳朵也有些聾，可還是隱隱聽到了人的說話聲。

不得了了，惡魔來了！牠怕得要命，再顧不上找水，爬起來就跑。

「狐狸！」

「哎呀，紅狐狸！」

「追，追呀！」

山溝下游，伴著人的叫喊，響起奔跑和踏翻石頭的聲音。

雌狐狸想快快逃命，可牠的腿軟軟的，怎麼也拖不動。牠忽然想起那隻跌跌撞撞奔逃的田鼠，那東西恐怕就是牠現在這個樣子。中了毒，怎麼跑也跑不快了呢？

「狐狸跑不動！」

「是受了傷？」

「管牠！快追吧。」

人的聲音彷彿已經響在耳邊了。

雌狐狸忽然覺得自己太傻，怎麼能一直向上跑呢？上面，山林邊緣，小狐狸和丈夫正

休息，這不是在引人去捉牠們嗎？牠扭過頭，掙扎著跑上和山林相對的陽坡。

陽坡坡高較大，牠哪裡還有勁爬坡？雌狐狸再一次跌倒了，在山坡腳翻滾起來。

馬上，有幾張大鐵鍬拍到牠身上。

「噗噗噗，噗！」大鐵鍬急急上下飛舞，像在拍打一隻沒有知覺的口袋。雌狐狸漸漸不知道痛了，牠感覺自己正飛騰起來，和山坡那邊的煙霧融合到一起。

「看護好孩子。」牠張了張嘴。

沒有誰知道牠最後「吱」地低叫一聲的意思，人們不理解。

揮動鐵鍬的人停止拍打，拎起雌狐狸的尾巴。這些人滿身疲憊，一臉煙熏火燎的顏色。

「嘿，不錯，救火救火，撿到一隻狐狸。」

「這是隻母的。看這　排奶頭！」

「這附近肯定藏著一窩小狐狸。」

「吱，就是天黑了不好找。明天咱們幾個再來，怎麼樣？」

「行。……這東西怎麼跑不動，老翻跟頭？」

「我看看。……恐怕是吃了死老鼠了。昨天，我在前面那塊地裡撒了毒老鼠的藥。」

幾條結實的漢子拎著雌狐狸，扛上鐵鍬，邊說邊走。

空氣中還飄著煙霧味兒。太陽收斂盡輝煌，躲到了山背後。

第八章　遠逝的狐狸

一、尋找

大狐狸是被小狐狸弄醒的。

有一隻小狐狸碰到牠被燒傷的地方，牠哆嗦一下，「嗷嗷嗷」叫起來。接著，牠眼睛還沒有睜開，便跳起來。身邊的灌木枝被碰得「噼哩啪啦」搖晃個不住。牠的身體被灌木枝碰到了，擦著了，痛得牠一邊呻吟，一邊連連吸冷氣。

牠完全清醒了。

這片灌木不是黃櫨叢，身後也沒有熟悉的土洞。「吭吭，吭吭」，「吭，吭」，眼前，小狐狸們圍著牠，有的蹲著，有的站著，全在哭叫。對了，現在是在逃難途中，牠的家園已經被幾個吃烤食的人燒毀了。

那麼，小狐狸怎麼都跑到這兒來了呢？牠們不是躲在前面的灌木叢下，和媽媽在一起嗎？大狐狸驚訝起來，再也顧不得身上的傷痛，急忙鑽出灌木叢。

小狐狸們也一窩蜂鑽出灌木叢，跟在父親後面。

前面那簇灌木叢下空了，雌狐狸不在。大狐狸伸進去頭嗅嗅，又退出來，向遠處眺望。天已經黑下來，只有天空中的雲彩還白亮一些。空氣中飄散著黑灰，有一股煙火味。

大狐狸耳朵不安地搖動，鼻翼一扇一扇。牠沒有想到，自己這一睡，竟然睡了這麼久。

「吭，吭」，「吭吭，吭」，牠身後，小狐狸們又哭叫起來。

大狐狸急忙扭回頭，用鼻子輕輕碰碰小傢伙，挨個兒舔起牠們身上柔軟的毛。小東西們餓了，雌狐狸大概是給孩子找食物去了，牠想。

牠把小狐狸們趕進灌木叢，自己在灌木叢邊臥下來。這是個陌生的地方，又沒有洞，得看著小東西，不能讓牠們亂跑。雌狐狸很快會回來的。雌狐狸不像牠，一出去就很久。雌狐狸總是惦著孩子們，常常是在附近轉轉，無論找到找不到食物，一會兒就回來了。

牠等了很久。天空越來越黑，雲彩已經看不到。空氣中漂浮的黑煙不知飛到了哪裡，煙火味也淡了。

這時候，周圍還是沒有雌狐狸回來的影子。

「籽黑，籽籽籽黑」，「喳喳喳喳，喳喳喳喳」，「呱啦嘰，呱啦嘰，呱呱啦嘰」，夜幕初降的林子裡，倦鳥都已回到巢中，正在招呼小鳥入睡。大狐狸急躁起來，不時抬起頭。可望遍遠近，仍然看不到雌狐狸。

「吭，吭，」「吭——」小狐狸們又哼起來。

大狐狸站起臥下，臥下站起，心裡越來越焦慮不安。小狐狸的哭叫，更加重了牠的煩躁。「嗚——」牠惡狠狠地低低咆哮。

小狐狸們忍饑吞悲，閉住了嘴。

可是，雌狐狸是怎麼回事，怎麼到現在還不回來？

大狐狸沉不住氣了，這事有點反常。又等了一會兒，牠實在待不下去了，嗚嗚咆哮兩聲，警告小狐狸不要亂跑，急急離開了灌木叢。

雌狐狸該不會遇到什麼意外吧？

大狐狸一邊顛顛跑，一邊尋找雌狐狸的足跡，時不時抬起頭叫兩聲。在梯田邊，有一隻死田鼠。田鼠周圍有許多雌狐狸的腳印。看得出，雌狐狸在這兒徘徊過。

大狐狸嗅嗅田鼠，撥一撥，走了。牠的心稍稍寬了一些，雌狐狸沒有吃這隻田鼠。

在人的村子邊跑過，經常可以看到被扔出來的死老鼠。這是人受不了老鼠的騷擾，下毒殺死的。這些死老鼠不能吃，誰吃了誰中毒。有一天晚上，牠親眼看到一隻黃鼠狼在村子旁掙扎。黃鼠狼的樣子慘極了，痛苦得齜牙咧嘴，又拉又尿，滿地打滾。折騰許久，受夠了罪，黃鼠狼才咽氣蹬腿。

人把捕捉老鼠的動物都打死，都趕走，然後再買毒藥毒老鼠，這是聰明呢，還是愚蠢？被毒死的老鼠亂扔亂拋，反過來又危害吃鼠的動物，人害動物害到家了。

大狐狸憤憤地離開梯田，在梯田邊站住了。「喀嘔，喀嘔」，牠揚起脖子叫。沒有回聲。牠靜靜站了片刻，又跑起來。

雌狐狸的足跡仲向山林外，仲向溝底。

在溝底，大狐狸嗅到了人的蹤跡。這蹤跡很新鮮，並且同雌狐狸的足跡重疊。牠不跑了，團團轉起來。人的足跡很多，很亂，似乎是好幾個人在一起。人的足跡還帶著煙熏火烤的味道，這讓大狐狸打了好幾個噴嚏。

「這些人到燃燒的山林中去過。他們又到這條山溝裡來幹什麼？」牠心裡升起疑惑。妻子的腳印在這兒終止，東南西北，再沒有痕跡。

「被人捉了去？」

大狐狸馬上又否定自己。這些人可是救火的人。救火，就是救山林哪。

嗅來嗅去，鼻子疲勞了，不靈了。轉來轉去，腦袋暈了，站不穩了。

牠忽然想起小狐狸們。牠出來已經有一會兒了，小狐狸們還躲在灌木叢下，沒有誰看管。雌狐狸是不是已經回去了？牠不轉了，跳上山坡，一溜煙跑向牠一家藏身的地方。

小狐狸正盼著父親回來，雌狐狸還沒有蹤影。看到父親，孤兒一般的小狐狸們一擁而上。又是「吭吭」叫，又是往大狐狸懷裡擠。大狐狸鬆了一口氣，同時，心裡酸酸的。

天已經完全黑了。樹上的小鳥兒躲在大鳥翅膀下進入夢鄉，不時發出「啾啾」的囈語。

大狐狸爲孩子們捉到幾隻老鼠，看牠們爭搶著吃下，又返身離開灌木叢去尋找妻子。循著雌狐狸的蹤跡走下去，還是找不到。

雌狐狸到哪兒去了呢？跟別的雄狐狸跑了？

在狐狸社會裡，成年異性一旦結合，組成家庭，這個家庭一般是穩固的。這有利於撫養小狐狸，保持狐狸社會的穩定。但也有個別情況。例如雄狐狸被流浪的另一隻雄狐狸打敗了，失去領地，雌狐狸也有可能與新領主重結秦晉。或者另一隻雄狐狸趁丈夫外出，偷偷接近雌狐狸，向雌狐狸大獻殷勤，久而久之，雌狐狸也有可能拋夫棄子，與新歡私奔。

但，這都需要有另外一隻雄狐狸。現在，在這一片山區，在這個時候，哪兒還有另外一隻雄狐狸呢？更重要的是，牠的雌狐狸是那樣的狐狸嗎？

雖然，這樣的想法難免在大狐狸心頭一閃，但牠馬上又否定自己。況且，妻子的護子性特別強。就是妻子忍心拋下自己，能捨得拋下孩子們嗎？

「咯嘔，咯嘔」，牠不時停住，急急切切地叫。

沒有回音。哪兒也沒有回音。

大狐狸又跑到了發現人蹤跡的地方，在人的腳印上仔細嗅。

「真的是人捉走了妻子？」若是那樣，就沒有一點活著的可能了。牠不由得想起汽車上躺著的前山夫妻倆。

可是，這些人會同賣前山鄰居一家的人一樣？

大狐狸不願意想得太殘酷。牠久久在山溝裡轉，瘋了似的跑過來跑過去。還能到哪兒找呢，妻子的腳印就是在這兒中斷的呀。

二、狼瘋了，趁火打劫

兩隻黑影一前一後，竄進了破爛的山林。

這是兩隻狼。牠們的脾氣越來越壞了。

那天白天，睡得正香，一陣狗吠驚醒了牠們。睜開眼，嚇了一跳，有兩個人在圍著棘叢架設大網。這還了得？這不是要給兩隻狼築一道軟牆，把牠們囚起來嗎？

兩隻狼憤怒極了，脖頸上的毛聳立起來，豎得高高。爪子用力抓著腳下的泥土，趾尖深深扎了進去。身上的筋肉鼓凸出來，一條條一塊塊堅硬異常。兩隻狼沒有馬上衝出，牠們還想看看形勢。

狗在洶洶地叫，似乎有多麼兇猛。但兩隻狼看出，這傢伙沒有什麼大本事，不過是仗恃著人而已，根本不堪一擊。兩個人的表情很輕鬆，手腳快是快，卻一點也不緊張，彷彿面對的不是猛獸，而是山雞或兔子。也許，兩個人還不知道他們要包圍的，是什麼動物。

兩隻狼稍稍放下心來。公狼把尖嘴指向兩人中的一個。牠相信，只要撲出去，就能咬住這傢伙的咽喉。這傢伙雖然是兩條腿的人，但一點防備也沒有。

可是旋即，牠又放棄了自己的打算。那人的手中有網，並且站在大網後面。這就有些麻煩。一旦撲出去，雖然可以撲倒那個人，卻也可能被大網絆住，纏住。

牠把打擊的目標定在那條狂吠的狗身上。

那條狗實在討厭，聽叫聲，似乎已經知道牠們是狼，並且極力想通過叫聲告訴人。可惜，人不懂牠的語言。狗現在還不肯歇一歇，緊緊盯著這兒，張著大嘴，露出閃閃發亮的牙齒，肚子一起一落地狂叫。

狼恨得咬牙切齒。網就要合攏，狗開始向後倒退。好，時機已到。人果然沒防備，狗也果然不敢堵截牠們。在咬斷狗喉嚨的一瞬間，狼瞥到人驚懼的目光。

狼的心裡升騰起愉快以及威風八面的感覺。牠們沒有停留，狂奔上了山梁。人不是狗，這種兩條腿的動物高深莫測，很難捉摸。若非迫不得已，盡量不要去招惹他們。

兩隻狼沒有再回到馬棘叢下，牠們拋棄了這個暴露的窩巢。牠們竄過山林，竄過山谷，竄上陽坡，風一樣竄進前山的那片林子，這才停腳喘息。

幾天來，牠們居無定所，備覺淒涼，更仇恨人了。但牠們的神經始終繃得很緊，耳朵高高豎起。牠們已經暴露，並且咬死了人的狗，人會不會追蹤而來呢？

牠們還不想離開這兒。牠們已被逼到最後一片綠地，還能再逃到哪兒？過一天說一天吧。兩隻狼憂鬱，緊張，彷徨，脾氣更壞了。

今天白天，呼呼的燃燒聲和濃烈的煙火味把牠們驚醒了。兩隻狼鑽出灌木叢，爬上山梁，隔著山谷看對面山林沖天的大火，又驚又怒。這肯定又是人幹的。這是牠們領地中心的山林，人莫非要把最後一片林子也毀掉？

心情鬱悶地看了一天大火，沒有睡覺，神經疲勞到極點，更煩躁了。

天黑下來，救火的人都走了，兩隻狼翻過山梁，跑下山谷，跑進原本鬱鬱蔥蔥、充滿松脂味的山林。

山林已經滿目全非：生機蓬勃的樹木沒有了，滿坡是灰燼，是焦黑的樹樁，是燒倒在地上的、還冒著煙的樹木屍體。露出地面的石頭也被燒得黑皴皴的，齜牙咧嘴。走上去還熱得燙腳。放眼四望，到處死氣沉沉，彷彿世界已經到末日。

更讓兩隻狼焦躁的是，谷底山溝中的涓涓流水，好像也經不住大火的烘烤，已經點滴全無，乾涸到底了。天氣這樣熱，沒有水，怎麼活下去呢？

兩隻狼在溝底急惶惶地用爪子刨，用嘴拱，翻過一塊塊石頭，希望能再發現清清的泉眼。牠們爪子傷了，嘴磨破了，費盡力氣，只找到一窪窪腥臭的泥沙。

青山長在，綠水長流。青山完了，哪兒還會有長流的綠水呢？

兩隻狼抬起頭，再一次巡視焦黑的山坡，惡狠狠咆哮起來。牠們的叫聲裡透著無奈，透著絕望，透著悲憤。

現在，無論碰到誰，牠們都仇恨，都咬牙切齒，都會毫不猶豫地撲上去，亂撕亂咬！

兩隻狼已經絕望了，瘋了。牠們像風一樣跑起來，漫山遍野亂竄。草木灰燼被踢得飛起來，四處飄揚；燒焦的灌木枝條被撞折，「喀嚓喀嚓」響著倒伏在地；黑乎乎的石塊翻過身，露出灰白的、死蛤蟆肚皮似的另一面……

兩隻狼竄進另一條溝，另一片林子。

這條溝裡也沒有水。這片林子雖然有樹，卻破敗不堪，髒污不堪，一派行將滅亡的衰敗景象。呼吸到綠色的氣息，兩隻狼的心情並沒有好轉多少。

「喀嘔，喀嘔」，遠遠地，有狐狸叫。

兩隻狼站住了，耳朵緩緩搖擺起來。狐狸的叫聲又急切又悲傷，好像在尋找什麼，又尋不到。兩隻狼咧開嘴，眼中閃爍起邪惡的光。牠們誰也沒有吭氣，對看一眼，悄無聲息地跑起來。

「喀嘔，喀嘔」，狐狸還在悲憤地叫。

這無疑是在給狼指示方位，兩隻狼一前一後，越跑越快。

「喀嘔，喀嘔」，狐狸的叫聲變換了方向。

兩隻狼腳步慢了。牠們聽出，狐狸也在跑動。

「向哪兒跑呢？是跟蹤還是截擊？」

兩隻狼有些猶豫，站住了。

牠們昂起來，搖動起耳朵。牠們想多得到些消息。

狐狸不再出聲，似乎在一直跑路，或者在查看什麼。兩隻狼擔心起來，不要讓狐狸跑掉了。牠們仍然悄無聲息地站在黑暗裡，一動不動。

「吭，吭」，什麼地方傳來輕微的哭泣聲。

夜色凝重，沒有一點嘈雜。吭吭聲雖然細微，狼還是聽到了。

兩隻狼急急搖動耳朵，越來越興奮。過了一刻，牠們交換一下眼色，拐彎摸了過去。

三、報復

大狐狸叼著兩隻老鼠，急匆匆跑回灌木叢邊。

仍然沒有找到雌狐狸。不能不懷疑是那夥救火的人捉走妻子了。

牠追蹤起人的足跡，一直追到村子旁邊。一群羊臥在路旁，路上有兩隻牧羊狗走來走去。這兩隻牧羊狗警覺地豎著耳朵，不時站住昂起頭，諦聽沉沉黑夜中傳來的聲音。每逢這個時候，牠們就收回耷拉在嘴外的舌頭，眼睛裡射出兇兇的光。

沒有看到人。不過可以肯定，人就在附近。

大狐狸沒有敢再追蹤下去。牠惦著小狐狸，急忙悄悄扭回頭，跑了回來。

現在，牠已經絕望。牠就是追蹤到人住的村子裡，又能怎樣呢？那兒到處都是人和狗，還能把雌狐狸救出來？況且，雌狐狸恐怕也不會活著落入人的手裡。

有幾隻狐狸是被人活著捉住的呢？

今後，牠必須孤零零地獨自一個撫養孩子們了。牠不怕累，也不怕苦。可是，當牠出去打獵的時候，誰來看護小狐狸們？孩子還小，還不會躲避危險哪。

大狐狸心裡異常淒苦，頭腦昏昏，一邊跑，一邊想這想那。走吧，趕快離開這塊可怕的地方。這兒已經沒有安寧，沒有祥和，變成了苦難淵藪呀。待孩子們吃下這兩隻老鼠，就帶牠們離開，一刻也不多停留。

沒有家了，沒有了妻子。然而，灌木叢邊等待牠的，是更淒苦的一幕。

灌木叢下空了，灌木叢周圍一片濃烈的血腥氣。

一瞬間，大狐狸腦子裡一片空白。

「小狐狸，我可愛的小狐狸們呢？」牠醒過來，什麼也不會思考了，心裡只剩下這麼一個問題。牠急急拋下老鼠，又嗅又聽，惶惶找起來。

離這簇灌木叢不遠，另一叢灌木後面，牠的孩子們橫躺豎臥，都變成了小屍體。牠們的身子血肉模糊，腸子肝肺被拖出來，扔得到處都是……大狐狸尋到這兒，怔了怔，趕快跳過去，不顧血污，拱拱這隻小狐狸，又拱拱那隻小狐狸。

牠一邊拱，一邊「咯嘔咯嘔」叫。

沒有一隻小狐狸站起來，也沒有一隻小狐狸應答牠。做父親的急切地拱，瘋了似的叫。過了許久，大狐狸抬起頭。

牠終於明白過來：完了，一切都完了。牠的孩子們從今以後再也不會「吭吭」叫餓，再也不會拱著牠要媽媽了。

沒有一隻活著，一隻都沒有！

天啊，牠到底有什麼罪過，爲什麼要這樣殘酷對待牠，對待牠的一家？

「嘔——嘔——嘔」大狐狸仰起頭，向著黑漆漆的天空嚎叫起來。

牠的叫聲長長的，顫顫的，是從胸腔深處發出來的。聲音升上樹梢，幽幽地在深不可測的天空中繚繞。

大狐狸的喉嚨裡湧出血沫，鹹鹹的，湧進鼻孔，牠咳嗽起來。

牠嗆得那樣厲害，眼淚也流了出來。一般而言，犬科動物是沒有眼淚的。莫非，猩紅色的血沫也湧進了眼睛？

在這片破敗的山林裡，在這個沉沉的黑夜中，沒有誰會知道大狐狸遇到了什麼，眼睛中湧出的是血還是淚……

大狐狸垂下頭，不叫了。猛然，牠的頭又抬起來。

「狐狸沒有眼淚，沒有！」牠開始走動，挨個兒嗅小狐狸的身子，碰牠們冰涼的小鼻了。牠也不舔掉嘴巴和鼻子上的血，扭過頭，離開了。

牠嗅著灌木叢邊帶血的足跡，顛顛跑起來。

牠熟悉這些亂七八糟的足跡。現在，這些足跡沾染著牠孩子們的血，就更好辨認了。

足跡離開灌木叢，在山林中亂走。好像留下足跡的傢伙沒有頭腦，不知道自己要幹什麼，去哪裡。大狐狸不管這些，只是跟蹤著跑。足跡到哪兒，牠就追到哪兒。

足跡伸出山林，伸向沒有水的溝底。大狐狸追蹤出山林，追蹤到溝底。足跡在亂石間跑來跑去，接著跑向山溝外。大狐狸也在亂石間追來追去，接著追出山溝外。

足跡不亂轉了，好像在追蹤誰，而被追蹤的路線，大狐狸有些熟悉。大狐狸仍然不管這些，還是追著腳印跑。

天空依舊黑暗。

稀稀疏疏的星星，光芒太弱，根本照不亮這片坎坷不平的山區。

前面有一股濃濃的臭味飄過來，大狐狸抽了抽鼻子。牠邊跑邊昂起頭，看到黑暗中隱約出現一片黑影，猛然間，牠醒悟到，已經跑近人的村莊了。這是這個沒有月亮的夜間，牠第二次來到這裡。

牠到這兒幹什麼來了呢？

前面有羊群睡覺發出的沉悶叫聲。接著，大狐狸又聞到濃列的膻腥氣。

「這兒有一條通向村莊的小路，小路上有兩條兇猛的牧羊狗。」牠記起來。

霎時，大狐狸心頭燃起沖天怒火。是的，牠來過這兒，牠曾到村子裡找妻子。妻子沒有找到，孩子們卻被狼糟蹋死了。

牠仇恨地看著村莊……牠遭遇的所有災難，都和人有關呀。

牠收住腳，閃身躲在一棵大樹後。

夜色朦朧。村莊前的一道土崖下，臥著一片灰白色的東西。

這就是羊群。

「咩——」羊群中有低沉粗壯的叫聲。這是成年羊的夢囈。

「咩咩——」叫聲顫顫的，奶聲奶氣。這是睡醒了的小羊羔，在拱著媽媽找奶吃。

羊群邊上，有兩條黑糊糊的影子臥著。影子一聲不響，卻沒有睡覺，不時抬起頭，警覺地轉來轉去——這是那兩條牧羊狗。

看到牧羊狗，大狐狸心裡一凜。這是這一帶最有名的牧羊狗，牠見過。

這兩條狗雄壯得很。一條是黑的，一條是黃的。但個頭差不多一樣高大，牙齒尖利有力，似乎一下子就能咬碎人石頭。這倆傢伙從不亂吼亂叫，看到獵物就一直撲上去，直到把對方撞翻，才從喉嚨裡發出嗚嗚咆哮，嚇得獵物心膽俱裂。

大狐狸收回目光，猛然又發現，眼皮下右前方一叢荒草後面，還有兩條黑影。這兩條黑影趴在地上，正伸長脖子，緊緊盯著土崖下的羊群。黑影同牧羊狗大小相似，也是一身兇氣。但細看看，卻又分明帶著野氣。

好像兩條黑影已經趴了一會兒了。

這是……狼？

狼！是狼！

大狐狸的心顫抖起來。幸虧剛才跑時沒有發出聲音，收腳也及時！可是，馬上，牠的心頭又燃起熊熊烈火。牠怎麼第二次跑到這兒來了？是在追蹤仇敵呀！孩子們被咬死了，還被糟踐得那樣慘，牠不是尋找仇敵，要同牠們拚命嗎？

呵呵，蒼天，仇敵就在眼前呀。

大狐狸不害怕了，牙齒磨得咯咯響。

可是，怎樣才能報仇呢？

牠站在大樹後面，瞪著兩條黑影，一隻前爪不停地刨著地面。

不一會兒，堅硬的地上出現了一條深溝。一隻狼似乎聽到了什麼，扭回頭，綠森森的眼睛掃來掃去。那眼神像冰冷鋒利的剃刀，所向披靡。

大狐狸不由得停止抓刨，趕快縮回腦袋。狼的目光巡視一刻，轉移走了。大狐狸覺得這一刻特別長。

牠意識到，只憑自己的力量，是無法同狼匹敵的。就是一對一的拚鬥，牠也不是兩隻狼中任何一條的對手。怎麼辦？怎麼辦呢？

大狐狸焦躁起來，看看前面的黑影，又看看土崖下的羊群……狼沒有發現什麼，又扭回頭，伸長脖頸盯緊羊群。

牠們看得是那樣專注，身軀一動不動。看樣子，兩隻狼想襲擊羊群，又有所顧忌。

大狐狸忽然有了主意。

牠從樹後轉出來，悄沒聲兒地向狼摸過去。牠的肚子貼在地上，一點一點向前爬。牠的毛全都豎起來，由於害怕，身體在瑟瑟地抖。牠不得不時時停下，安撫自己，鼓勵自己。

有什麼可害怕的呢？風從狼那邊吹過來，牠處在下風頭。前面，偌大的睡覺羊群總是弄出這樣那樣的聲音。想一想狼的可惡，想一想人的可惡，今天，怎麼也要跟牠們拚了！

狼始終盯著羊群，盯著牧羊狗。有一隻狼動了動，挪了挪地方。但這傢伙沒有回頭，還是從草葉子間緊緊盯著前方。大概，牠趴得腿麻木了。

大狐狸膽子大起來。牠爬得靈巧了，從容了。

離狼越來越近，越來越近。現在，只要一縱身，就可以跑到狼身上了。

牠又向前爬了一小步，爲的是更有把握。然後，牠慢慢收攏四肢，拱腰站起來。

牠站得很小心，沒有發出一點聲響。牠現在是在狼身後，離狼那麼近。不知爲什麼，一隻狼忽然扭回了頭。

糟糕，大狐狸哆嗦了一下。但牠馬上咬咬牙，像突然釋放的壓縮彈簧，一跳撲了過去。

扭頭的那條狼看到一條黑影蹲在身後，嚇了一跳，「嗷」地叫一聲，就要爬起。黑影跳過來，撲到牠身上。狼翻倒了，並且被咬住耳朵。牠慌了，拚命大叫起來。用力一掙，耳朵連同一塊頭皮被撕下來。

牠的叫聲駭人，另一條狼骨碌滾到一旁，跳起來，「啪！」夾起了尾巴。荒草叢前瀰漫起濃濃的血腥氣。

大狐狸被掙扎的狼甩了一個跟頭，滾到另一隻狼身邊。那狼剛剛跳起來，還沒有站穩，雖然被碰了一下，並沒有咬牠。大狐狸迅疾站起，也想咬那傢伙一口，發現那傢伙的綠眼睛正疑惑地打量自己。牠不敢再冒險，急忙一低頭，「哧溜」竄走了。

狼和狗一樣，不管對方是誰，只要對方逃跑，就敢追。夾起尾巴的傢伙看到襲來的黑影不戰而退，興奮了，放開尾巴，撒腿追上去。「嗚——嗚——」牠一邊追一邊惡狠狠地咆哮。

「嗷嗷，嗷嗷」，被撕下耳朵的傢伙疼痛鑽心，扯直嗓子哀叫。牠從來還沒有受過這樣的傷，忽然，牠想起剛才撕咬牠的動物個子不大，身上有一股熟悉的味道，不叫了，連忙抽抽鼻子。果然，空氣中除了血腥還有一股狐臊氣。

「是狐狸來報仇！」狼明白了。狼的心頭冒出火，臉上的肌肉突突直抖。「嗚——」牠也咆哮起來，惡狠狠追上去。

大狐狸徑直竄向羊群，狼們怒氣沖天，迷了心竅，一步緊似一步，也竄向羊群。牠們恨不得一下撲倒狐狸，一口咬牠個粉碎！大狐狸忽然拐了彎，狼也要拐彎，一條黑影斜刺

裡衝上來，一下撞翻了狼。

好狼，不愧是山林中的猛獸，翻滾的同時，努力抬起頭，向撞翻牠的黑影張開了大嘴。「喀！」牠的牙齒和黑影的牙齒碰到了一起。

黑影兇狠狠的，動物並不比牠慢。

「牧羊狗！」狼心裡一凜。

另一隻狼急忙收住腿……但牠晚了，又一條黑影衝過來，截住了。

黑暗中，牙齒碰撞牙齒的「喀喀」聲和憤怒的「嗚嗚」咆哮聲響成一片。

搏鬥就發生在羊群旁邊。

兩隻牧羊狗聽到狼的哀號，先是驚訝，後是憤怒。竟然有狼躲在附近，牠們卻不知道。牠們看到一隻皮毛灰戧戧的狐狸跑在前頭，放過了牠。牠們覺得，後面緊跟著撲上來的兩個大傢伙，才是羊群真正的威脅。

可惜，牠們是牧羊狗，雖然雄壯有力，牙齒尖利，卻缺乏生死搏殺的經驗。牠們用的是攔截逃跑羊兒的辦法，只是把狼撞翻，卻沒有趁狼不防備，立即咬牠們的咽喉。狼不含糊，受到襲擊馬上衝牧羊狗的要害下了口。

這個時候，牠們才意識到對方的厲害，急忙招架。牠們本來占有的優勢，一瞬間喪失了。

兩對生死冤家咬在一起，誰也沒有想到逃跑。牠們也根本逃跑不了，稍有慌亂遲疑，就可能被敵方一下子咬住喉嚨，置於死地。兩條惡狼，兩條大狗，緊緊糾纏，團團亂轉，滾來滾去。牠們咻咻地噴著氣，惡狠狠咆哮，拚命撕咬。

羊群從沒有看到過這樣兇狠的惡鬥，嚇壞了。這些膽小又愚蠢的東西咩咩驚叫，呼呼隆隆亂竄。牧羊人急了，「來來來來，來來來來，」一邊高聲吆喝，一邊甩動牧羊鞭。

羊群哪兒還聽得下牧羊人的話，震耳的鞭聲再也鎮不住牠們。牠們又跑又跳，只怕被狼咬住，竟然擠搓得牧羊人腳也站不住。

黑暗中，羊群炸了，跑得滿溝滿坡，到處都是。

一隻小羊咩咩叫著，跟著大羊跑過路邊一叢灌木叢。一條黑影忽然竄出來，一口咬住牠的脖頸，扭身拖進灌木叢。大羊瞥見這一幕，更驚慌了，一下躥起來，從別的羊背上飛跳過去。牠不知道，到底來了多少襲擊者，怎麼在這兒還埋伏著殺手。

這是大狐狸，牠沒有跑遠，就躲在灌木叢中看狼和人的下場。小羊羔腿兒一蹬一蹬，慢慢伸直了。牠放下小羊羔，又緊緊盯住烏煙瘴氣的土崖下。

兩個牧羊人還在東奔西跑，把鞭子亂抽亂甩。羊群還在像決了堤的洪水洶洶奔逃。一個牧羊人見怎麼也攔擋不住羊群，失望了，索性不再管羊，丟掉鞭子，抄起牧羊鏟，大聲罵著，向正在搏鬥的狼衝過去。

他身後，土崖旁黑糊糊的村莊裡，有幾條看家狗叫起來。

一隻狼咬住一隻牧羊狗的脖子，一邊「嗚嗚」恐嚇，一邊用力甩動腦袋，要撕豁狗的喉嚨。牧羊狗翻倒在地，死死咬住狼的一條腿，怎麼也不鬆口，狼卻也甩不脫牠。

見人罵著衝過來，狼不知所措，要跑，丟下狗，扭身向前爬。大狗很重，拖著爬不動。狼急了，抬起頭，要咬衝到身邊的牧羊人。牧羊人高舉起鏟子，兜頭砸在狼頭上。狼悶悶地叫一聲，垂下了腦袋。

只有一刻，狼又倔強地抬起頭。牠齜出牙，臉上的皮毛不住哆嗦，這使牠看起來像在獰笑。牠嘴邊有液體滴下來，不知是牠的血還是狗的血。牧羊人愣了一下，馬上又掄起鏟子。

狼翻倒了，蹬起腿。接著，又掙扎著爬起來。

「好你個狗東西，爬，我叫你爬！」

人嚷著，掄動鏟子，沒頭沒腦在狼身上砸起來。「噗噗噗噗」，像在砸一條裝滿鋸末、沒有生命的布袋。

另一隻狼聽到同伴的悶叫，扭過頭，同牠搏鬥的牧羊狗趁機在牠胸膛上撕咬了一口。狼摔倒了，胸脯上立時皮開肉綻。「嗷嗷嗷，嗷嗷嗷」，牠痛叫起來，在地上亂滾。

忽然，這隻狼像一條大魚，一屈身，「啪」地跳起來。狗吃了一驚，「嗷——」地叫一聲，閃到了一旁。

狼不管狗，衝到被亂砸的同伴身邊嘶聲哀號，用嘴拱起同伴。牧羊人嚇了一跳，拖著鏟子扭頭就跑。被牧羊鏟亂砸了一氣的狼渾身軟綿綿的，像一灘稀泥，怎麼也扶不起來了。

有人罵街，狼抬起頭。土崖邊的村子裡人喊狗吠，像燒開了鍋。攔羊的牧羊人叫著，揮舞著鞭子跑過來。而逃跑的牧羊人沒有跑遠，站在不遠的地方，又舉起了牧羊鏟。

狼趕快一躲，牧羊鏟砸到地上。地面是岩石板，濺起高高的火星。「喀嚓」，鏟把折了，鏟頭飛出去，正正打在撲過來的狗腿上。狗大叫一聲，翻了個跟頭。狼怔了怔，扭頭跑了。

狼一邊跑，一邊哀號，淒厲的叫聲衝撞著山谷，引起回聲，久久在夜色籠罩的大山間激盪。牧羊狗跳起來，瘸著腿一跛一跛要追狼。

「咄！」人吆喝住了牠。漫山遍野的羊必須趕快趕回來，不能再讓牠們胡跑傻奔了。

大狐狸叼起小羊羔，「哧溜」鑽出灌木叢，跑了。

四、太平山區

大狐狸在一棵松樹下刨了個坑，把小狐狸一隻隻叼進去，掩埋好，趁著天還沒有亮，離開破敗的山林，順著山脊顛顛跑上嶺頂，翻過去，走了。

牠很累，跑起來抬不起腳，東倒西歪。有時被草叢或者石塊絆一下，趔趔趄趄就要摔倒。牠掙扎著，走穩了，還跑。爬上嶺頂，牠喘不過來氣，可還是沒有站一下。牠肚子貼著地，慢慢地、一下一下地爬，頭也沒有回。

走，走！離開家鄉，離開這塊浸透了野生動物血淚的地方。

走，走！去漂泊，去流浪，看看茫茫天地間，還有沒有容許狐狸棲身的所在。

狐狸是很能適應環境的，爲什麼非要眷戀這兒呢？

夜色裡，疲憊不堪的人狐狸翻過山嶺，慢慢消失了身影。

天亮了，四面八方的人們湧出村子，湧進了大山。人們舉著鐵鍬，揮舞著斧頭，端著擔水挑物的扁擔，一邊高聲吆喝，一邊把灌木叢野草打得枝斷葉飛。看家狗、牧羊狗、還有不知從哪兒借來的大狼狗，在人們身前身後竄來跑去，一邊跑，一邊氣勢洶洶地狂吠。

人們打狼來了。所有村莊的人們都聽到一個可怕的消息。昨天夜裡，兩隻狼竄出來，襲擊了羊群，咬死了一條牧羊狗。這一方的大人小孩都見過這條牧羊狗。能咬死這樣一條牧羊狗，那狼該多兇惡。

一隻狼被打死了，另一隻跑進了山裡。

「決不可以姑息狼一樣的壞人」，那麼就更不可以姑息惡狼了。這條跑進山中的狼，不知什麼時候又會出來作惡。人們的牲畜、孩子，時刻都面臨著被襲擊的危險。

打，必須打死這條殘存的惡狼，決不能養狼遺患！

各個山村裡的男人們幾乎都帶著傢伙參加了搜山大戰。黃昏，正當人睏狗乏，不知該撤還是該連夜進剿的時候，從前山傳來消息，「殘存的狼被打死了。」

那狼好不猙獰，缺了一隻耳朵，滿頭是血，藏在一片灌木叢下，風一樣鑽出來，一下撲倒一條牛一樣壯的大漢。若不是緊跟在大漢身邊的二憨蛋不驚不慌，順手劈了狼一鐵鍬，大漢就嗚呼了。

那狼狗急跳牆，丟開大漢，扭頭咬住二憨蛋的鐵鍬。二憨蛋怕鐵鍬被咬破了，急忙向後拉。二憨蛋的擔心是對的，那狼一用力，「咯登」，果然硬是把那麼厚的鐵鍬咬出幾個圓窟窿。

不過，這一下也好了，二憨蛋用力向後拽，狼牙卡在窟窿裡，一時拔不出來。

人們趁機湧上前一頓亂打，生生把狼打成了肉餅。有人用鐵鏨子撬開狼嘴，二憨蛋才拽出有一對圓圓小眼的鐵鍬。二憨蛋看著鐵鍬又哭又罵，直到有人說把狼給了他，幫他做件狼皮褥子，他才高興起來。

搜山的人們聽得開懷大笑，一天的疲累全飛跑了。狗兒們仰臉看著人，不住搖尾巴。有人感嘆：「今天沒有白受累，咱這片山區總算太平了。」

大家都附和，都點頭。

太平山區的老鼠越來越多。這些東西不知是從哪兒鑽出來的，眨眼間到處都是。在村裡，這些尾巴長長、面目可憎的傢伙，大白天也敢竄上街，哧溜哧溜亂跑。婦女和孩子們不時尖聲叫起來，就像踩到了蛇，見到了鬼。

在山上、梯田裡、耕地，這些傢伙也敢跑出來湊熱鬧，在牲口蹄子間竄來跳去，嚇得牲口一驚一乍，不好好幹活。

後山有一頭騾子受了驚，竄出梯田，摔折了胯骨，活活痛死了。

山林裡早就有許多老鼠洞，現在更多了。可憐巴巴的松樹一棵棵枯黃了，傾倒了。進入秋天，山坡上幾乎沒有了綠色。大山像患染了癩痢病，一塊一塊禿起來。山谷裡沒有了濕潤潤的雲霧，小河漸漸斷了流。各個村子鬧起水荒，人們開始到處找水。

新開墾的梯田裡，莊稼又矮又稀疏。估算一下收成，十戶有十戶都說，能打到的糧食，恐怕還沒有當初撒下的籽兒多。光這樣，也不一定能收到手裡——那些在梯田中跑來跑去的老鼠，能把糧食給人留著？

人們紛紛叫起苦來，到處申訴。

人們問到山裡來的記者，問做學問的科學家，水在哪兒？有沒有更好的辦法消滅老鼠？這個窮山溝莫非就應該是這樣一副破敗難看的樣子，永遠窮下去？

記者們不知道答案是什麼，科學家只是不住的搖頭。

小狐狸
花背

一、牠失去了家

小狐狸花背急急忙忙地跑著，牠要回家，回到那個曾經給了牠溫暖的家。

動物歸巢的本領是很強的。牠們不需要羅盤，不用地圖，不用向任何人打聽，無論離家多遠，也能很快回來。這是一種本能。

小狐狸花背還不大，生下來才五個月。可牠也具有這種本能。黃昏的時候，牠已經遙遙看到那個熟悉的大山谷了。

牠止不住嗚咽起來。牠是從人手裏逃出來的。牠的爸爸媽媽被人打死了。這是今天發生的事。

小狐狸花背本來有一個幸福的家。牠的爸爸勤勞、勇敢，一天到晚東奔西跑，捕捉禍害莊稼的老鼠和野兔。媽媽細心、體貼，照顧小狐狸兄妹無微不至。

花背是春天出生的，和牠一起出生的，還有五個兄弟姐妹。在滿月的那天，兩個哥哥貪玩，溜出了洞，被一對過路的渡鴉弄死了。斷奶的時候，爸爸媽媽夜裡出去捉田鼠，一隻山貓闖進了洞。如果不是爸爸媽媽回來得快，花背也險些喪掉小性命。

六個孩子死了五個，爸爸媽媽悲傷得很，對牠也就更疼愛了。從此，再也不把牠單獨留在家裏。

今天一早，爸爸媽媽帶牠出來打獵。

初秋的早晨，不冷也不熱。一輪火紅的朝陽爬上東邊的山崗，在彎彎曲曲的大山谷中蕩金塗彩。鳥兒們在山腳的小樹林裏舉行「晨之歌」音樂會；各種各樣的小動物則在山坡或山頂跑上跳下，好像在舉行田徑比賽。

小狐狸一家的興致好得很，牠們東嗅嗅、西找找，不一會兒就捉住一隻鼹鼠。小狐狸和牠的爸爸媽媽愉快地分享了這頓不太豐盛、味道卻很鮮美的早點。

快中午的時候，牠們又發現了一隻黃鼠——一種模樣像田鼠、卻比田鼠大得多的老鼠。這是在一片梯田裡。

這兒已接近大山谷的邊緣。通常，在白天，狐狸們是不敢在這裡逗留的。小狐狸眼尖，老遠就看到梯田的田埂上蹲著一隻黃鼠。這傢伙正舉著前爪，拚命地捋著下垂的穀穗。眼看著這片莊稼被糟蹋得不成樣子，小狐狸二話沒說，箭一般地衝了過去。

牠太興奮了。過去，牠總是看爸爸媽媽逮這種玩意兒，今天，牠要捉一隻活的給牠們看看。爸爸媽媽先是一怔，隨後也不得不跟著跑起來。

狐狸腳底的肉墊比較厚，平時走路又很講究步伐，因此，直到小狐狸跑到跟前，那隻貪婪的黃鼠才聽到聲音。黃鼠慌慌張張地跳下田埂，順著穀子地的壟溝飛跑。這是一隻年

輕的黃鼠，和狐狸打交道，這還是第一次。

黃鼠的四條腿不長，胖肚子擦著地皮，碰上小土塊、小石頭，被絆得翻了好幾回跟頭。眼看就要被小狐狸捉住了，黃鼠卻有辦法，猛一拐彎，跳上了田埂。待小狐狸轉回身，黃鼠早又跳回壟溝，跑出很遠。

「好滑溜的傢伙！」小狐狸眼都氣紅了。原本想在爸爸媽媽面前露一手，誰知卻碰上這麼一條「泥鰍」。小狐狸加了把勁，像一支紅色的箭，飛撲過去。

黃鼠嚇懵了，在穀子地裡左衝右突，跌跌撞撞，施展著渾身逃命的解數。一時間，這片梯田裡，穀子亂搖亂擺，「辟叭」響個不住……

爸爸媽媽跟了上來。開始，牠們只是在梯田邊警戒，牠們更願意看到小狐狸自己捉住一隻黃鼠。後來，牠們怕累壞了兒子，又擔心黃鼠跑掉，也前堵後截地幫著捉起來。

黃鼠哪裏是狐狸一家的對手？終於，爸爸一爪按翻了牠。

這傢伙多肥呀！棕黃色的毛皮下，包著鼓繃繃的肉。這傢伙該偷吃了多少糧食！

花背氣哼哼地跑過去，一口咬住黃鼠的尾巴，使勁一拉，「吱——」黃鼠尖嚎起來。牠的尾巴斷了。歡悅在梯田裡飄蕩。

誰知道，災難就在這個時候降臨了。

「砰」，一聲槍響，像晴空炸開一個霹靂，爸爸被重重掀倒在地。牠的胸脯咕嘟嘟地噴出了鮮紅的血。媽媽和小狐狸嚇呆了，不知發生了什麼事。

正驚慌間，穀子地裡竄出來兩隻大狗。媽媽一見，急忙把小狐狸往田埂下一拱，朝斜刺裡迎了上去。

牠的大尾巴一掄，一條狗被抽打得汪汪狂叫起來。媽媽正準備跑，穀子地裡又閃出一個人影，槍托像山一樣向媽媽砸去……

小狐狸跌下田埂，站起來剛要逃，一隻利爪沉重地搭到牠的背上。牠死命一掙，竄了出去，卻一頭撞上一塊大石頭，刹那間天昏地暗，暈了過去。

牠的背也被狗抓得開了花──後來，這些口子長合了，毛卻沒長全。從這時起，小狐狸落了個花背的名字。

待小狐狸醒過來，牠已在山腳下的一個村莊裏。周圍圍了一群孩子，再外面，是一群大人。大家都樂呵呵地指點著、說笑著。

花背的爸爸媽媽躺在一個大漢的腳旁：爸爸的胸脯還在淌血沫，媽媽的腦袋被砸了個血肉模糊……牠自己則被另一個大漢拎著尾巴，頭朝下吊著，尾巴根子被揪得火辣辣地疼。

「捉一隻黃鼠有什麼罪？難道牠對人還有什麼好處？」花背的心也被撕扯著：如果不去捉那隻正在吃穀子的黃鼠，父母也許還不會被慘殺……花背的眼淚淌出來，一滴，一滴，滴在父母的血跡上，滴在人的村莊裡。

後來，牠到了一群孩子手裡。

狐狸，對於十幾歲以下的孩子，已是一種很稀罕的動物了。這隻小狐狸的皮被狗抓爛了，也賣不了幾個錢，於是兩個護秋的大漢便把小狐狸送給孩子們玩耍。

這一下，孩子們高興了。他們你爭我奪的抱小狐狸，抱不上的也必得摸摸小狐狸的毛才痛快。有的孩子正端著碗，就把粥和饅頭獻出來給小狐狸吃，有的孩子把兜裏的蘋果和紅棗掏出來，請小狐狸嘗新；有一個小不點兒男孩子甚至從家裡拿來四環素消炎膏，給小狐狸塗抹傷口……小狐狸在孩子們的吵嚷聲裡哆嗦，在孩子們的小手中掙扎。

對孩子們的殷勤招待，牠連眼皮都不抬一抬。牠就像一隻剛剛被人痛打過的野狗，任何一隻伸過來的手——哪怕這隻手是善意的、溫暖的，都會使牠膽顫心驚。在小狐狸的眼中，人變成了最可怕的東西。

孩子們終於明白了：小狐狸需要安靜。要和小狐狸交朋友，那得有個過程。他們吆吆喝喝地在一所僻靜的大院裡給小狐狸蓋了個小窩。他們還約定，這個下午誰也不准再來驚擾小狐狸。甚至連偷看一下也不行。這下可給小狐狸造成一個逃跑的好機會。

花背嗚嗚叫著，心裡又悲哀，又憤怒。牠想爸爸媽媽，想那條大山谷裡的家。牠在那陌生的、四四方方的小「公館」裡轉來轉去。終於，在村子裡做晚飯的風箱「咕噠咕噠」響起來的時候，牠拱倒了堵住小窩門的那塊石頭。

小狐狸慌慌張張地跳出小窩，跑出院門，沿著牆根溜出了村子。

一路上，有一絲雞鳴狗吠，牠也趕快伏下身子，躲藏半天。以致在紅日西落的時候，牠才翻過小山，看到那條彎彎曲曲的大山谷。

呵，終於逃離了囚禁生活。

花背長長出了口氣，感到渾身輕鬆了許多，背上的傷口彷彿也不那麼痛了。可是，當牠想到現在是獨自一個回窩的時候，止不住又心酸的嗚咽起來。

爸爸媽媽死得好苦哇，剩下牠這樣小的一個孤兒，今後的日子怎麼過呢？牠放慢了步子，昏昏沉沉地走著，火紅的皮毛在青翠的草叢和灌木間閃動。

是的，對於一隻弱小的狐狸來說，世界是淒涼和凶險的。可是，怎麼能只沉湎在悲傷中呢？

一隻老鷹從巢邊飛了起來。天快黑了，牠希望能找到一頓豐盛的晚餐，以度過越來越長的秋夜。老鷹在天上一圈一圈的飛著，圈子越兜越大，越兜越高……

「那是什麼？」老鷹忽然看到了草叢中的花背。老鷹眨巴眨巴錐子似的眼睛，不由一陣大喜。

一般來說，老鷹不敢招惹成年狐狸。但對老弱病殘的狐狸，老鷹卻常常想討點便宜。地面上這隻孤苦的小狐狸，怎麼能不使老鷹垂涎三尺呢？牠使勁搧了一下翅膀，便把兩翼平伸後掠，像一架快捷無比的滑翔機，從高空滑向地面。

花背發現地面上有一片陰影，向自己迅速移來。一開始，牠以爲是一片過路的雲彩。後來，牠聽到一陣輕微的「嚓嚓」聲，這是風吹在羽毛上的聲音。牠害怕了。回頭一看，一隻老鷹像一團烏雲懸在身後，兩隻巨大的翅膀高高仰起，正在啪啪地拍動空氣減速，一對鱗片突起的鐵青色巨爪已經伸了下來。

花背的心忽悠一下提到嗓子眼裡，悲哀早飛到九霄雲外。牠想也沒想，就扭著頭，驟然向左一彎竄了出去。老鷹撲了個空，不得不拚命撲打翅膀，重新飛起來，又壓壓左翼，拐過彎，從低空飛撲過去。

花背拚命逃著。憑感覺，牠知道老鷹又追上來了。

當老鷹又伸出利爪的時候，牠向右彎，鑽進了一叢紫荊。這一次老鷹雖有準備，卻沒料到小狐狸會躲進灌木叢。老鷹憤怒地用翅膀抽打著紫荊，紫荊劇烈搖晃著，嫩綠的枝梢和葉子四處亂飛。花背不得不又「嗖」地一下竄出來。這一回，當老鷹重又飛到後背上空的時候，牠不再拐彎，牠覺得，那一招已經不靈了。

花背揚起火紅的尾巴，搖啊，搖……老鷹放下了鐵青色的利爪，眼看就要攝進花背的脊背。說時遲，那時快，花背的尾巴「唰」地向老鷹抽去，正抽在老鷹狹小的臉上。老鷹「嘎」地怪叫一聲，升上高空。在那時，牠發現眼睛流出了血。

花背看看天空，吁出一口氣。

花背沒有想到，這一招竟把老鷹打得這樣慘。牠原不過是要做拚死一搏。

牠這一招是從媽媽那兒學來的。媽媽常用尾巴抽打不聽話的孩子。——今天上午，媽媽臨死前還用尾巴狠狠抽了獵狗一傢伙。現在，這招「殺手鐧」竟然救了自己的命！

從這以後，花背學會了怎樣防禦空中的敵人。

老鷹飛走了。空中有幾片老鷹的翎毛在翻滾、飄落。太陽已經被大山遮住半個臉。山谷裡開始升起紫微微的暮靄。

小狐狸的心還在「怦怦」地跳。牠不敢久留，迅速向自己的山洞跑去。和老鷹的遭遇告訴牠，擺脫了人，危險並沒有減少。失去了父母的保護，牠必須自己處處留神了。

山坡上，有白茅、蒼耳、鬼針草等高大的草叢，有酸棗、荊棘等一片片灌木。這是個向陽坡。接近山腳的地方，有一片厚實發達的紫荊。紫荊叢下，有一條彎彎曲曲的小道。

這小道伸延到紫荊後面的一塊片麻岩下。這桌面大的片麻岩，經過億萬年的風剝雨蝕，已經坑坑窪窪，斑駁不堪。然而，這岩石正是狐狸家的屋檐。這屋檐不僅使石下的小洞異常隱蔽，還爲花背一家遮擋了寒霜苦雪、淒風冷雨。

花背淒淒惶惶地鑽進紫荊叢。這一夜，不會有誰依偎著牠，給牠溫暖和安逸了。

花背嗚咽著走近洞。

忽然，牠看到洞深處有一對紅光灼灼的小眼睛衝出來，不由得渾身一顫。可是，待牠跑出紫荊叢，卻又什麼聲息也沒有了。

這是怎麼回事？花背壯壯膽子，又掉頭向洞口走去。

現在，花背看清了：洞裏分明有一對紅紅的小眼睛。

牠並且聽到「嗚嗚」的鼻吼聲——這是動物發怒的聲音。花背身上的毛全都豎了起來，不得不又掉頭跑走。

父母生牠養牠的洞被人強占了！天哪，難道小狐狸連家也要失去？

花背想哭，想嚎，卻又嚎哭不出來。牠的心被一團怒火燒炙著。

「誰，是誰霸佔了自己的家？」花背恨透了這個趁火打劫的傢伙。

牠跑出紫荊叢，洞那邊仍然悄無聲息。花背躊躇了一會兒，決定再回去看看，牠無論如何要把這個強盜的嘴臉看個清楚。

這一回，紅眼睛揮舞著爪子跳出了洞。

這是一隻什麼樣的動物呵：嘴巴尖尖，耳朵不大，全身的毛色發灰，只是從頭頂到鼻梁有三條白道，胸脯和四肢的毛卻是黑的。雙前肢特別長，爪子尖利得很，抓人一下，不把皮肉都翻捲開才怪呢。

這是一隻大獾。獾看中了這所洞府，想把它改造一番，變成冬眠之處。

一般來說，獾是怕狐狸的，但當這隻獾看清走近來的是一隻疲憊不堪的小狐狸時，牠的膽子頓時大起來。獾齜著尖牙，向前跳躍著，要把小狐狸撕個粉碎。

在動物世界裡，誰有力量誰就有一切。花背哀鳴著，連連後退。

一開始，牠還想和大獾拚命，但當牠看到大獾那雙尖利的爪子，勇氣又煙消雲散了。牠這樣小，和這個有一身野蠻力氣的強盜廝打，不是白白送命嗎？

出了紫荊叢，光線驟然強烈起來，獾忽然打起噴嚏。這傢伙慣於夜間活動，眼睛受不得強光刺激。方才，獾一抬頭，看到了被大山遮去一半的太陽。山區的夜晚來得早，說是黃昏了，太陽的光線還強得很。獾不由得一陣眩暈，慌忙退回紫荊叢中。

家是不能回了。在裊裊升起的暮靄裡，深山中恐怖四伏，花背搖搖晃晃地走著，牠不知道哪兒是自己的歸宿……

一天之中，小狐狸家破人亡，牠不得不開始危險的、辛酸的流浪。

二、恐怖的一夜

夜幕像黑藍色的輕紗，籠罩著這片山地。草啦、灌木啦，都害怕似地隱入黑暗，大大小小的山峰也只剩下一個個黑黝黝的影子。星星一顆顆地綴上夜空。現在是後半夜，月牙已經落下山去了。

花背感到口渴得很。牠想去喝點兒水，牠知道什麼地方有水坑。

一天之內，花背沒有了父母，沒有了家，牠悲哀極了。

一開始，牠嗚嗚地叫著，在山谷裡走來走去。然而，有誰能夠安慰牠呢？後來，牠不再叫了，牠覺得那沒有用，牠應該想想怎樣掙扎著活下去。

在大自然中，有哪一種生物不在頑強地生活呢？

花背向大山脊上爬去。

在草和灌木的上空，不時有敏捷的黑影毫無聲息地掠過。這是蝙蝠在追逐夜飛的昆蟲。在山石縫隙裡，在草和灌木叢中，到處可以聽到窸窸窣窣的聲音。這裡面有蛇，有鼠類，也有昆蟲。牠們有的在奔跑，有的在跳躍，也有的在漫步。

這兒那兒，遠遠近近，不時晃動著一雙雙閃射著紅光或綠光的眼睛。這是夜間活動的比較大些的哺乳動物。據粗略估計，哺乳動物約有百分之八十五在夜間或夜間某一時刻活動。

花背爬上山脊，在石頭、草和灌木叢中尋找著道路。牠的兩隻眼珠左顧右盼，尖尖的耳朵直溜溜地豎起。每一個閃過眼前的黑影，每一絲突然響起的聲音，都使牠的心臟「怦怦」跳半天。

在這一帶山區，狐狸的天敵除了人外，還有豹子、狼和老鷹。對於未成年的小狐狸和活動能力差的老狐狸、病狐狸來說，凡是吃肉並且力氣又比牠們大一點的動物，都能夠威脅牠們的生命。

忽然，一群雉——也就是野雞，在前面不遠的地方嘰嘰嘎嘎地驚叫起來。接著，這群長尾巴鳥像一團團急忙拋起的土塊，撲喇喇地擦著地皮飛來。從花背頭頂上飛過，翅膀尖兒幾乎拍到牠的腦袋。

花背的心忽悠跳到嗓子眼上，身上沁出淋淋的冷汗。若不是靠在一塊大石頭旁，說不定就會摔倒。

夜晚飛行是很危險的。黑暗中，大多數鳥兒什麼也看不到，撞上石壁或大樹，會把腦袋撞碎，翅膀碰折。野雞們受到了什麼驚擾呢？

花背努力穩住狂跳的心，伏身朝後退去。牠必須盡快離開這個危險的地方。

這時候，一條粗壯的黑影悄悄竄到大石頭旁邊。

這是一隻山貓。牠的嘴裏銜著一簇野雞尾翎。

花背的上下牙得得地敲打起來。牠想轉身走開，小腿卻像失去了控制。牠只是機械地一步步向後倒退。牠認得眼前這傢伙，還清楚地記得山貓闖進自己家咬死哥哥和妹妹的情景。

山貓看到花背，也冷不丁嚇了一跳。雖然這傢伙長得粗壯，性情兇狠，但個兒不如狐狸大，腦袋瓜兒也不如狐狸靈活。因此，碰上狐狸，山貓往往避開。

正當山貓要跳到一旁時，山貓又樂了。牠發現眼前是個稚嫩的小狐狸，況且，這隻小狐狸的眼睛裡正流露出恐懼的光。

剛才，山貓在灌木叢中游蕩，看到一群肥肥的野雞。這群野雞臥在灌木枝上打盹。

正當山貓滿心歡喜地在灌木枝上攀援時，灌木枝卻「咯叭」一聲折了。山貓只來得及拔下一隻野雞垂下的長尾巴毛。誰知在這兒碰上了好機會。山貓「撲」地吐掉雞毛，咧開嘴，一步步向花背逼近。

山貓就是這樣一個欺軟怕硬的惡棍。

花背挪動哆哆嗦嗦的四條腿，退，一個勁兒地退。牠的尾巴碰到灌木，後腿蹬落山石，還是不停地退。眼前那雙步步逼進的綠眼睛，早把牠的智慧嚇飛了。

後面是一條深澗，是千萬年前地層斷裂、塌陷形成的一條深澗。可是，山貓還在逼近。「吱——」花背一腳蹬空，身體失去平衡，翻滾著跌向溝底，慘叫聲在黑暗中久久迴盪。

山貓吃了一驚。牠爬到深澗邊探身看看，下面黑黝黝的沒有一絲聲息，不由得打了個寒戰。

山貓折向一邊，跑走了。

天，似乎更黑了。

澗底，花背靜靜地躺著，身下鋪了一層厚厚的、跌落時碰折壓彎的蒿草。

華北的山區在近幾百萬年間——也就是地質史上的第四紀，蒙上了一層厚厚的黃土。在低窪的山谷中，這層黃土往往厚達幾十米、上百米。黃土疏鬆多孔，只要有水，對植物的紮根生長極爲有利。因此，到了炎熱的夏季，華北的山區，特別是山谷山澗中，往往會長出茂密的草本植物和灌木，有些地方甚至使人難以通行。摔在這些草本植物和柔嫩的灌木上，就像掉在厚厚的海綿堆裡，皮毛可能擦傷，但絕不會碰斷筋骨。

起風了。

這風涼得很。現在雖然剛進入秋季，但這兒是大陸性氣候，黎明前的夜風也能冷透骨髓。周圍的蒿草枝搖曳著，一下，兩下……抽打在花背的身上。花背的肌肉一陣陣抽搐，牠醒了。

牠感到周身上下麻沙沙地痛，頭昏得厲害。

「我這是怎麼了？」牠想了想，還是起來去喝點兒水吧。現在，牠的嘴裏又乾又苦，嗓子像要著火，這就更需要一些水來潤潤口。

牠活動了一下腿腳，還好，還能動。牠試著站起來，馬上又摔倒在蒿草上。但牠終於掙扎著站了起來，搖搖晃晃地邁開步子。

牠沒有呻吟，沒有眼淚。沒有被山貓咬死，沒有被摔成肉餅，這還不是最大的幸運嗎？何況，對於一個失去了父母的孤兒，也許苦難才剛剛開始呢。

「呵呵呵呵」，一隻大角鴞（貓頭鷹的一種）在什麼地方叫著。那叫聲活像一個結實的男人的肆無忌憚地大笑。這種貓頭鷹是夜間活動的，牠也許嗅到了血的氣味。

遠遠地，一聲巨大而沉長的吼聲傳了過來，這是金錢豹的叫聲。隨著這叫聲的傳播之後，深幽的山澗出現了短暫的沉寂。在華北，在這一帶山區，金錢豹就像「土皇帝」。

深山裡的夜是多麼恐怖啊！

花背身上起了許多雞皮疙瘩。牠又冷又怕。牠多麼想躲進一個深深的洞裡睡一覺呀。

但是，牠已經沒有家了，牠得往前走，牠口渴。

花背被一個軟綿綿的東西絆了一跤，這是一隻死兔子。不知什麼時候，被什麼動物咬死後丟棄在這兒。微弱的星光下，死兔子的肚子脹鼓鼓的，發出一股腐爛的臭氣。

花背感到很噁心，繞過去走了。

現在，花背雖然還一瘸一拐，但牠已可小跑幾步了。

前面就是水坑，水汽在水面上裊裊飄動。

這個水坑僅有籃球場大小，但比較深，長年有水。這些水是下雨時從兩邊山坡上匯流下來的。由於是積水，太陽的強烈蒸發使水的含鹽度越來越濃，但這正好滿足了動物對鹽分和水溶性礦物質的生理需要。因此，這一帶的動物都愛到這兒來飲水。

花背跟父母來過這兒，牠知道在這兒該注意些什麼。

果然，透過稀疏的草叢，花背看到兩個黑影正伏在水坑邊開懷暢飲。

這是兩隻狼。

在這一帶山區，由於人們的圍剿，狼越來越少。但剩下的這些狼卻一個比一個狡猾、兇狠。並且，狼少了，兔子、獾、貉等也就相對多起來。這兩隻狼就是剛剛在什麼地方大吃了頓——狼一頓能吃十幾斤肉，不得不來痛飲一番。

狼喝了一肚子水，雙雙臥在水坑邊，舔起了身上的毛。那上面還沾有許多又腥又黏的血。牠們感到還不解渴，準備休息一會兒再喝。

在華北的動物中，除了豹子就數狼最厲害了。豹子已經來喝過水，水坑邊留下了牠那又大又圓的腳印。所以，這兩隻狼一點也不慌忙，想在這兒臥多久就臥多久。

花背眼巴巴地在草叢後面等著。天越來越亮，兩隻狼還不準備離開水坑。牠只得使勁兒咽一口唾沫，悄悄退出草叢，撒腿向原路跑去。

天一亮，就不好隱蔽了。

狐狸不是狼的對手，再勇猛的成年狐狸也會倒在狼的利爪下。所以，碰到狼，狐狸往往退避三舍。

花背更渴了。牠只得舔吸草和灌木葉上的露珠。渴可以這樣解決，餓該怎麼辦呢？花背從昨天上午到現在，有好幾頓沒吃東西了。

失去父母的第一夜，就這樣在恐怖中過去了。

三、兩天吃了一隻「扁擔」

一張像絲織一樣的網，張在一株比周圍灌木高出許多的紫穗槐上。一隻比二分硬幣小不了多少的胖蜘蛛，躲在網邊的一片樹葉下。那兒比較暗，誰也不大容易發現牠。

天空湛藍湛藍的，沒有一絲雲彩。陽光直射下來，彷彿沒有受到一點阻礙。山谷裡暖烘烘，鳥兒們嘰喳著飛來飛去，尋找著食物。

一隻金龜子嗡嗡地飛過來。也許牠經過長途旅行，太累了，繞著這株高大的灌木才盤旋了一圈，便一收翅膀，一頭扎下來。真巧，牠重重地撞在胖蜘蛛的網上。

世界上的許多事情，壞就壞在最後一刻大意了。

一開始，金龜子似乎很鎮靜，一動不動。可是過了一會兒，便迫不及待地掙扎起來。牠的六隻腳爪拚命地抓撓、撕扯。但牠不僅扯不斷網絲，反而把腳爪也黏住了。

那張大網多結實呀，儘管看上去很單薄。

金龜子蹬著，氣越喘越粗，只得重新靜下來。

胖蜘蛛開始行動了。牠沿著一根通到樹葉下的絲迅速爬出來，就像在過獨木橋。牠放慢了速度，先是遲疑地在網邊停了停，然後小心翼翼地走近金龜子。金龜子瞪著眼，一動不動。

胖蜘蛛不再猶豫。牠伸出嘴邊那對毛茸茸、帶鉤、又短又粗的螯肢，一下子鉤進金龜子又硬又滑的肚皮，使勁一撕，金龜子又劇烈掙扎起來。

胖蜘蛛興沖沖地退出網，躲進樹葉蔭涼裡。牠在撕金龜子肚皮的時候，已經將螯肢毒腺分泌的毒液注入金龜子體內。牠知道，金龜子很快就會昏厥，甚至死去。現在，何必跟一個馬上就要死的傢伙搏鬥呢？

呀。

牠很欣賞自己的網絲：這種骨蛋白類的東西，一經吐出與空氣接觸，變得多麼堅韌

牠也很滿意自己的眼力：選擇這株紫穗槐架網真是太合適了。兩天來，已經有好些昆蟲中了埋伏。瞧瞧網上那琳琅滿目的空殼吧。

金龜子掙扎了一會兒，果然又靜了下來。不過，這一回牠的目光越來越黯淡。胖蜘蛛等到金龜子完全不動了，才移動胸前的四對步足，慢慢又爬上網。

牠有條不紊地用螯肢撕扯食物，把嘴中的唾液，——一種消化酶塗在金龜子的肚皮裡。於是，金龜子的肌肉和內臟慢慢化成了液汁。

胖蜘蛛喜滋滋的吮吸起來。要不了多久，金龜子便剩下一個空軀殼了。

花背看到了這一切，牠就臥在這叢灌木下。天濛濛亮時牠鑽到這兒，牠太疲乏了，整整睡了一上午。剛剛醒來便目睹了這場戰鬥。

牠多麼羨慕這胖蜘蛛啊！可惜，自己的尾部沒有紡績突，不能分泌骨蛋白，架起一張網。從昨天上午和爸爸媽媽分吃了那隻鼴鼠後，牠已經一天一夜沒有吃東西了。牠很想把這胖蜘蛛一口吞下去，可牠又不敢。牠曾經吃過虧：爸爸媽媽領牠出去找食物的時候，牠曾經偷吃過一隻圓網蛛，吃後不僅舌頭發麻，而且噁心嘔吐。

狐狸的食物包括昆蟲。但有些有毒的昆蟲卻不能當做小點心。

花背咂了咂嘴，牠的肚子連發出咕嚕響的力氣都沒有了。

一隻草綠色的蚱蜢——這一帶山區的人們叫牠「扁擔」——從草叢裡躍出，撲喇喇地直飛過來，恰巧落在花背面前。

說時遲，那時快，花背奮力抬起前爪用力一拍，「扁擔」成了肉餅。

這隻「扁擔」足有一巴掌長，很肥。花背得意地看著那隻細飲慢酌的胖蜘蛛，也慢慢嚼起來。

花背覺得身上漸漸有了些力氣，牠要去打獵。一隻狐狸一頓可以吃好幾隻老鼠。花背雖然小，一隻「扁擔」無論如何也填不飽肚了。

野生動物的生命力是很強的。花背背上被狗抓破的傷口不僅沒有發炎，連疼痛感也消失了。當然，這裡面有那個拿四環素消炎膏的孩子的一份功勞。只是昨天夜裡掉下山澗時擦破的幾處傷仍皺巴巴的，有些不自在。但這也不影響跑動。

花背走著走著，忽然看到一個田鼠洞，洞中散發著熟悉的氣味。牠不由地一陣高興，悄悄蹲在洞旁埋伏起來。

田鼠是人的對頭，卻是狐狸們的家常便飯。花背就是靠吃田鼠和其他老鼠長大的。有了這些狐狸，人該少受多少鼠害啊！

花背等啊，等啊，不知過了多少時間。忽然，洞裡探出一隻田鼠的禿腦袋，兩隻賊眼骨碌碌直轉，窺視著周圍的動靜。花背早不耐煩了，騰地跳過去，一伸爪，田鼠卻「哧溜」縮回到洞深處。

花背太性急。在這一點上，牠還不如胖蜘蛛。牠只得又在洞旁蹲下來。

可是，田鼠再也不肯出來了。

難道別處就找不到食物？花背等了一會兒，悻悻地走開了。田鼠不好捉，牠想捉一隻昨天那樣的鼢鼠，鼢鼠跑不快。

可是，到哪兒去找鼢鼠洞呢？這種地下的動物，在地面留下的痕跡實在是太不明顯了。花背當然不如牠的爸爸媽媽，牠一點也辨認不出來。

花背在大山谷裡轉來轉去，刨刨這兒，掘掘那兒，什麼也沒找到。

正在這時候，花背看到一隻野兔。

這是一隻常見的蒙古兔，一身黃褐色的毛，短尾巴，長耳朵，三瓣嘴快速地噏動著。這隻野兔很肥。秋天，莊稼和草籽陸續成熟了，偷吃了這些東西的動物都積下一身脂肪。

一開始，這隻野兔並沒有發現花背。牠沿著山坡跳跳停停，似乎在欣賞路旁的風景。

「能逮住這傢伙多好啊，可以吃好幾頓！」想到這些，花背興奮起來。牠從谷底一躍而上，由側面直撲過去。

兔子的耳朵很長，一點點微小的聲音也能收進耳朵眼；兔子的眼睛很亮，能把前面和側面的東西看得清清楚楚。花背剛從谷底躍出，牠就發現了花背，渾身一哆嗦，轉身向山上跑去。

一場追逐開始了。

好一隻野兔，穿過叢叢荊棘，跳過塊塊山石，越跑越快，就像一顆擦過山坡的流星。而花背，一溜風似地跟在後面，躍出時，全身拉成一條線，落地時，脊背變成一張弓，就好像一團閃電在山坡上跳動……

可是，花背和野兔間的距離越來越大了。

兔子是動物中的短跑健將，特別是上坡的時候。花背還小，更何況牠一天一夜間疲勞不堪，僅僅吃了一隻「扁擔」！

花背漸漸明白自己犯了一個錯誤，牠的腳步越來越慢。

轉眼間，兔子跑上山脊，消失在野草和山石後面。

暮色四合，山裡的夜晚又在不知不覺中降臨了。

天上匆匆飛過的鳥兒，是狐狸的食物，花背怎樣才能捉住牠們呢？

水裡東游西逛的魚，是狐狸的食物，花背怎樣才能撈起牠們呢？

樹上香氣四溢的野果，是狐狸的食物，花背怎樣才能摘下它們呢？

除老鼠和野兔外，狐狸還能用很多東西充飢。但是，花背還沒有完全學會捕食本領，父母就離開了牠。

花背的肚子咕嚕咕嚕叫得越來越響。空空的胃裡，胃壁互相摩擦，疼得牠直咧嘴。牠抬頭看看天，又低頭看看地，胡亂啃了幾口苦澀的青草，填填肚子。牠必須馬上找一個隱蔽的地方睡覺。有了第一夜的教訓，牠不敢再在夜晚遊蕩了。

山風越吹越猛，把花背的毛吹得亂蓬蓬的。花背匆匆忙忙地朝山谷中走去。

四、自家人不認自家人

一開始，牠想找個洞，但找呵，找呵，一直找到月上東山，洞還沒影兒。牠只得在一處既隱蔽又避風的地方，找一片高高的草叢睡起來。

找洞的事，明天再說吧。

花背餓著肚子睡了一夜。

第二天上午，花背竟捉住了一隻刺蝟。

花背一早就醒了，牠想先去喝點水。食肉動物在飢餓難捱時，會頻繁地喝水充飢。走到水坑邊，一隻刺蝟正在那兒喝水。花背愣了。刺蝟聽到聲音，抬起頭，滑稽地眨著小眼睛，看了看花背便慢吞吞地跑起來。

「這是什麼東西？」花背沒見過刺蝟，很好奇，便跟著刺蝟走了很長一段路。刺蝟看看跑不脫，把頭往腹部一扎，捲成一個刺球。

刺蝟的這種本領幫助牠躲過了許多敵害。

起初，小狐狸覺得很有趣，牠也像許多其他動物一樣，在刺球上嗅，伸出爪子試試刺兒扎不扎，把刺球推過來滾過去，但就是不敢下嘴咬。當這一切都試過以後，其他動物往

往就失望地跑開了。小狐狸不這樣，牠玩得很有耐心。牠已很長時間沒有吃到一口像樣的東西了。

花背把刺球翻來倒去，琢磨了很久。直到太陽升得很高很高，終於才有些失望。牠走出兩步，卻又轉身回來，再從頭到尾地嗅刺球。這樣翻來覆去，又磨蹭掉許多時間。到後來，牠乾脆把刺球帶到水邊。

花背不得不走了，牠還要找一個窩哩。誰見過沒有窩的狐狸？可是，牠又捨不得這隻刺蝟。牠推著刺球慢慢向水坑邊滾去。

水坑邊是個斜坡，很陡。刺球在斜坡上越滾越快，「撲通」一聲，濺起點點水花，刺蝟掉進了水裡。

花背慌了，兩隻前爪忙亂地想撈起刺球。

突然，奇蹟出現了：刺蝟迅速舒展開來。這一下，花背高興了。牠趕快按住刺蝟那沒有毛刺保護的腹部，「撲」地咬開刺蝟的肚子。刺蝟掙扎了一會兒，死了。

花背大吃大嚼起來。

刺蝟的肉真香。如果不怕扎嘴，花背連刺蝟皮也要吃下去。兩天來，這可是第一頓可口的飯菜呵。

花背咂咂嘴，喝了些水。現在，牠感到腳步輕鬆，忍不住顛兒顛兒地跑起來。

找一個合適的洞，在華北的大山裡並不是一件容易的事。

首先，這兒的洞很少。由於氣候乾燥，地下水很少也很難在石灰岩山上溶蝕成眾多的洞穴。其次，即使有洞，也不是個個都能被狐狸選中的。狐狸是一種很細心、很謹慎的動物。牠選來做窩的洞，必須隱蔽、牢固、乾燥，必須在當地最高洪水水位線以上。因此，花背跑了一上午也沒有找到一個合適的洞穴。

下午，牠到了一個完全陌生的地方。這兒離牠的老家已經很遠了。

這兒的山更高，溝更深，到處都長著高大的樹木。山風吹過，大片大片的山楊、柞樹、油松……便抖動起枝條和葉子，發出一陣陣「嗚嗚」、「嘩嘩」的聲響。

花背很喜歡這個地方。尤其使花背高興的是：在這兒，牠聞到了一股熟悉、親切的氣味。

這是狐臊。是狐狸尾部的油脂腺分泌出來的——狐狸的尾巴根部有一個小孔。這股氣味在灌木叢中，在大樹旁，在突出的山石上飄散著，瀰漫著，經久不息。氣味儘管十分輕微，人也許聞不到，狐狸卻能嗅出。

「這兒有親人！」花背發瘋似地跑起來。沒了爸爸媽媽，牠成了個孤兒。在這到處是危險的世界上，牠多麼希望有點兒溫暖和依靠啊！

花背不知疲倦地跑來跑去，找遍每一條山溝，每一片草叢。在太陽西斜的時候，牠終於找到了一個十分隱蔽的狐狸洞。

這個洞在一片針茅草叢裡，雖然不如花背的家那麼有氣派，可也使牠感到熱乎乎的。

花背什麼也沒想，一頭鑽了進去。

洞裡騷亂起來。四隻小狐狸吱吱叫著躲到媽媽後面。媽媽一邊往洞深處躲，一邊低聲「呼呼」吼叫。

這個洞並不很深，洞裡也不大寬敞，如果一條成年狐狸鑽進去，轉身也不大容易。四面的石頭洞壁已經磨得油光水滑。過了一會兒，花背習慣了洞中的黑暗，看清了狐狸的一家，一頭扎到母狐狸跟前，嗚嗚地叫著。

猛然見到同類，見到親人，該有多少話要說，有多少委屈要訴呵！成串的淚珠，從花背眼裡滾滾落下。

小狐狸們不再害怕了。牠們與花背差不多大小。牠們從媽媽背後鑽出來，拉拉花背的尾巴，舔舔花背的毛，有一個甚至騎到花背的背上……牠們歡迎這個突如其來的小朋友。但是，牠們卻理解不了花背的辛酸。

母狐狸嗅嗅花背，愛撫地用頭磨擦著小狐狸的脖子。牠並沒有完全了解花背的不幸，但牠對投奔到膝下的小狐狸，有一種發自內心的愛。這種愛是天然的，是所有哺乳類動物的母性共有的。這便是人們所說的「母愛」。

花背的眼淚流得更厲害了。牠感到了一些滿足，幾天來，有誰這樣愛撫過牠呢？

「過去的就讓它過去吧。」花背止住悲傷，開始和小狐狸們追逐，打鬧起來……

唉，花背太小，牠還需要一個家啊！

歡樂的時間總是過得很快。

天漸漸地暗下來了。突然，洞口一暗，小狐狸的爸爸回來了。牠叼著兩隻肥大的田鼠。小狐狸們尖叫著，蜂擁似地擠上前去。狐狸爸爸把田鼠扔到地上，高興地看著牠們撕扯食物。

但是，牠的笑容很快消失了，牠看到了花背。

花背站在母狐狸旁邊，沒有和小狐狸們一道向前擠。

狐狸爸爸邁過爭食的小狐狸，一步步走上前來。牠轉動著眼珠，嗅著花背的全身。嗅著，嗅著，忽然一口咬住花背的肚皮，花背痛得「吱」地叫起來。

頓時，山洞裏亂了。母狐狸驚訝地看著丈夫，小狐狸們你推我擠，縮成一團。狐狸爸爸仍然不依不饒地撕扯著花背，嘴裡不停地發出哼哼的聲音。牠不歡迎這個陌生的小雄狐狸。

在這兒，我們不能責怪狐狸爸爸，牠並不是不好客，牠所採取的行動只是出於一種本能。狐狸不是狼，也不是羊，從來沒有成群活動的習慣。牠們至多只以小家庭爲一個活動單位。因此，每一隻成年雄狐狸都要先占據一定的地盤，然後建立家庭。

爲了不和別的狐狸發生衝突，雄狐狸還把尾脂腺分泌的油質物塗在周圍的樹上、灌木上和石頭上，作爲勢力範圍的標誌。其他雄狐狸一聞到這股氣味就後撤了。

當然，也有個別雄狐狸會藐視這個「標誌」，不過，這就會發生一場你死我活的、爭

奪地盤的戰鬥。

花背還小，牠哪兒懂得這些呢？

花背身上的毛已經被狐狸爸爸撕扯下好幾口，牠疼得實在受不了，不得不哀叫著從狐狸爸爸的腿中間擠出去，跑出了洞。

狐狸爸爸追呵，追呵，不容花背喘一口氣，一直把牠趕出了自己的「領地」邊界。

花背憤懣地跑著。牠並不想在這兒白吃白喝，牠只想找到同類，找到同情，找到溫暖。然而，就這麼一點兒可憐的要求，狐狸爸爸也不肯施捨給牠。

天更黑了，花背還沒有找到一個洞。看來這一夜，牠又得在野外露宿了。

一勾新月，慢慢升上天空，向疲憊的小狐狸灑下淒清的光……

五、僥倖脫險

白天越來越短，黑夜越來越冷，但花背還沒有找到一個窩。牠不能不著急了。

在熱帶地區，有些動物可以沒有窩，像獅子和大象，斑馬和犀牛。在溫帶，幾乎所有在這兒長年居住的動物都有窩。老虎有洞，狗熊有洞，田鼠和兔子也有洞。洞不僅給了動物安全，也給了動物溫暖。大雪封山時，露宿在野外是要凍死的。

花背滿山遍野地跑。餓了，隨便找口吃的；渴了，喝點兒水。十幾天來，牠幾乎跑遍這方圓幾百里的山區，就像瘋了一樣。

這一天，牠闖進一條幽靜、偏僻的山谷。

從遠處看，這條山谷兩側的山並不很高，綠色和黃色的樹木長了滿坡滿野，似乎山谷並不很深。可是走近山谷，你就會知道：山谷兩側的坡很陡很陡，一條湍急的小溪從樹海深處流出，帶著凜凜涼意。

小溪兩邊的山石縫裡，土窪窪上，不是密密層層的松柏、檜樹，就是高大茂實的榛子、荆條。即使在那陡峭堅硬的岩石上，也爬滿了綠油油的爬山虎。人們根本就看不透這條山谷有多長，多深。只能聽到谷中隱約的鳥鳴鴉啼。

在這神秘莫測的山口，花背沒有猶豫，沒有徘徊，便一頭扎了進去。

花背急匆匆地走著。頭頂上，火紅色的松鼠拖著尾巴在枝頭跳躍；面前，不時有山雞扇動鮮明的翅膀，從灌木叢中飛起。

「要是能在這兒安個家多好呵！」牠俯身喝了幾口溪水，水很涼，但帶著一股甜絲絲的味兒。

撥開一叢鯰魚草，花背正要邁步，忽然又抽回了腳：一條土褐色的蝮蛇盤在那兒。這條蛇受到驚動，昂起頭，身子開始蠕動。

花背連連後退，牠不願和這玩意兒糾纏。蛇肉雖然好吃，但被蛇咬一下極危險。蛇牙中噴出的毒液會立即把牠打發到閻王爺那兒。

蝮蛇卻不依不饒，步步進逼過來。牠的上身高高昂起，帶叉的長舌頭飛快地吞吐著，就像一支在眼前跳躍的火苗。

不能不應戰了。

蝮蛇是這樣一種動物：個頭不大，至多不過幾斤重，卻仗恃毒牙能射出一點兒毒液橫行霸道，把誰也不放在眼裡。你要是不小心招惹了牠，瞧吧，牠就跟你沒完沒了。

花背一邊繼續後退，一邊留神著蛇的姿態。要越過一塊石頭了，蛇不得不伏下身子。說時遲，那時快，花背嗖地一下撲過去，一爪按住了蛇的扁腦袋。蛇竭力想掙脫，尾巴不停地甩打起來。

沒等牠纏住花背的腿，花背吭地一口，從脖子那兒把蛇咬成了兩截。

狐狸的敏捷，往往是人預料不到的。

蝮蛇死了。

花背得意地吃起「小點心」，連骨頭也咯滋咯滋嚼了個粉碎。誰讓這蝮蛇不知好歹呢！

花背沒有吃蛇頭，牠知道蛇的毒腺就藏在蛇頭裡面。

在野外碰上一條蛇，在花背看來是很平常的事，並沒有引起牠的警覺。吃完了蛇，牠繼續向山谷深處走去。

小溪淙淙地在山石和樹叢間蜿蜒。山谷越來越窄，樹木越來越密，有些地方簡直難以通行。

「快到山谷盡頭了吧？」花背正有些洩氣，忽然看到萬年蒿叢後邊的山崖下，隱約露出一個黑乎乎的洞。花背興奮起來，急忙鑽了進去。

這是一個土洞。洞口踩得溜平，地面上扔著橫七豎八的獸骨。有的獸骨上還殘留著鮮紅的筋肉，招來了一團團螞蟻。洞裡飄散著陰森森的氣息，黑乎乎的不知隱伏著多少奧秘。花背的耳朵高高豎起，心臟似乎停止了跳動，牠已經感到了危險。

牠闖到豹子洞口來了。

花背悄悄返回身，正準備溜走，谷口傳來了一聲豹吼。這吼聲很短促，卻在山谷中激起巨大的回音。花背的四肢哆嗦起來，一頭鑽進一片密密的榛子叢。

一隻大金錢豹，伸著長長的腰身，搖著尾巴，穿過樹叢飛奔而來。

牠在洞口前停住了，警惕地向四處張望一番，才鑽進洞。但牠在洞中轉了個身又很快鑽出來，狐疑地掃視著周圍的每一塊石頭，每一叢灌木和蒿草。牠聞到了一股輕微的異味。

這個土皇帝兇橫殘暴，但也是個疑心病很重的膽小鬼。

豹子沒有看到什麼，仍不放心，又在洞周圍轉起來，尾巴抽打著灌木，掃蕩著石頭和土塊。牠不徹底弄清楚異味的來龍去脈，是不會放心休息的。

豹子轉到榛叢前。花背藏不住了，「嘩」地一聲從榛樹下跳出來，不顧一切地向谷口逃去。

金錢豹一驚，連連倒退了好幾步。等到牠看清這是一隻又瘦又小的狐狸時，心中的怒火騰地燒了起來。牠大吼一聲，追了出去，恨不得把這個小東西撕個粉碎。

花背的耳朵貼在背上，拚命跑著。若論速度，牠跑不過豹子，但是，山谷裡密密麻麻的大小樹木，卻使豹子的奔跑受到了阻礙。花背個兒小，行動敏捷。牠在樹縫中閃閃跳跳，豹子倒也難追上牠。

出了谷口，是一條亂石滾滾的河床，很遠很遠才有一叢草。河床又比較平坦直溜，連一塊可以藏身的大石頭也沒有。在這兒，豹子放開了腳步。

花背急急惶惶地跑著，偷眼看看後面的豹子越追越近，心裡急得著起了火。牠有些後悔，爲什麼當初不在谷口仔細看看，就冒冒失失地鑽進這條山谷呢？

一隻有經驗的狐狸，初到一個新地方，總是要徘徊很久，直到看清確實沒有危險跡象，選好進退道路才繼續前進，絕不莽撞。

豹子追近了。牠伏下前爪，借著巨大的前衝慣性猛地躍起，企圖一下子按倒小狐狸。可牠落地時，發現花背拐彎跑了。

豹子越發惱怒。牠張開血盆大口，狂吼一聲，又追了上去。眼看又要抓住小狐狸，誰知花背再次一閃，跳到了一邊。豹子氣得七竅生煙，追得更快了。

花背氣喘吁吁，直恨自己嗓子眼太細。牠哪能跑得過五大三粗、一身橫肉的豹子呀！再來個「殺手鐧」？豹子可不是鷹。

花背的腿越來越軟，嘴邊淌出黏乎乎的白沫。前邊是一叢高高的青草，跑到跟前，牠忽然滑了一跤，掙扎了幾下都沒能爬起來。花背的頭暈了：「完了，這下可完了。」

豹子看到這些，跑得更來勁了。

「這一回，你還跑得了嗎？」牠大吼一聲，屈一屈前爪，凌空撲了過去，風在耳邊呼呼地響。

豹子的吼聲，使花背猛一哆嗦。花背眼冒金星，但情知不妙，拚盡全身力氣，「呼啦啦」，接連滾了許多滾，滾到了一旁。

豹子撲下來了。青草一絆，牠往前一個踉蹌，踩到青草上。這一撲慣性很大，青草又滑溜，牠收不住腳，「撲通」一聲消失在草叢裡，濺起高高的水花。

花背一見豹子沒撲著自己，急忙一骨碌翻身爬起，晃了兩晃方站穩。

「奇怪，豹子呢？」牠忽然聽見草叢中「咕咚咚」一陣亂響，不知發生了什麼事，趕快跌跌撞撞地跑走了。

這一帶山區雨水少，可一下雨，卻常常是暴雨。雨水落到山裡，來不及下滲，便順著千溝萬壑一擁而下，匯聚成洶湧的山洪。

這山洪的力量很大，磨盤大的石頭，也能被推出幾十里遠。這些石頭碰碰撞撞，在河床酥軟的地段，常常砸出一個個桌面大的坑。山洪一過，坑裡就積起水，長久不乾涸。有了水，大坑周圍又長起茂盛的青草，這些青草有時會把大坑遮蓋個嚴嚴實實。剛才，豹子

就掉進這樣一個水坑裡。

豹子會游泳，淹不死。但猛然間跌進水坑，連驚帶嚇，倒也咕嘟咕嘟喝了幾口水。牠在坑裡撲騰著，掙扎著，哀號著，土皇帝的威風早不知哪兒去了。

這個坑不算深，但坑沿較陡，又長滿了溜滑的水草，爬上去很不容易。等到豹子費盡力氣掙扎出來，早已不見小狐狸的蹤影。

豹子自認晦氣，一瘸一拐地向那條幽靜神秘的山谷走去。

花背又一次從死神手裡逃脫了。從此以後，牠再也不敢冒失。牠漸漸變得謹慎、穩重起來。

六、牠生病了

花背病倒了。

從小到大，誰不鬧幾場病？甭說這個四處飄泊，受盡飢寒的孤兒了。

這是牠險些落入豹爪以後的事。

從豹子口邊逃脫以後，過了幾天，花背終於找到一個洞。這是個土洞，洞口小，不很深，也不堅固，一場暴雨也許就會使它塌掉。

這洞不知是隻什麼動物遺棄的，好在這個地方很隱蔽，洞的上面和前面是連成一片的酸棗棵，刺兒又長又密。隨著氣候已轉入晚秋，雨水越來越稀少。花背才決定住下來，湊和著過了冬再說。

誰知，在這個洞中睡了一覺，牠起不來了。是半夜著了涼，還是喝了髒水？花背先是肚子痛得要命，後來斷斷續續地拉稀屎。直拉得屁股眼兒紅通通的，一撅屁股就火辣辣地痛。

這一躺就是好幾天。花背屁股上、尾巴上的毛幾乎掉光了。身上的毛雖然沒有掉，可也失去了光澤，亂蓬蓬的，就像蒙了一層灰塵的乾草。更可怕的是，牠一點兒力氣也沒有了，稍微動一動也要出一身大汗。

花背還要活下去。在這幾天中，只要天氣好，牠就一步一爬地挪出洞。一方面，這樣可以活動活動筋骨，多呼吸些新鮮空氣，另一方面，也得找點兒食物。

可是，牠病成這個樣子，還能巴望找到什麼好食物呢？草葉、草籽、螞蟻和蛆蟲，這些平日難以下口的東西，現在卻成了牠的救星。

土洞外面生長著一種開小黃花的野草，葉子不大，厚厚實實的很像牙齒。這是馬齒莧。花背發現，嚼這種草雖然滿嘴酸澀，但咽下那黑綠色的漿汁，卻能使拉屎的次數減少、肚子痛減輕。而不再吃它，拉稀又頻繁起來。

連著吃了幾天馬齒莧，花背的肚痛輕多了，只是身體還虛弱得很，該找點什麼好吃的補一補才好。

有一天早晨，牠爬出洞，勉強掙扎到一個小土丘上，止不住心跳氣喘，頭暈目眩，一下子跌倒在地。牠不得不躺下來養養精神。

太陽越升越高，幾隻烏鴉呱呱地落在旁邊的灌木枝上，衝著牠叫喚。幾隻大黑螞蟻爬到牠臉上，強硬的顎齒咬得牠生痛。遠處，有一隻鷹在天上盤旋。要不了多久，鷹就會飛來……

「不，不能躺在這兒。」花背又掙扎著站起來，邁開步，可是腿一軟，又摔倒了。牠從土丘頂上滾下去，就像一段乾木頭。牠的背碰上了土丘腳下的一塊石頭，痛得很。牠不得不又閉上了眼睛。

牠太需要營養了。

當牠睜開眼的時候，發現面前有一個長滿苔蘚的小土包，小土包上有幾個深深的洞。洞很小，花背連鼻子也探不進去。

一會兒，洞口出現了一隻毛茸茸的山蜂。牠從小洞裡爬出來，用腳搔搔圓圓的肚子，飛到天上去了。

好輕捷的小東西呀！

山蜂在小土包上兜了幾圈，又向著小洞降落下來。牠在洞口站著，用薄薄的翅膀扇起風。「嗡嗡」，「嗡……」，風甚至吹到花背的臉上。

這隻山蜂是要把新鮮空氣吹進牠的小洞，同時叫醒還在窩裡睡覺的同伴。

一會兒，大隊的山蜂一隻跟著一隻的從洞裏爬了出來，飛上天空，飛到山裡採蜜去了。秋天，還有許多植物在開花，牠們必須趁著這時候，準備足夠過冬的糧食。

小土包前只剩下花背，牠已經知道自己該幹些什麼。一股股香甜的氣息一陣濃似一陣的從小洞裏飄出，直衝花背的鼻子眼。

花背鼓足氣力，用爪子一下一下地挖小土包。小土包上的土倒是很鬆軟。

小土包挖毀了，山蜂的洞底暴露出來。這兒有一個灰色蜂蠟做成的大蜂窠。蜂窠中那些一格一格的蜂房裏，有的躺著山蜂的幼子——蜂蛹，有的儲藏著山蜂的食物——黏稠、香氣撲鼻的黃蜜。

花背貪婪地伸出舌頭，舔吸著甜美的食品。舔完蜜，牠乾脆嚼起了蜂巢，把山蜂的幼子都吃掉。

剛才花背還氣喘心跳，現在，牠覺得身上熱烘烘的，精力恢復了許多。牠很驚訝，這黃色的漿汁和白胖胖的小蟲子，竟然有這樣神奇的作用。牠馬上又翻掘開泥土，把其他幾個小洞裡的蜂巢都吃掉了。

驀地，不知什麼東西在牠臉上刺了一下，痛得花背大叫一聲，跳了起來。正想看個究竟，頭頂上傳來一片雷鳴般的嗡嗡聲。山蜂們回來了。花背不敢大意，拔腿就跑。

山蜂的刺是很厲害的。

花背像風一樣飛跑。牠身上那乾巴巴、亂蓬蓬的毛，遮擋了不少山蜂的攻擊。可是，牠的屁股和尾巴吃了虧。

直到鑽進酸棗棵下的土洞，那些嗡嗡響著、輪番俯衝的山蜂才悻悻飛走。

從這以後，花背的病完全好了。也從這以後，花背知道了馬齒莧和蜂蜜、蜂蛹的功用。

這次生病使花背受到一些折磨，可也啓發了牠：大自然中的一切，大概都是有其獨特用處的吧！

花背漸漸長大了。牠的膽子也比剛開始流浪時大了許多。牠常常在夜裡出去捉田鼠。牠注意到，狼、豹、山貓等是常趁黑夜出來行劫的野獸。牠們在捕獲了其他動物時，往往先撕開獵物的肚皮，掏出內臟吃掉；即使有時並不餓，也捨不得把那些肝腸遺棄。這是爲什麼呢？

在捕食能力增強以後，花痛也有意識地多吃了一些老鼠、野兔的內臟。牠的眼睛在夜裡亮多了。

當然，花背永遠不會懂得：動物眼底的感光細胞，需要大量的維生素A滋養。而動物的肝臟，就貯藏著大量的維生素A。

有一次，花背遠遠看到幾隻野山羊在泥坑裡滾，牠停住了腳。這些野山羊的身上糊滿了泥巴，卻舒服得「咩咩」叫。

「這是怎麼回事？」花背琢磨來琢磨去，就是想不通。牠決定到泥坑裡看看。

山羊跑走了，花背在泥坑裏東嗅嗅，西刨刨，忙了半天，弄得滿身泥水，骯髒不堪，卻什麼也沒找到。牠喪氣地爬上岸來，在陽光下跑來跑去，把毛曬乾，把泥巴蹭掉。

這時候，牠卻發現那些常常在毛皮上爬來跳去、跟牠搗蛋的跳蚤、虱子全沒有了。哈，真想不到，在泥坑裡滾滾，還有清潔皮膚的妙用！

後來，花背每逢胃口不適，就在食後吃一種名叫劉寄奴的草；摔傷出血，牠先吃一些乾的捲柏，再找一些虎杖、艾草或土三七，嚼碎塗在傷口上；而當關節腫痛，牠就刨出一種名叫五加皮的小灌木的根，和金剛藤的葉子一起嚼爛咽下……

在和大自然的搏鬥中，花背取得了越來越多的生存自由。

七、牠學會了打獵

惡劣的環境像一把篩子，無情地淘汰軟弱的動物。對於經得住考驗的強者，又像一座熊熊的熔爐，讓牠們加鋼淬火，變得更堅強、更能幹。

花背成長起來了。

由於苦難的遭遇，牠的個頭也許不如其他年輕的狐狸大，但是，牠卻比牠們早熟，比牠們勇敢、聰明得多。

在秋天，隨著花背身上的毛越來越厚密，牠學會了打獵。捉刺蝟，牠早已不在話下。捉野兔，這才見狐狸打獵的真功夫。

是第一次下霜以後吧。許多樹和灌木的葉子都變黃了，五角楓和柿子樹的葉子卻變得火紅火紅。遠遠望去，大山的這兒那兒，彷彿擎起一支支正在燃燒的火炬。白茅啦，針茅啦，在寒風中抖擻著枯葉，發出窸窸窣窣的響聲。動物們都加快了過冬的準備：螞蟻跑過來跑過去，急急忙忙的往牠的地下洞穴裡搬運草籽、小蟲；五花鼠在山坡上的灌木、草叢和大石頭間蹦來跳去，巴不得把能找到的野核桃、黑棗、榛子、松柏籽……都抱回家；候鳥們和其他大些的野獸雖然沒有儲糧過冬的習慣，但也在漫山遍野地忙碌，恨不能吃得更肥胖些，在體內儲存下更多脂肪。

在一片高高的白茅草叢中，有一塊含鐵較多的石頭。風化作用使它變得暗紅暗紅。花背就藏在它後面。牠準備截擊一隻出外覓食的野兔。

花背發現，有一隻兔子總愛在這塊大石頭旁邊經過：有時在茅草叢中潛行，有時在茅草叢前的小路上大搖大擺。

周密的偵察，是花背成功地捕捉野兔一類運動能力很強的小動物的訣竅。

野兔回來了。這一次，牠在茅草叢中走走停停，也許是心理作用吧，牠覺得今天的空氣中好像隱伏著危險。可牠的長耳朵搖來搖去，卻沒有聽到一點兒可疑的聲音；骨碌碌轉動的眼睛睜得挺圓，卻沒有發現一點兒可疑的影子。花背紅裏透黑的毛和大石頭的顏色太相近了。

野兔遲遲疑疑地走到大石頭跟前，一抬頭，嚇得跌了一跤，回頭就跑。可是，哪兒還來得及呢？

回頭是下坡路，這對兔子很不利。兔子後腿長，上坡占便宜，下坡就容易翻倒了。選擇這個地方截擊，是花背比其他狐狸高明的地方。

花背一躍而起，借著下坡的力量像箭一樣撲去。沒跑多遠，就把那隻跌跌撞撞的野兔按倒在地。

花背還曾經捉到一隻野鴨。

那是在離這兒很遠的一條河上。當時，這隻野鴨正和其他的野鴨一起在河中游水。連著下了好幾天雨，天仍然沒有放晴，花背在土洞裏躲了幾天。這一天，牠再也躲不下去了。牠的肚子骨碌骨碌響得越來越厲害。牠好幾次跑出洞來，都被淅淅瀝瀝的雨趕了回去。雨水涼得很。最後，當飢餓比雨水還難忍受時，牠不得不下定了決心。

洞外，灰暗的天宇下，秋風搖動著綿綿的雨絲，在泥濘的山間小路上飄灑。已經發黃和正在發黃的草叢、灌木叢散發出一種潮濕發霉的氣味。山野裡看不到有什麼動物在活動。大家都明白，在這種天氣裡，是不容易找到食物的。

花背一擦一滑地走了很遠很遠，雨水把渾身的毛都濕透了，肚子裡還沒裝進一點兒東西。下午，牠來到這一帶一條有名的大河旁。牠想去喝點兒水，卻聽到雨絲裏傳來「嘎

嘎」的鴨叫聲，牠連忙躲進草叢。

嘿，寬寬的河面上，漂浮著一群野鴨！

這群鴨子正在波浪中盡情嬉戲。下著雨，沒有猛禽和野獸來驚擾牠們。河變得更深更寬了，河水把牠們和陸地隔開，安全得很。牠們不怕雨，雨點兒落在墨綠的和淺褐色的羽翎上，很快滑落下來。牠們的羽毛上塗滿了油脂。

花背伏在岸邊的草叢裡偷偷窺視著，牠已咽下好幾口涎水了。半天的奔波，使牠的肚子空癟了。但是，怎樣才能從水上撈到一隻肥肥的野鴨呢？

受到驚動，野鴨是會飛走的。

牠的小腦筋飛快地算計著，牠已經學會動腦筋了。

花背悄悄移動到上游。這兒，仍然能看到鴨群的動靜。牠扯下一堆枯草，揉成一團拋進河裡。草團隨著河水漸漸向鴨群漂去。

野鴨們潛水的潛水，刷羽毛的刷羽毛。河水推送過來一些枯枝敗葉，是常有的事情，不值得大驚小怪。

花背看到這種情形，樂了。牠銜著一大團枯草，無聲無息地跳入水中，向鴨子們游去。

河水輕輕的流淌著。雨絲落在河裡，沒有水泡，沒有喧響，只是蕩起一圈圈小小的漣漪。枯草團遮蓋著水面下的世界，向鴨群漂得越來越近……

野鴨們玩得很痛快。牠們在這裡的日子已經屈指可數了，在這條河裡還能游幾次水？玩吧，玩吧，及時行樂……牠們追逐起來，嘎嘎的歡叫聲在水波中跳蕩。一隻頑皮的雄鴨子，忽然瞥見漂來的大草團中有一個黑乎乎的、肉敦敦的東西，便向草團伸出扁扁的嘴……

突然，枯草團一沉，水下跳出一隻狐狸，雄野鴨被拉了下去。其餘的蠢鴨子們驚飛了，河面上一片水花，一片驚恐。

花背能捉野鴨和野兔了，但是牠平日捉得最多的是老鼠。老鼠才是狐狸的主要食物。只要天氣好，老鼠肯出來活動，花背就在山谷裡、山梁上到處轉悠。夜裡，牠還到農田去逛逛。

牠的尖耳朵高高豎起，分辨著大自然裡的各種聲音；眼睛骨碌碌地轉，察看著老鼠活動的蹤跡；濕乎乎的小黑鼻子輕輕地抽動，從刮過的風中嗅覓熟悉的氣味……這一帶的山山嶺嶺，沒有一處不是牠巡邏的範圍。

發現了老鼠，牠繞到老鼠背後慢慢溜過去，一步，二步……然後突然一跳，便把老鼠按在爪下。

如果老鼠察覺了，「哧溜」一聲開始逃竄，那麼襲擊便改爲快速追捕。

花背知道，無論田鼠、溝鼠、倉鼠、黃鼠……多麼奸猾，擅長偷竊，但在跑跳方面沒多大本事。牠只要三竄兩跳，就能咬住這些偷賊的脊背。如果老鼠跑著跑著，忽然鑽進了灌木叢、草間和石縫，那也沒什麼大不了。只要搖搖草和灌木，拍拍石頭或往大石縫裡撒進一些土，老鼠就又會驚慌地竄出來……倒是老鼠鑽進了洞有些麻煩。那就需要靜靜地守候，常常會耗費較多的時間。

只要運氣好，花背現在一天就可以捉十來隻老鼠，這比貓、貓頭鷹和黃鼠狼捉的要多得多。牠已經很少餓著肚子睡覺了。

老鼠的活動不再那麼猖狂。牠們對這一帶的危害大大減輕了。

可是，就在花背學會找獵物的時候，風雪瀰漫的冬天來臨了。

八、偷雞

天越來越冷。

一陣陣寒風從蒙古高原，從西伯利亞吹來，掃蕩著山野和平原，樹葉落盡了。候鳥們咕咕嘎嘎地叫著，匆匆忙忙向南飛去，有的排著隊，有的沒排隊。

當日平均氣溫降到十度的時候，刺蝟和昆蟲不見了。氣溫低於八度的時候，再也聽不到青蛙們合唱。接著，蛇不再出門，蝙蝠找個溫暖的洞躲起來。最後，田鼠、旱獺和獾也不再露面。牠們都進入了冬眠。

大山裡越來越空曠。

最難度過的季節就這樣來臨了。

這是一個寒冷的夜晚。花背悄悄跑下山，牠要到村子裡去碰碰運氣，找點吃的。

食物越來越少。野兔雖然不冬眠，但也難得看到牠們的影子。老鼠則蹤跡全無。野鴨啦，蜂蜜啦，只有做夢時才能見到。就連「扁擔」，也甭想再吃一隻。花背也像其他動物一樣，經常挨餓了。

前幾天，牠在山坡上找到一隻死老鼠。這老鼠不知死去多久了，肉有些發臭。花背嗅嗅，走了。

結果跑了一上午也沒找到食物，餓得實在受不了，只得又回到山坡上，閉著眼睛把死鼠吞了下去。誰知過了兩個鐘頭，牠的肚子忽然難受起來，止不住要嘔，嘴裡淌出白沫，四肢也有些不聽使喚。

花背知道不妙，急忙掙扎到一個水池邊，灌了一肚子涼水。又用前爪搔喉嚨，直搔得哇哇吐個不住……這樣折騰了一下午，才覺得好受了點兒。牠又跑到山谷裡尋了些紫蘇葉，大吃大嚼一通，才算解了毒。從這兒起，牠再也不吃有味的肉了。

經過這番折騰，牠更餓了。偏偏這天夜裡下起了雪，把漫山遍野都埋在一層厚厚的雪下。花背不得不到村子邊打轉，村裡的雞鳴鴨叫吸引著牠。可是轉了幾夜，牠也不敢進去。

今天，牠不能再遲疑了。牠已經餓了好幾天，再不下決心，牠就會凍死在冰天雪地裡。

天漆黑漆黑。但在白雪上跑，目標仍然很耀眼。花背跑跑停停，凝神諦聽深夜中傳來的細微聲響。牠不能不小心，現在，飢餓迫使狼和豹子也在到處打轉。

轉過山嘴，花背忽然聽到後面有咯嚓咯嚓的踏雪聲，牠迅疾閃在一塊大石頭後面。一隻山貓小跑著過去了。這傢伙夏天也常跑進村子偷偷摸摸，不要說在這飢寒交迫的時候。

看到山貓，花背恨得直咬牙。盯著前面那越來越模糊的身影，牠忽然有了主意。花背悄悄跟了上去。

牠和山貓保持著一定距離，努力使自己的腳踏在山貓的腳印上。

山貓一點兒也不知道花背的行動。這個兇橫的惡棍還在小跑著趕自己的路。

接近村莊了。村子像一座巨大的怪獸，黑黝黝的蹲在山腳下。對於一向規規矩矩的野獸來說，牠是十分可怕的。

山貓伏下身子，傾聽著村子裡的聲音。現在正是半夜，冷風嗖嗖地刮著，撼動乾枯的枝條，緊閉的門窗。除此而外，村子裡什麼聲響也沒有。

人們睡熟了。狗也因爲嚴寒，有的躲在屋子裡，有的鑽進柴草垛。

山貓開始行動。牠躡手躡腳地走進村子，沿著村中的大道走到一堵高牆旁，停下了腳步，左右看看，沒有任何可疑的動靜。這才「哧溜」鑽進牆腳的一個窟窿。這是主人爲流出院中的雨水而特意挖的。

牆裡面是一座大院落。黑乎乎的窗子，傳出一片沉沉的鼾聲。

山貓對這一帶山村很熟悉。牠徑直走到窗下的一座小建築旁，跳了上去。這是個雞窩。雞窩裏散發出一股股熱乎乎的臭味。

山貓開始飛快地在雞窩頂上掏洞。

牠掏洞的聲音很輕。只有掏落的土塊濺落在雪上，發出輕微的聲響。這聲音和風的呼嘯聲混在一起，把頭伸到翅膀下熟睡的雞，一點兒也聽不出來。

這個雞窩頂是由泥土壓著乾稻草蓋成的。掀掉稻草，一個黑乎乎的洞便露了出來。冷風吹進雞窩，雞醒了。不知發生了什麼事，雞窩裡開始騷動起來。山貓趕快從洞口跳進雞窩。幹這種事一點兒都不能猶豫。

「啪」，不知什麼東西打在院子角落的柴草垛上。一條大狗「嗚」地從柴草中鑽出來。還迷迷糊糊沒有完全清醒，便汪汪狂叫。這一下，全村的狗也跟著叫起來。一時間，狗叫聲響成一片。

真可怕啊！

山貓膽虛了。牠慌慌張張地叼住一隻大公雞的脖子。大公雞叫不出聲，拚命撲打起翅膀，打得山貓臉生痛。

山貓跳了幾次，也沒能跳出雞窩，牠不得不把大公雞的翅膀咬斷。

雞都醒了，咕咕嘎嘎地叫成一團。幾隻勇敢點兒的，甚至伸出堅硬的喙，去啄山貓那閃著綠光的眼睛。一隻隻帶鉤的雞爪，在山貓的身上亂抓亂蹬，把山貓的皮抓破了好幾處，流出了血。

山貓顧不了這許多，忍著痛，好不容易拖著大公雞鑽出了雞窩。剛要跑，一條大狗呼地撲到眼前。「吱」一聲，房門也開了，主人提著槍從屋裡跑出來。山貓哪還敢拖大公雞？鬆開嘴，「喵嗚」一聲竄上了房，從房頂溜了。

大狗迅速從牆下的雨水洞鑽出去。牠身上還掛著許多柴草。牠怕主人責怪牠，要立功贖罪。

主人也提著槍打開院落的大門，直追出去。

全村的狗狂叫著，跟著跑上村中的大道，跑出村子。垂死的大公雞在雞窩旁撲拉著……

山貓在前面拚命地跑。但在這光禿禿的雪地上，牠哪裡能躲過大狗的眼睛？這些狗都是受過訓練的，知道該怎樣追捕，山貓和大狗間的距離越來越小。

山貓驚慌地回頭看看，大狗們已散開成一個扇形，很快就要從兩側包抄上來。不得已，牠嗖地竄上路旁的一棵大樹。

狗是不會上樹的。大狗們包圍了這棵樹，在樹下仰著脖子狂叫。有幾隻還豎起前爪，搭在樹上，似乎要搖一搖。當然，牠們根本搖不動。

山貓在樹上焦急地轉著，從這棵樹枝跳到那棵樹枝。牠很後悔：沒有看清這是棵孤樹。

公雞的主人，還有鄰居家的男人追上來。他們站在樹下，瞄準樹梢上那對綠幽幽的眼睛，開槍了。

「砰」，山貓應聲從樹上摔了下來。山裡少了一個欺軟怕硬的惡棍。

可是，等男主人回到家裡，那隻被山貓咬死的大公雞卻不翼而飛。據女主人說，她點亮燈，到雞窩前看時，只有一堆雞毛和一片血。她還以為是被山貓叼走了呢。

男主人在屋前屋後找起來，哪裡還找得到？但是，他在柴草垛後發現了一溜腳印。這是狐狸的。跟著這個腳印走出院子，牠從另一個方向上山了。

這隻狐狸是什麼時候，又怎樣來的呢？大家都莫名其妙。

就在男主人抽打自家那隻大狗，女主人把一碗香噴噴的山貓肉分送給鄰居嘗鮮的時候，在山谷裡，在白雪覆蓋的酸棗棵下，花背也吃飽了。

是牠拖走了大公雞。

山貓把牠領進了村。在山貓跳進雞窩以後，牠壯壯膽子，舉爪拍了一下柴草垛。

一進那座大院，牠就注意到柴草垛中有狗的氣息。當狗和主人追出門去，女主人正在摸索著找火柴的時候，牠拖起大公雞，慌忙從另一個方向出了村。

就這樣，在這個滴水成冰、食物匱乏的季節，牠做了一次小偷。並且借人的手，為自己的兄妹，爲自己報了仇。

現在，花背要把吃剩的雞頭雞爪埋到太陽曬不到的窪地去。那兒的雪很厚。只要雪不化，這些東西可以貯存很長時間。在沒食物的時候，牠還要將這些東西挖出來充飢。

九、逮住一隻渡鴉

冬天比夏天寂靜得多。

山野裡，村鎮上空，再也聽不到鳥兒歌唱。牠們大多數都飛走了。

也有一些沒飛走，如老鷹。但老鷹不是好惹的，還是離牠們遠些爲好。

花背也看到過大雁。牠們是從更寒冷的地方飛來的。牠們在湖沼邊和麥地裡搖搖擺擺地走。但牠們的警惕性很高，無論幹什麼，總是成群活動，並有一兩隻大雁專門放哨，因此很不容易捉。

山鶉、榛雞和松雞也在這兒過冬。牠們比較呆笨，成群活動時，找到食物便一窩蜂擠上前去，全不顧周圍的伙伴。在嚴酷的寒冷天氣中，牠們高高飛起，然後向厚厚的積雪上飛撞過去，並且用爪和翅膀竭力刨動，以便鑽進鬆軟的雪層中。在強烈的暴風雪中，牠們能在雪裡躲上好幾天。但是，花背沒想到捉牠們。因爲，這些肥胖的鳥兒都棲息在山林裡，那兒不是花背的領地。另外，風大雪緊的時候，狐狸們也不敢出門。

倒是呱呱叫著飛過天空的烏鴉，常常使花背仰望很久，很久。

機會終於來了。

不過，這是烏鴉的親戚——渡鴉。

渡鴉的羽毛也是黑色的。鼻子旁也長著骯髒的幾根小鬍子，但牠的個子比烏鴉大得多，最大的身長能超過兩尺。牠們常在城郊高塔和山野的高樹上搭窩。

花背的兩個哥哥就是被這種鳥兒弄死的。

花背不怕牠們。

有一天，花背走過一片山坡，山坡上的一株高樹上忽然傳來「咕嚕嗚克」，「咕嚕嗚克」的叫聲。牠抬頭看看，只見高高的大榆樹丫杈上托著一個大黑鍋似的鳥窩。鳥窩旁的樹枝上，站著一隻黑色的大鳥。

這大鳥伸著脖子，衝著窩裡直叫。窩裡可能還有一隻鳥吧？果然，大黑鍋似的鳥窩晃起來，不一會兒，一隻鳥跳到窩沿上，撲扇撲扇翅膀，和先出窩的鳥兒一塊兒飛走了。

看著這兩隻大黑傢伙，花背的涎水流了出來。要是捉住一隻，幾天的食物就都有了。

花背在地面上跟著牠們跑去。

這兩隻黑渡鴉是一公一母——渡鴉都是雌雄雙棲的。牠們飛過山梁，飛過山谷，在一片平坦寬闊的田地上落下來。這兒原來種的是豆子，又沒翻耕過，因此，田埂邊，土縫裡，還有不少黃澄澄的大豆。

渡鴉們開始滿地找食，花背悄悄地掉轉頭走了。

這兒離村落較近，而且，地形也平坦開闊。

這以後，花背又跟蹤了幾次。牠發現，渡鴉們雖然住得很高很高，卻要到地面找食。這樣，只要渡鴉們找食的地方遠離村落，就有可能捉住牠們。

可是，渡鴉總是雙雙活動。面對四隻警惕的眼睛，怎樣才能接近牠們呢？

花背琢磨了很久，想出一個辦法。

一天，花背又經過這片山坡。那株高大榆樹上的兩隻渡鴉又「咕嚕嗚克」，「咕嚕嗚克」的互相招呼著，要出去找食。花背立刻悄悄跟了上去。

這一次，兩隻渡鴉筆直地飛向一個山坳。這兒離村落遠多了。

山坳裡，有一片光禿禿的亂石灘。亂石灘上，扔著一具狗的屍體。這是被豹子咬死的，內臟已被豹子吃掉了。

狗屍扔在這兒已好幾天。這幾天比較暖和，山坳又十分避風向陽，狗屍有些發臭。渡鴉飛到這兒，盤旋了一圈，徑直衝著狗屍落下來。看樣子，牠們已在這兒飽餐過幾頓。牠們用粗壯的腳爪撕扯著死狗的皮膚和肌肉。有一隻甚至把頭伸進狗肚子，啄食豹子掏剩的爛腸肺。

有許多動物能吃腐屍。牠們的消化系統可以把腐肉的毒素降解。

遠處，出現了一隻狐狸，牠就是花背。由於距離比較遠，渡鴉們沒飛起來，只是「咕嚕」「咕嚕」的互相提醒著，照樣大吃大嚼。

狐狸扭動屁股站起來，舞動前肢和尾巴，跳起了舞。牠跳得那樣起勁，那樣如醉如痴。

「這狐狸怎麼了？」兩隻渡鴉你看看我，我看看你，覺得很有趣，嘴和爪子卻繼續在狗屍上撕扯。

狐狸開始打滾，一會兒又跳起來。接著又躺下，使勁拍打自己的白肚皮，似乎有些痛心疾首。

「一會兒樂，一會兒哭，莫非這狐狸瘋了？」兩隻渡鴉都斜著眼睛，掃視著狐狸，嘴和爪子一刻也沒停。牠們甚至爲有這樣一個瘋狐狸的表演，使自己胃口大開而高興。

不知不覺中，狐狸離牠們越來越近了。

眼看狐狸就要碰到死狗，兩隻渡鴉才驚叫著跳到一旁。牠們探頭探腦地觀察了一陣，發現這隻狐狸一點兒也不可怕。狐狸的眼睛連看也不看牠們。

「神經錯亂到這種地步，還怕牠什麼？」渡鴉們完全放心了。

狐狸繼續舞著，跳著，耍著「神經」。

渡鴉們不願再浪費一分一秒。牠們埋頭撕扯著腐臭的肉絲，看也不看瘋狐狸一眼。冬天，能吃到點肉，是多麼不容易呵。

這時候，一隻渡鴉站在狗頭旁，「撲撲」的啄死狗的眼睛。另一隻把頭伸進狗肚子，尋覓著還有什麼好東西。說時遲，那時快，狐狸突然躍起，撲向把頭伸進狗肚子的渡鴉，一下子把牠按倒在地。

這隻渡鴉一驚，撲拉起黑色的大翅膀。但牠哪裡還跑得了？剛把頭從狗肚子裡縮回來，「喀嚓」一聲，早被狐狸咬掉了。牠立刻癱在地上，軟軟的像一灘黑泥。

另一隻渡鴉驚叫著跳起來，拚命竄向高高的天空。

花背一刻也不停留，叼起死渡鴉就跑。牠很興奮，幾天來的努力，終於有了收穫。在這個寒冷的季節，花背又可以捱過幾天了。

十、氣死他

填飽肚子，對所有的動物來說是最重要的，這是牠們一切活動的基礎。牠們每天忙忙碌碌地東奔西跑，首先是爲了尋找食物。

已經是冬寒的天氣了，大地凍得鐵硬。陰坡上的積雪越來越厚，高高的野草只露出個腦袋。一叢叢灌木就像人抱著肩膀，縮著脖子，在寒風中瑟索著，搖晃著。

天冷得出奇。花背哆哆嗦嗦地跑進一條山谷，忽然站住了。

南面的背陰坡上，一塊大石頭裂著口子。一隻毛茸茸的黃鼠在旁邊不停地跳躍著。黃鼠真肥，跟野兔差不多大，滾瓜溜圓簡直像個大肉蛋。而且，這肉蛋只有半截尾巴。

花背的眼亮了。這一冬天，牠還從來沒遇到過黃鼠，況且，與這隻黃鼠還有點相識。花背在山坡下徘徊一陣，沒有發現什麼異常動靜，便急不可待地躍上了坡。

黃鼠驚恐了，跳得更急更快。可是，牠只是在大石頭旁邊跳，並不逃走。

「這是怎麼回事？」花背有些狐疑。牠不敢再向前走，站在山坡上，遠遠地觀察。

周圍靜悄悄，積雪被風刮得平平坦坦。積雪表面有一層薄薄的、光滑的硬殼殼，這是凍的。灌木叢中的葉子早掉光了，只剩下一根根向上伸出的枝條。

灌木叢後面有幾塊露出雪面的石頭，但這些石頭也同黃鼠旁邊的那塊一樣，都不大，根本掩藏不了人和大動物。特別是山坡上沒有任何可疑的腳印和氣味。

「那麼，黃鼠爲什麼不逃走呢？」花背轉了一陣，還是決定離開。牠的小腦袋雖然聰明，卻怎麼也解答不了這個問題。在這種情況下，牠不願意冒險。

走到山坡下，慢慢地拐過一條山坳，花背又停住了。

「難道就這樣放過這隻黃鼠？」

冬天的食物真不好找，花背常常挨餓。牠偷過雞，逮過渡鴉，捉過野兔，有時也嚼些乾草葉子，一天天應付著過。說不定什麼時候一場暴風雪，十天半月出不了門，牠就再也爬不起來了——許許多多的小狐狸、老狐狸，不都是在冬天因凍餓而死的嗎？眼前這頓美餐豈能輕易放過！

花背忍不住了，決定再回去看看。

黃鼠還在山坡上跳躍。周圍靜悄悄，一覽無餘。

花背轉了一會兒，搖搖頭，又返身離開了。狐狸的警惕性是很高的。

就這樣，牠在這條山谷裡轉了一下午。天漸漸暗下來，積雪反射的光越來越柔和。花背又返身回來了，可牠始終沒有看出破綻。馬上就要回洞了，難道又要凍餓著過一夜？牠下定決心，再走近偵察一次。如果沒有危險，就勢跳過去捉住這隻黃鼠。

黃鼠還在大石頭旁跳上跳下，不過，已明顯有些疲乏了。灌木叢、石頭還是那樣肅靜。周圍一點兒異樣也沒有。花背緊張地慢慢走著，隨時準備向後逃跑。隨著離黃鼠的距離越來越近，牠身上聳起的毛反而變得越來越平順：都是自己嚇唬自己吧！

黃鼠又發瘋似地跳起來。花背高興了，箭一樣跳過灌木叢，竄過石頭，撲了過去。眼看黃鼠就要被按倒，「啪」，雪下突然跳起一個鐵傢伙，重重打在牠的後腿上。花背一個踉蹌，跌倒在地。吼叫一聲，打個滾，正想跳起，雪地裡又跳起一個鐵傢伙，打在牠的脖子上。

這是兩副捕獸夾。花背被它們牢牢夾住了。

花背憤怒地掙扎，但是，彈簧的強大力量緊緊夾住牠的脖子和後腿，牠只能滾來滾去。花背想咬斷鐵夾子，但牠的脖子被夾著，頭連動也不能動。花背嗚嗚地哀嚎，可是，有誰會來搭救牠呢？

花背呼呼地喘著粗氣，鐵夾子夾得牠呼吸都很困難。牠悔恨，恨自己太不謹慎，太沒經驗。可是，狐狸再聰明，又怎麼能鬥得過被稱爲「萬物之靈」的人呢？牠的力氣漸漸消耗完了，不得不安靜下來。

掙扎是徒勞的，現在，必須趕快想想脫身之計。

星星在天幕上眨眼，風吹過堅硬的土地，積雪的山巒，就像磨快了的刀子，刮得人肌骨生疼。黃鼠安靜下來，牠不再害怕不遠處躺著的那隻狐狸。牠已經看到，那隻狐狸無論怎樣掙扎，都不能擺脫鐵夾子。

牠甚至有些幸災樂禍。「我和你都是人的捕獲物，你腿上的鐵條，比我腳上的還粗哩。」

黃鼠腳上繫著一根細細的鋼絲。這鋼絲是銀白色的，在雪地上一點兒也看不出來。這隻黃鼠確實是被花背咬斷尾巴的那隻。牠的洞挖在大山谷口的一條田埂上。一群羊從這兒走過，踩塌了牠那儲滿糧食的洞。於是，放羊的孩子們把牠從冬眠中挖出來。

洞中的糧食有幾十斤，孩子們餵了羊。而黃鼠正要被孩子們砸死的時候，被一個過路獵人搭救了。這個獵人要用一隻黃鼠做誘餌，誘捕一隻狼或狐狸。

這隻黃鼠還真的使花背上了當。

黃鼠一會兒伸伸前腿，一會兒蹬蹬後腿，牠在活動取暖。黃鼠是冬眠動物，但在環境不利時，牠能很快甦醒過來，動員全身的肌肉和脂肪放出熱量。

「什麼時候才能把你咬個粉碎呢？」花背瞥了這個傢伙一眼，牙齒挫磨得格格直響。

花背掙了幾次想滾過去，無奈，拉著鐵夾子的鐵鏈太短，牠只得忍忍氣。

可是，怎樣才能掙脫鐵夾呢？牠整夜都在思謀……

夜，越來越深，越來越冷。躺在冰雪上的花背，感到四肢像針扎一樣痛……

天亮了，遠遠傳來踏雪的咯吱聲。一個年輕的獵人背著獵囊，提著獵槍，向山坡上走來。

他遠遠地看到鐵夾子旁躺著一條火紅的狐狸，禁不住心頭一陣狂喜。他小跑起來，大頭棉靴踢起陣陣雪塵，嘴和鼻子噴出一股股雲霧似的熱氣。

狐狸直挺挺地躺著。

「怎麼，凍死了？」獵人趕快摸摸狐狸的鼻子，沒有一絲呼吸。再摸一摸狐狸的胸脯，也摸不到心臟的跳動。「哎，這天氣。」他搖了搖頭，把鐵夾子拉開，把狐狸裝進背囊。凍僵的狐狸雖然皮毛質量不受影響，但剝皮不太容易。

禿尾巴黃鼠不安地跳躍著。獵人走上前去，解開了黃鼠腿上的細鋼絲，把牠一把抱起來，親了親。

禿尾巴黃鼠驚恐地躲閃著，獵人哈哈笑起來。儘管他已經發現狐狸背部有幾道傷痕，但他對黃鼠還是很滿意。他在把黃鼠放到這兒以前，給黃鼠餵了幾頓雞心鴨肝，還給黃鼠打了一針「苯甲酸鈉咖啡因」。獵人知道，黃鼠是冬眠動物，說不定冰雪會把牠凍死。想不到，這黃鼠還真讓他發了一注大財。

他撫摸著黃鼠柔軟的皮毛，想了想，把黃鼠又放到地上，黃鼠急急忙忙地跑走了。

對於功臣，怎麼能隨便殺戮呢？

獵人哼著不成調的歌，開始收拾鐵夾子。

他嫌背上的獵槍和獵囊總是往下滑，很礙事，就把它們放在雪上。他很欣賞自己的傑作：這些埋藏在積雪中的鐵夾子，擺成了一個梅花陣，團團環繞著黃鼠。這樣，無論要吃黃鼠的動物從哪個方向來，都會踩上。

他也很滿意自己的偽裝技術，埋了這麼多鐵夾子，雪地上竟沒有留下一點兒痕跡。

他把鐵夾子一個個弄響，拔出來，捆到一起。然後樂滋滋地點起一支煙，蹲在雪地上吸起來。

該享受享受了。

但是，當他拿起獵槍和獵囊要回家的時候，他發現，獵囊空了，一溜狐狸腳印向山坡下伸延開去……

獵人目瞪口呆。

他很惱火，他竟然被狐狸耍騙了！他扔下鐵夾子，匆匆追上去。

這隻狐狸裝得也太像了。

跑下山坡，拐過山坳，他發現那條狐狸在前面搖搖晃晃地走。他急忙舉起獵槍，可

是，不待他瞄準，狐狸早伏下身子，箭一般地竄了出去。他只得又急急忙忙撩開大步。跑了一段路，他抬頭看看，那隻狐狸正蹲在前面，四處張望，獵人又急忙舉槍瞄準。準星還沒套住狐狸，狐狸又伏身飛快跑走了。

等到跑出射程，狐狸又蹲下來。這一回，狐狸甚至旁若無人地撓起癢來。

「好哇！」獵人氣壞了。這分明是有意戲弄他。他一溜煙地追起來，他發誓，今天一定要打死這隻臊狐狸。

可是，他哪裡能跑得過一隻輕捷的狐狸呢？就這樣追追停停，沒到中午，他的棉褲棉襖就被汗水濕透了。風吹進去，冰涼冰涼。看看那隻狐狸還蹲在前面，臉上笑咪咪的，彷彿在嘲笑他的無能。

獵人實在跑不動了。壓壓滿肚子火氣，遠遠放了一槍，慢慢走下山去。

花背已經能依靠聰明，從粗心的獵人手裡逃脫，並且氣一氣他了。

十一、有了朋友

地球在茫茫宇宙中飛奔。有時候，太陽光直射在地球的下半身——南半球，有時候直射在地球的上半身——北半球。這樣，地球上就有了季節的變化。

現在，直射的太陽光已從南半球移向赤道，北半球開始溫暖起來。

在亞洲東部，在中國華北，雖然還是冰封雪凍，但是太陽的熱力已悄悄送來了春天的氣息。草籽兒在雪下萌動，向陽坡嫩芽兒已在黑色泥土中探出鵝黃色的小腦袋。高大的白楊更是迎接春天的先鋒，它的枝枝杈杈早就綻出毛茸茸的綠葉，像一支支射向寒風的箭簇。

經過一個冬天的磨練，花背瘦多了，但也更成熟了。春節剛過，牠有了一個「朋友」。

這個朋友是自己找上門來的。

這一天，風和日麗。陰坡上的積雪開始消融，陽坡上更是暖烘烘的。花背藏在一塊大石頭後面，準備捉一隻兔子。這隻兔子就在不遠處的山坡上，貪婪地啃著脆嫩多汁的草芽。

「吱——」花背學著兔子叫了一聲。

兔子聽到了。牠不再啃草芽，兩隻長耳朵豎起來，搖晃著，在清爽的空氣裏搜捕著聲音。

「吱」，「吱吱」，又傳來幾聲又尖又急的兔叫。這聲音，彷彿是兩隻兔子在爲搶什麼東西而撕咬。

兔子興奮起來，紅眼睛放出熱烈的光。牠已經注意到聲音來自什麼地方，牠準備去湊湊熱鬧。

花背這樣捉兔子已不是第一次。牠現在不僅會模仿兔子叫，還能模仿烏鴉叫小羊叫。

兔子離花背越來越近。花背的上身伏下來，全身的肌肉繃得緊緊的。只要兔子再走近幾步，這些肌肉就將使花背突然彈起，像一顆子彈，像一支箭，「嗖」地射出。

四月份野兔就要交配產仔，一個夏季能產三窩，每一窩可生六至八隻。在早春殺死一隻野兔，就意味著可以保護更多的樹苗和莊稼。

忽然，野兔的背一弓，前腳一撐，停住了。驚駭的眼睛盯著大石頭後面，兩隻耳朵緊緊貼在背上。接著猛一轉身，驚惶地逃走了。

野兔受到了驚嚇，伏擊只好作罷。

花背抬起上身，看著一溜煙跑走的兔子，想不通自己到底什麼地方露了破綻。牠正骨碌碌地轉著眼珠琢磨，屁股忽然被一個熱乎乎的東西拱了一下。花背大吃一驚，猛地跳到一旁。

咦，一隻狐狸站在身後。花背生氣了。

這是一隻年輕的雌狐狸，個子比花背大，紅裏透黑的毛油光水滑，一根毛蓬蓬的大尾巴拖在身後，使牠的身材顯得很苗條。兩隻大眼睛，就像兩個杏核，忽閃忽閃地送出一陣陣光波，像是很高興，又像在乞求。

牠希望花背收留牠。

動物都是這樣，牠不曾跟著父母過一輩子。父母生了牠，養了牠，當牠到了一定年齡，能自己過日子了，牠就必須離開父母。狐狸也不例外。當小狐狸長到六個多月，就會被大狐狸趕出家門，自己去謀生活。這隻「杏核眼」就是林場狐狸的女兒。

可是，到哪兒去找個同伴呢？在人們的濫殺濫捕下，狐狸已很少很少了。杏核眼找呵，找呵，找遍了方圓幾百里，牠在這條大山谷裏遇見了花背。特別是，當牠看到花背背上的傷痕，認出這隻年輕的狐狸就是當年闖入自己家的那隻小狐狸時，牠怎麼能不感到更親切呢？

花背可不理解這一切。

牠壓根兒沒有認出杏核眼，牠只是很惱怒。一隻馬上就要到手的野兔，竟然被這隻瘋狐狸驚跑了，牠能不生氣？牠不管杏核眼多麼美麗，多麼和善，「呼」地一下撲了過去。

花背咆哮著，撕咬著……

一開始，杏核眼一動不動，忍著疼痛。後來，牠受不了了，哀號著跑開去。

花背忿忿追了一程，沒有追上，也就停了腳。都是同類，何苦相煎太急？

可是，當花背靜下心來再去狩獵時，杏核眼又悄悄跟上來了。

花背看到一對鵪鶉。這兩隻短脖子禿尾巴鳥兒，在乾枯的雜草叢間刨著剛剛解凍的土，把土刨得四處亂飛，牠們在找草籽吃。

鵪鶉肉是很鮮美的，花背饞涎欲滴，趴在雜草叢後一點一點的向前蹭。

距離不遠了，花背弓起腰，屏住氣……突然，鵪鶉像發現了牠，直起脖子向花背隱身

的草叢看來，接著便咕咕驚叫著，連跑帶飛的逃走了。

花背回頭看看，又是杏核眼。這傢伙一點兒不隱蔽的站在後面。

「你搗什麼亂！」花背氣急了，怒吼著猛撲過去。可是，沒等牠撲到跟前，杏核眼轉身跑了。

花背還得去打獵。

這一次，牠看到一隻鷦鷯。這種鳥以心靈手巧而聞名。牠能用草葉、苔蘚、羽毛和細枝，編織出巧妙的巢。巢像個圓屋頂，在一側開孔做門。

花背眼前的這隻鳥，正在灌木叢的細枝和地面間跳上跳下。是在尋找昆蟲還是在選建巢的地方？

「噯，先捉住牠塡塡肚子吧。」花背並不忍心加害於這種靈巧的小鳥，但是，牠太餓了。

牠悄悄向前挪著，還沒跳起來，鷦鷯撲楞楞的飛了。

花背咽下一口口水，回頭看看，還是杏核眼。

就這樣，一整天杏核眼像影子似的跟在後面。天黑了，花背還是什麼也沒吃到。

花背氣極了，打獵的心早飛到九霄雲外。牠索性準備餓著肚子過夜。

牠惡狠狠地向杏核眼撲去，恨不得把牠撕個稀爛。

杏核眼跑了，花背緊緊跟著追了幾十里，直到再也看不到牠的影子。

下弦月升起來了。

花背一覺醒來，洞裡冷凄凄的。早春的深夜還是寒氣透骨。牠蜷緊身子，把頭埋在毛蓬蓬的大尾巴下，準備再睡一覺。突然，洞外傳來一陣「嗚嗚」的嗚咽聲。

「這不是杏核眼嗎？」一天的接觸，牠雖然只聽到過這隻漂亮的雌狐狸的哀叫，但從這嗚咽聲，花背還是能斷定是牠。

「這傢伙，竟然找到了這裡。」覺是睡不成了。

洞外，如水的月光灑在山谷裡，使山谷像一塊坑坑窪窪、曲曲折折、泛著白光的冷鐵。酸棗棵旁，杏核眼低頭站著，眼裡閃射出淚盈盈的光。杏核眼不想再跑了，就是花背把牠咬死，牠也不走了。

花背一步步走上前去。

突然，牠把頭靠在杏核眼的脖子上摩擦起來。這是一種和好的表示。兩隻狐狸的心貼到了一起。

杏核眼的熱忱，融消了花背的怨恨。

十二、兩個總比一個好

和杏核眼在一起，花背感到很愉快。

寒夜裡，有杏核眼擠在旁邊，土洞裡彷彿比過去溫暖多了。

白天，有杏核眼配合，幹什麼都很順利。而且，牠對花背的許多本領，一學就會。花背的眼神、手勢，牠也能很快理解。

有了杏核眼，花背覺得，只需要花費很小的力氣，就能有比過去多好幾倍的收穫。

春天來了，老鼠還在冬眠，而兔子的活動卻比冬天頻繁多了。

花背不再採用伏擊，這辦法常常要等很長時間，並且常常會落空。牠也不再學兔子叫，有經驗的兔子可以分辨出這種模仿出來的聲音。有了杏核眼，花背採用圍追堵截的戰術：看到兔子，花背就迂迴到前方埋伏起來，杏核眼卻抄到兔子後面虛張聲勢。於是，膽小的兔子向前一跑，就自動投到花背的爪下。

牠們還採用疲勞戰術——這是在萬不得已的時候：先是杏核眼追兔子，接著花背接替杏核眼……兔子有個特點，就是總愛圍著窩轉圈子，絕不筆直跑走。這樣，花背和杏核眼接力跑，常常把兔子追得口吐白沫，一跤跌倒再也爬不起來。

現在，牠們只要看到野兔，野兔就休想逃掉了。

有杏核眼在一起，花背感到膽子大了許多。牠甚至和老鷹開了個玩笑。

有一天，花背和杏核眼從一處山崖下經過，忽然有一團黑影從天空飄來。抬頭一看，山崖上落下一隻大鷹。

這隻老鷹「啪啪」地拍著翅膀，鐵桿似的腳爪抓著一隻肥大的野雞。牠的巢就在這山崖中間的石縫裡，山崖頂是牠進食的場所。那兒有許多老鷹吐出的食團——老鷹在休息時，常常將牠不能消化的鼠、兔和鳥兒的骨骼、羽毛吐出，很遠就能聞到一股股沖鼻子的穢氣。

看著這隻鷹，花背咽了口涎水，和杏核眼交換交換眼色：「來，逗逗牠！」以前是獨自一個，見了老鷹要趕快躲開，現在是兩個合夥了，還怕什麼呢？

杏核眼悄悄向山崖邊溜去。

就在老鷹要撕破野雞胸膛的時候，牠發現山崖下出現了一隻狐狸。這狐狸拖著火紅的尾巴，一瘸一拐地走在佈滿大石頭的山澗中。牠停止了進食，小腦袋左一搖、又一探，滿有興致地看起來。

鷹眼銳利得很。牠能在二三千米高空中發現地面上運動著的兔子，並敏捷地俯衝而下，一舉擒獲。

狐狸小心地走著。前面出現一塊攔路的大石頭，牠不得不艱難地爬上去。要下這塊石頭了，牠慢慢地探下前腿，牠不敢跳……忽然，牠摔了下去，掙扎了好一會兒才爬起身，顯得那樣痛苦。

「是隻瘸狐狸！」老鷹高興了。牠嗖地從山崖上跳下，張開翅膀，向狐狸撲去。送到家門口的食物，怎麼能不要呢？

前面說過，老鷹不願意招惹成年狐狸，但牠對老弱病殘者從不放過。

花背照樣一瘸一拐地走著。但當老鷹的利爪就要抓住牠的脊背時，牠猛一伏身，向一旁滾去。老鷹差點兒撞到石頭上，翅膀被灌木枝拽掉了幾片羽毛。

老鷹被激怒了。牠飛起來，返回身，迎面撲下來。

花背還在不慌不忙地向前走。因爲腿痛，牠的臉皺得變了形。

老鷹像一塊迎頭飛來的黑色大石頭，迅速縮短著和花背的距離。

眼看老鷹的利爪就要掐進花背的眼睛，花背猛然一跳，一頭撞向老鷹的胸脯。

老鷹哪裡料到這一招？「砰」地翻倒在地，半天喘不過氣，翅膀在石頭和灌木間亂撲拉。好不容易翻過身，卻發現瘸狐狸已撲到眼前，張開大嘴，要咬自己的腦袋。

乖乖！老鷹這一驚非同小可，「唰」地一下竄上天空，直到再也飛不上去了爲止。黑色的羽毛落了一地。

老鷹的鼻子都氣歪了。牠看出這隻狐狸是假裝瘸的。牠氣哼哼地在天空盤旋，有心再撲下去給狐狸一點顏色看，但胸骨上的疼痛卻使牠怎麼也鼓不起勇氣。

遠處，又一條火紅的尾巴一閃，像一面勝利的旗幟。

老鷹看看崖頂，除了那些腥臭的食團外，空空如也。不由得叫起苦來。

花背和杏核眼配合，還把一條惡狼送上了死路。

狼是山區的一大害獸，常常危害人畜，特別是在冬天食物缺少的時候，人們不斷地組織起來打狼。但狼比較兇惡，又很狡猾，所以總也打不完。

在花背牠們這片山區就有一隻大公狼。

這隻狼本來和一隻雌狼生活在一起。但在冬天，體態笨重的雌狼被獵人打死了。大公狼失去了老伴，像瘋了一樣，整夜整夜的嗥叫，滿山亂竄，碰到什麼咬什麼。

前兩天，杏核眼出門喝水，就被大公狼追了半天。若不是花背出去接應，把狼引開去，差點兒回不了家。

大公狼實在是太兇惡了。花背和杏核眼合計，一定要除掉牠。

這一夜，月亮圓圓的，瀉下遍地如水的月光。大公狼觸景傷情，又嗚嗚長嚎起來。

突然，一隻狐狸高高興興地在牠面前跑過。

大公狼一愣，住了聲，接著便悄無聲息地猛撲上去。

牠本來就很兇殘，現在更仇恨一切。

花背暗暗加快了速度。

狼是個善於長跑的傢伙，但是，狐狸比牠輕捷。眼看大公狼就要按倒花背，花背陡地一拐彎，竄上了山坡。

大公狼速度快，身體重，巨大的慣性使牠收不住腳，沿著山谷徑直跑了下去。待牠轉過彎，花背已經爬上山梁了。

大公狼從斜刺裡衝了上去，花背迅速翻下山梁。

這是下坡，大公狼速度更快了。「唰，唰，唰」，幾個竄躍就趕上了花背。然而，不待牠伸爪，花背又是陡地一轉，沿著山坡跑了開去，大公狼卻一直竄到谷底才收住腳。

大公狼氣得直哼哼。牠沿著山谷跑起來，和山坡上的花背就像在平行的跑道上賽跑。風在耳邊呼嘯，灌木叢被碰得嘩嘩響……

大公狼和花背幾乎同時到了山頂。然而，就在大公狼張開血盆大口的時候，花背又顛顛地順著另一條山梁跑了下去。

大公狼火氣騰騰，燒得眼睛通紅。牠一刻不停，緊盯著前面那條瘦小的黑影，又撲上去……

前面是一片密密的灌木叢。

進了灌木叢，狐狸左轉右鑽，一會兒就看不見了。大公狼發火了，便對那些扎著牠皮膚，觸著牠腦袋的灌木又踩又咬，恨不得把這片灌木蕩平。

「吱——」前面傳來　聲尖叫。大公狼抬頭望去，嘿，月光下，灌叢邊影影綽綽又是一隻狐狸，正背對著這兒仰天叫喚哩。

「哈哈！」大公狼禁不住一陣暗喜。這雖不是剛才那隻，可也是隻狐狸。把這條狐狸撕個粉碎，也能湊和著出一口惡氣。牠放輕腳步，悄悄摸了上去。這一回，牠變聰明了，牠要來個突然襲擊。

灌木叢邊上的那隻狐狸似乎一點也不知道即將要發生的事情，還自自在在的蹲在那兒。是在數天上的星星，還是在等自己的伙伴？灌木叢遮掩的暗影裡，大公狼越來越近，越來越近了。

摸出灌木叢，大公狼伏下前身，正要凌空跳起，「呼啦」一聲響，平空騰起一陣高高的塵霧。塵霧中，大公狼的腳底忽然空了，哪裡還容牠掙扎，牠翻滾起來，向下跌去……

大公狼掉進陷阱裡了。

杏核眼和花背跑過來，小心地看看陷阱底跌得頭昏腦脹的大公狼，高興地跳起來。牠們早就發現了獵人們挖的這個陷阱，現在，終於用上了。

後來，獵人們歡天喜地地收拾了惡狼。但他們哪裡知道那天深夜驚心動魄的一幕呢？當然，他們也絕不會感激狐狸的。

花背和杏核眼愉快地生活著，牠們再也不願分離了。

十三、奪回洞穴

春天過去就是夏天，一旦進入雨季，說不定什麼時候，這個破土洞就會塌掉。而且，

這個土洞住牠們兩個就已經嫌擠，將來杏核眼生了小狐狸怎麼辦？狐狸一胎能生五到八隻小狐狸呢！

前面說過，在華北山區，找一個合適的洞做窩是很不容易的。花背和杏核眼合計來合計去，只有奪回紫荊叢中的洞了。

要奪回洞，必須等獾出外活動的時候。不然，洞內狹小，施展不開手腳。花背清楚記得，獾的兩隻前爪，又長又銳利。

這是一個月明星稀的夜晚。花背和杏核眼來到了紫荊洞。

月光下，兩隻獾正在忙碌地挖洞。母獾仰面朝天躺在地上，牠的肚子上堆著一堆土。原來的那隻獾——這是隻大公獾——叼著母獾的尾巴，使勁向前拉。牠們要把挖出來的土運到遠遠的地方拋掉。不然，這些鬆土會暴露洞口的。

牠們想把洞挖得更深些。只要有空暇，獾就不停地挖洞，以便磨那兩隻不斷生長的前爪。所以，獾洞往往又深又曲折。

花背和杏核眼從兩面包抄上來，兩隻獾吃了一驚。公獾向後跳了幾步，母獾一骨碌爬起，跌跌撞撞地跑到公獾背後。牠的粗尾巴蓬鬆著，身子胖得像個罈子。

花背和杏核眼撲了上去。

公獾齜著牙，揮舞著兩隻前爪招架。牠已經認出了花背。但是，吞進口中的肉怎麼能吐出呢？這個得天獨厚的洞決不能拱手還回去。

母獾一開始還有些膽怯，當牠看到公獾越戰越勇，膽子也壯起來。這兩隻狐狸，還稚嫩得很哩！

花背和杏核眼跳躍著，一次次展開攻擊。但這兩隻獾背對著背，左跳右閃，揮舞著銳利的長爪，使牠們不能近身。

有了母獾的保護，公獾的膽子更壯了。牠轉而開始進攻。牠向前跳躍著，銳利的長爪不時在杏核眼的頭頂、胸前和腹部閃動。牠看出這隻母狐狸雖然個子大，但不如公狐狸靈活。

母獾一步不落地保護著公獾的背部，就像一塊貼在公獾背上的鋼甲。

花背沒有想到兩隻獾這樣兇悍勇猛。牠不得不處處保護杏核眼。這樣，戰鬥力便削弱了。

兩隻獾步步進逼。花背和杏核眼且戰且退。終於，牠們不得不轉身跑走。

第一次收復洞穴的戰鬥失利了。

第二天，月亮剛升起來，花背和杏核眼又來到紫荊洞。

這一次，作戰方案變了。

杏核眼單獨上前挑戰，花背隱蔽在一旁。

兩隻獾看到這回只有杏核眼一個找上門來，便一齊揮舞著前爪撲上前，牠們根本就沒把牠放在眼裡。

貛的後背暴露出來了。

杏核眼跑跑停停，嘴裡嗚嗚吼叫著，不時做出要反撲上來的姿勢。兩隻貛窮追不捨。牠們的前爪像一把把小鐮刀，上下砍動、勾扯，月光下，發出閃閃的寒光。

離紫荊洞口越來越遠。

花背悄悄從後面撲上去。兩隻貛還在全力對付杏核眼。稍稍落後一點的母貛遭殃了。花背一下子咬住牠的頸脖，把牠撕扯了個大跟頭。

母貛慘叫起來。

母貛粗脖子上的肉被撕下來一大塊。

公貛慌了，回頭向花背撲來。花背機靈地一閃，跳到了一邊。

杏核眼又撲上來了。

母貛從地上爬起，頸子上的血湧出來。牠再也顧不得保護公貛的後背，連跑帶顛地竄回洞裡。

公貛孤立無援，無心再廝打下去。牠猛地向杏核眼一衝，趁花背慌忙奔過去保護的時候，扭頭就逃。三竄兩跳，也哧溜鑽進了洞。

花背和杏核眼只好收兵。

第二次收復洞穴的戰鬥也沒成功。

第三天，月亮才掛上樹梢，花背和杏核眼又來到紫荊洞口。

洞裡靜悄悄的。兩隻獾不僅不敢再出來迎戰，連其他的活動也停止了。

花背牠倆在洞口守了整整一夜。

第四天，兩隻獾仍然躲在洞裡不出來。

第五天，前半夜也沒動靜。

後半夜，月亮隱下山。山風越刮越猛，一片烏雲從西北角飄來，漸漸遮蓋了天空。風停了，淅淅瀝瀝地下起了雨。

好雨呵！華北的山區，春天常鬧乾旱。現在，雨點兒打在山石上，土地裡，「啪嗒——」「啪嗒——」像唱著一支歡樂的歌。

小草拚命吸吮著雨水，灌木用力吸吮著雨水，乾渴的土地和山石也「嗞嗞」地使勁吸吮雨水……一會兒，一股潮潤的、卻又清爽甜蜜的氣息從山野裡升起。這氣息飄向山谷，也飄向紫荊叢中的洞穴……

天漆黑漆黑。

洞中忽然響起一陣陣窸窸窣窣的聲音。過了一陣，一個圓圓的禿腦袋伸出洞外。這是公獾。牠側耳細聽著，睜大火紅的小眼搜索著。牠受不了春雨的誘惑，要找點兒鮮嫩的葉子解解飢渴。幾天來，牠不敢出洞一步，可把牠渴壞了，餓壞了。

雨點兒敲打著紫荊，沙沙沙地響。一切都隱沒在黑暗裡、雨絲中。

「這樣下雨，狐狸該早回去了吧？」

除了風雨聲，獾什麼也沒聽到，什麼也沒看到，便鑽出洞來。

一開始，牠只是在洞口旁邊摘吃一些紫荊的嫩皮幼葉。漸漸，牠放心了，膽子也壯了，貪婪地大吃大嚼起來。離洞也越來越遠了。

「吱——嗚」一聲大叫，一條黑影突然從片麻岩上跳下，堵住了洞口。公獾嚇了一跳，回頭一看，是花背，慌了。牠壯壯膽子，擺出一副惡狠狠的樣子，跳過去，準備搏鬥。

「呼」，一陣風從獾背後吹來，獾的後脖頸被誰咬住了。獾猛一甩脖子，一條黑影被摔倒在地。這是杏核眼。獾火了，翻身向杏核眼抓去。

杏核眼一跳，閃到一旁，轉身向紫荊叢外跑去。獾齜牙咧嘴，一步不讓，緊跟在後面。花背看獾盯住了杏核眼，離開洞口也緊緊追上去。

杏核眼躲閃著。

獾的頸脖上火辣辣地痛，又黏又熱的血淌了滿脊背。牠的小眼睛通紅通紅，恨不得一爪把杏核眼的胸脯撕開。

可是，跑出紫荊叢沒多遠，牠感到脊背上一涼，脖子又被咬住了。

獾撲通一聲跌倒在地，又不甘心地掙扎著爬起來。花背毫不鬆口，前爪扒著獾肩，後爪蹬著獾胯骨，全身重量墜在獾背上。

獾哆嗦著，一隻前爪撐地，一隻前爪揮動，想把後背上的花背扯下來，可怎麼也搆不著。掙扎了幾下，又跌倒在地，並且翻滾起來。

花背敏捷地跳開了。

獾的後脖頸上又少了一塊肉。

杏核眼撲上來，看準時機，在獾的大腿上咬了一口。不一會兒，獾身上到處都是血水。牠的眼睛像被火燒灼著，口裡只是呼呼地喘，兩隻前爪對著投來的影子，忽東忽西的亂撲亂打。

花背跳來閃去，趁機又撲到獾背上。「吭」，犬齒深深咬進獾脖子。這一回，獾的頸椎骨受傷了。

獾慘叫起來，在泥水中亂滾。血和泥巴糊滿全身，連毛色也看不出來了。幾天來，牠沒好好吃喝，身體已有些虛弱，傷口又使牠失血過多，牠覺得越來越沒力氣，簡直難以支撐了。

「怎麼辦？」滾了一會兒，獾掙扎著爬起來，跌跌撞撞地向遠處逃去。牠再也顧不得紫荊洞了。

花背和杏核眼回到紫荊洞口。洞口的泥腳印告訴牠們，另一隻獾早嚇跑了。

幾天以後，在一個偏僻的山隅裡，躺著一隻齜牙咧嘴、渾身傷痕的死獾。

春雨還在淅淅瀝瀝地下。紫荊叢被洗刷一新，片片綠葉顯得更加精神起來。

十四、歡樂的家庭

天氣越來越暖和。

山坡上的花兒開得五彩繽紛。草叢中，灌木枝上，黃的、紫的、白的、紅的……好像天上的彩霞落到地面。每天，一群群的蜜蜂、山蜂……嗡嗡嗡地飛來飛去。牠們腿上的花粉籃，恐怕已經裝走成噸的花粉了吧！

候鳥又回到故鄉。天還沒亮，山谷裡就喧鬧起來。「啡嗚——嘰嗚——哩嗚」，這是黃鶯的歡歌。「金——嗞揚——切咽」，這是棕柳鶯的尖嗓子。「嗞咽——嗞咽——嗞咽——嗞衣——衣——衣」，這是鵐在練唱。「喳——，喳喳喳喳喳」，這是山雀群在起哄。百靈鳥則調皮地一會兒模仿這種鳥兒的叫聲，一會兒又學那種鳥兒的叫聲。

春天，多熱鬧呀！

狐狸生兒育女的季節到了。

四月底，杏核眼生了七隻毛茸茸的小傢伙。

這七個小傢伙剛生下來的時候，全身是灰黑色的。站還站不穩，就你擠我，我擠你，亂擠亂鬧。

過了個把月，牠們肚子上的毛變成了白顏色，背上的毛變成黃褐色。這時候，牠們就更不老實了。洞裡洞外，你追我趕，摔跤打鬥。

有時候，實在無聊了，牠們像小貓一樣，追著自己蓬蓬鬆鬆的小尾巴轉圈圈。就是在睡夢中，還你踢我一腳，我蹬你一下，哼哼唧唧的打鬧。

看著這幾個活潑可愛的小傢伙，花背和杏核眼高興極了。

「要是這七個小傢伙都長大了，該殺死多少老鼠呵。」

可是，花背和杏核眼也忙壞了。

這七個小傢伙長得快，吃的也多。牠們一會兒是你，一會兒是我，有時還一齊來吮吸杏核眼的奶。一天，兩天……杏核眼瘦得連毛也掉禿了，眼也不亮了，肋骨一根根顯露出來，只剩一副骨頭架子。

花背看在眼裡，急在心上，每天早出晚歸，東奔西跑，恨不得多打獵物，讓杏核眼和孩子們吃飽。幸好現在老鼠已結束冬眠，只要辛苦點兒，獵物倒還可找。

這一天，花背腿腳不停地奔跑，已經捉了十幾隻田鼠和倉鼠。看看太陽還很高，決定再次出獵。

哺乳期間，狐狸的捕鼠量大大增加，一隻狐狸一天能捕殺二十多隻老鼠。這是貓頭鷹、黃鼠狼等動物望塵莫及的。

杏核眼在家訓練孩子們。

今天訓練的課目是隱蔽。杏核眼先是一遍遍地利用岩石、坑窪、灌木和草叢躲起來，讓孩子們看，讓孩子們找。然後，牠把孩子們轟開，讓牠們隱蔽。

孩子們對大部分要求都能做得很好，老大、老二甚至還能用尾巴掃除留在鬆土和草叢上的腳印。只有老六有些粗心，總是顧頭不顧尾，不是露出耳朵，就是露出尾巴。杏核眼很生氣，咆哮著，把老六推了好幾個跟頭，推得老六嗚嗚直叫。

花背夫婦對子女的要求是很嚴格的。在小狐狸剛剛能站起來的時候，就趕著牠們練走路；在小狐狸能出窩的時候，又趕著牠們往遠處跑……對於懶、不願意好好苦練的孩子，牠們不是踢就是咬，以至於老五、老六兄妹倆身上總是帶些傷。

這樣做也許有些太冷酷、太苛刻了，但花背和杏核眼知道，這對孩子們的一生會有好處。

在動物世界裡，沒有本領是會被剝奪生存權利的。

看得出來，老六腿腳軟了，其他孩子也有些餓，杏核眼趕忙招呼牠們吃奶。

「花背應該回來了。」杏核眼撫摸著老六，細心地爲牠擦去身上的泥土。這孩子已經能隱蔽得很好了。

「花背要是能看到今天孩子們的訓練成績，該多高興呵。」杏核眼想像著，瞇起眼睛。

可是，花背沒有按時回來。

有了孩子以後，花背的活動範圍大大縮小了。出外打獵，無論捉到捉不到獵物，隔一會兒總要回來看看。牠惦著杏核眼和孩子們。

現在，牠已經出去這麼長時間了，怎麼還不回來呢？

吃完奶，杏核眼又帶著孩子練起隱蔽。當孩子們又餓了的時候，花背還沒回來。杏核眼不由得有些著慌，抬頭看看天，太陽馬上就要碰到西邊那座大山的山尖。

「花背出了什麼事？」杏核眼再也沉不住氣了。牠把孩子們哄進紫荊洞，囑咐牠們不要亂跑，就離開了紫荊叢。

牠要去找花背。

感情並不是人的專利品。在比較高級的動物中，也都存在著感情這種東西。動物越進化，越高級，有血緣關係的動物之間，感情也就越深摯。就拿前面那隻大公狼來說吧，牠兇殘暴虐，但當老伴去世時，不也悲傷得要發瘋嗎？狐狸比狼理智得多，花背倆的感情當然也更深。

杏核眼找遍陽坡，又找陰坡。每一塊大石頭後面、每一片野草灌叢都看過了，就是找不到花背。牠越來越急。

看看滿天暮色，牠決定到遠處去找。

翻上山脊，杏核眼忽然看到一群羊。這群羊在下面的山溝裡緩緩走著，一邊走一邊吃兩側山坡的草和灌木葉。這是放牧歸來吧！

然而，放羊人呢？

杏核眼疑惑地找著。

羊群後面，不遠的對面山坡上，三個人舉著牧羊鏟和石頭，從三個不同的方向向一塊大石頭包抄過去。他們不叫也不嚷，高高抬起腿，輕輕落下腳，唯恐碰響了石頭和灌木。除了他們和那群羊，山溝裡再也看不到其他動物。

「這三個人要幹什麼？」杏核眼很害怕，全身的毛都聳立起來。牠悄悄退下山脊。但牠忽然覺得，那三個人的舉動彷彿和自己有些關係，牠必須弄清楚。

牠無聲無息地換了個地方，重新爬上山脊。這兒剛好能看到對面山坡上那塊大石頭後面。

「天哪，那不是花背嗎？」大石頭後面伏著一團火紅的顏色，杏核眼差一點驚叫起來。

花背沉沉地睡著了。牠的身軀隨著呼吸均勻地一起一伏。原來花背在伏擊一隻野兔，不知不覺閉上了眼睛。

「跑過去推醒花背？」不行。「怎麼辦？」杏核眼急得蹲下，起來，起來，蹲下……忽然，牠有了主意。「嗚——」杏核眼長嘯一聲，拔腿向羊群衝去。

居高臨下，羊群走得又慢，杏核眼剎那間撲進了羊群。

「咩咩」，羊群炸了。骯髒的山羊、綿羊擠著撞著，呼隆隆的順著山溝亂跑。

杏核眼在羊群中又啃又咬，被咬和受驚的羊「咩咩，咩咩」叫成一片。山羊跑得快，驚恐地從綿羊身上、頭上跳過，向前，向後，向兩側山坡竄去。有些綿羊被踩翻了，有些山羊被摔倒在地，互相擠撞，互相踐踏，山溝裡彷彿降臨了天大的災難。

一霎時，滿溝滿坡，到處都是驚慌奔逃的山羊、綿羊……

牧羊人愣了，慌了。他們無意中發現了熟睡的花背，以爲不費力氣就可以得到一張珍貴的毛皮，誰想到半路上又殺出隻狐狸來了呢？要是丟那麼四五隻羊，可就大賠本了。他們有的怔在那兒，不知怎麼辦才好，有的再也顧不上花背，吆喝著從山坡上衝下，去打那隻咬羊的狐狸，收攏羊群……

花背醒了，聽著牧羊人的吆喝和亂哄哄的羊叫，從大石頭後面跳起來就跑。待到跑上山脊，回頭望去，看到杏核眼逃走的身影，心裡才漸漸明白起來。牠的眼睛濕潤了。

花背又捉了幾隻老鼠，待到月上東山，才轉回家。杏核眼正站在洞口前了望。孩子們早睡了。花背默默地放下老鼠，站到一旁，舔那熟睡了的孩子們。

杏核眼嘆了口氣。月光下，牠的眼角掛著晶瑩的淚花。牠知道，花背實在是太疲乏了。

把孩子們拉拔大，是多麼不容易呀！

第二天，杏核眼說什麼也要和花背一起出獵。孩子們比較大一點了，也聽話了。再說，孩子們已開始吃一些肉食，光靠花背打獵，實在是太辛苦了。

這一天，牠們打獵回來，突然在洞口旁看到幾個大腳印。這腳印比當年山貓的腳印小不了多少。

這是一隻大黃鼠留下的。

在動物界，力量就是一切。老虎和豹子吃狼，但狼碰到小老虎、小豹子也不客氣。鷹和隼吃烏鴉，但鷹和隼的雛鳥從來就是烏鴉的佳餚。狐狸吃黃鼠，但黃鼠對於牠能咬死的小狐狸也絕不會放過。

花背不能讓杏核眼再離開孩子了。

可是，花背也因此遭到了大難。

十五、牠還不到一歲半

花背知道，既然大黃鼠在紫荊洞旁留下了腳印，那就說明：大黃鼠住的不會離這兒很遠。

大黃鼠運動能力較差，一般不會到離巢穴很遠的地方活動。這可是個心腹大患。

打這兒起，花背雖然每天照樣東奔西跑的打獵，但牠留神了。只要稍稍有一點空閒，就在紫荊洞附近偵查大黃鼠的蹤跡。

時間過得真快，麥子收割了，穀子苗也長得老高。鑽進穀子地，花背的脊背也露不出來了。

這一天天氣很熱。從早晨起，大山谷就像上了蒸籠，到處都冒著騰騰的熱氣。草和灌木的葉子萎蔫了，軟軟地搭拉下來。還沒到中午，大小野獸就躲進洞穴。

牠們趴在洞底的土和石頭上，還比較好受一點兒。山谷裏看不到飛來飛去的鳥，只有蟬伏在灌木和小樹的枝條上鳴叫，可也是單調乏味，有氣無力。

花背不怕中暑，還在到處奔忙。中午時分，牠捉到一隻野兔。這隻野兔大概熱昏了頭，伏在一叢高大的灌木下，直到花背撲到跟前才跳起。

花背高高興興地叼著野兔走進大山谷的谷口。突然，路旁的胡禿子叢嘩啦響了一聲，把牠嚇了一跳。牠驚疑地站住腳，向胡禿子叢看去：嘿，一隻大黃鼠鑽在裡面！花背放下野兔，「呼」地竄了過去。

胡禿子叢中的大黃鼠並不著慌，牠轉動著眼珠，直到花背就要竄到面前，才一轉身鑽出灌叢，顛顛小跑起來。

這是隻什麼樣的黃鼠呀！個子比貓還大，胖得像個球，分不清哪是脖子哪是腦袋。跑起來，渾身肥肉亂顫。

花背長這麼大，獵到的黃鼠少說也有三四百隻，還從來沒見過這樣的黃鼠。牠大概就是在紫荊洞口留下腳印的那傢伙吧。

特別使花背興奮的是，這胖傢伙的屁股上長著半截尾巴！這使花背想起了爸爸媽媽的血，想起了冬天雪坡上的鐵夾子——這雖然是人幹的，但畢竟都跟這傢伙有關係。

「踏破鐵鞋無覓處，得來全不費功夫。」花背找牠很久了，現在，狹路相逢，豈能便宜了牠！

這確實是被花背咬斷尾巴的那隻黃鼠。現在牠越發長得胖、長得大了。兩個月前，牠也確實溜到紫荊洞口，只是不知大狐狸在不在家，沒敢貿然進去。

這胖傢伙跑著、跑著，覺得狐狸已撲到身後，料想難以跑脫，便忽地轉回身，齜起尖尖的牙齒，擺出一副要咬的樣子。

花背不由得一愣，連連倒退了好幾步。自古以來，只有狐狸吃黃鼠，哪有黃鼠敢鬥狐狸的？牠不得不暗白納罕。

黃鼠又回頭跑起來。這傢伙身大力足，經歷的事又多，膽子越來越大——剛開春時，牠甚至在村子裡咬死過一隻看守倉庫的貓。不過，這一回，牠可真有些害怕。牠看到了花背紅紅的、噴吐著火焰的眼睛。這是一雙復仇的眼睛。冬天，牠在雪坡上做誘餌的時候，這雙眼睛曾使牠五臟六腑都哆嗦不已。

花背定了定神，對自己的膽怯有些羞愧，又放開腳步追上去。

胖黃鼠哪裡跑得過花背？跑了沒多遠，又被追上了。牠氣喘吁吁地扭回身，咧開嘴，又拿出一副要拚命的架勢。

但這一招已不靈了。牠索性假戲真做，硬硬頭皮，向花背「嗖」地衝來。

花背沒料到黃鼠還有這一下子，急忙一跳，黃鼠鑽到了牠肚子下面。花背一見，就勢一趴，把全身重量壓向黃鼠。誰知胖傢伙力大無比，四條又短又粗的腿一屈，又猛一拱，竟把花背拋開去，摔了個四腳朝天。

胖黃鼠趁機又跑了。

花背惱怒至極，一個鷂子翻身，從地上跳起來，拔腿就追。可是，沒追出幾步，黃鼠猛一竄，「哧溜」，閃進道旁梯田下的幾塊大石頭縫裡。

這是黃鼠的窩。

花背跑到跟前，也鑽了進去。原來，這大石頭縫是個門面，裡面還有個土洞，不注意看，誰也不會想到這石頭縫裡還有文章。土洞不大，花背只能匍匐前進。

爬了一段，土洞分岔了，分成三個一般大小的洞，都是黑乎乎的，不見洞底。花背怕吃虧，只得退出來。

自從冬天在雪坡上被獵人放走，大黃鼠在山裡流浪了幾天。沒有吃的，又冷，終於溜進了村子。在村子裡，牠和本族兄弟——褐家鼠生活在一起，不僅吃得又肥又壯，還學會把洞打得曲曲折折，洞中套洞。褐家鼠起先對牠很尊重，只是清明以後，老鼠開始繁殖了，牠這才又跑回大山谷中。

花背蹲在洞旁，默默地守候著。可是，黃鼠哪肯再出來呢？

太陽過了頭頂。突然，一陣狂風翻過山梁，山谷裡頓時樹搖草晃，天昏地暗。花背剛剛感到一陣爽快，就見天西北角飄來一片烏雲。這烏雲邊飛邊長，眨眼間遮滿了天空。一聲霹靂響過，灑下豆大的雨點兒，「噼噼啪啪」，砸得山坡上騰起一陣陣白煙。

花背只得作罷，牠跳到路上，叼起野兔，飛快地向紫荊洞跑去。

這以後，牠每天跑到黃鼠洞去看看，卻再也沒有碰到大黃鼠。

大黃鼠的洞口有好幾個，這個狡猾的傢伙早把暴露的這個洞廢棄了。

穀子抽出了穗，很快又變得沉甸甸的，像一只只金黃色的大鉤子。山坡上的酸棗熟了，紅通通的，在微風中搖擺，像一顆顆珊瑚珠子。大山谷裡的空氣變得透明、馨香，像浸透了蜜，吸一口，甜絲絲的。

秋天來了。花背還在忙碌。牠的七個孩子長得真快，個子已經同牠不相上下了，只是還稚嫩得很。花背和杏核眼看在眼裡，喜在心上。牠們商量，再讓孩子們鞏固鞏固撲、跳、伏擊等「基本功」，過兩天，就趕牠們到大自然中去打獵，讓風雨、飢寒去磨礪牠們吧。

花背還沒有忘記禿尾巴黃鼠。孩子們大了，這賊東西也許不能再加害於牠們，但是，花背怎能放棄狐狸的責任呢？何況，這禿尾巴賊還欠著自己家的血債。

這一天，花背路過山谷口，又碰上了大黃鼠。

大黃鼠正站在梯田埂上，舉著前肢折穀穗。秋天一到，牠也忙碌起來。牠要趁著莊稼成熟，儲存過冬的糧食。

花背遠遠看到黃鼠，不禁大喜。牠躡手躡腳地從梯田下繞過去。這樣，既不容易被黃鼠發現，又截斷了黃鼠的退路——牠總認為，黃鼠的洞還在那個大石縫裡。

看看摸到跟前，黃鼠還沒發現，花背一躍而起，跳上田埂，舉爪向黃鼠抓去。黃鼠被嚇得渾身肥肉一抖，一閃身，順著壟溝沒命逃起來。

沒跑出幾步，花背到了身後，大黃鼠又猛一扭身，鑽過幾壟穀子，拐彎順壟溝向回跑。

花背毫不怠慢，也緊跟著鑽過那幾壟穀子追過去。今天，花背非要把這大黃鼠撕個稀巴爛不可。

大黃鼠的半截禿尾巴感受到了後面噴過來的熱氣，料想已跑不脫，便使出看家本領，猛一轉身，齜起尖尖的牙齒。

花背哪裡還顧牠這一套？速度一點兒沒減，一下子撞在黃鼠身上，把那肉球般的身體撞得像風車似的滾起來，滾出老遠。

虧得大黃鼠肉厚，這樣猛烈的衝撞竟沒使牠受一點兒傷。只是連著翻了許多跟頭，頭有些暈。牠爬起來，搖搖晃晃地剛想跑，花背又撲上來，一腳踩在牠圓滾滾的肚子上。大黃鼠「吱」地慘叫一聲，「撲」地放了個屁，肚皮上立刻血肉模糊。但牠打個滾又站了起來。

禿尾巴還想逃，花背張大著嘴，又撲過來。黃鼠一縮腦袋，一隻耳朵早被花背咬住。黃鼠痛得猛一擺頭，「啪」，小耳朵連同周圍的一大塊皮被撕掉了。一時間，血流如注，連這半邊臉上的眼睛也被血糊住了。

到了此刻，大黃鼠知道再也逃不掉，便拚命左跳右蹦，兇狠地向花背攻擊，張著嘴亂啃亂咬。花背躲閃著，圍著黃鼠轉，尋找時機，準備一下子咬斷這個賊小子的喉嚨。

好一場惡戰！穀子地裡的穀子亂搖亂晃，被碰折壓斷的穀子「噼啪」亂響……

大黃鼠的氣越喘越粗，手腳終於疲憊下來，牠跳不動了。花背撲上去，一下子把牠按倒在地。牠還要掙扎，花背張開嘴，在牠的脖子上狠狠咬了一口，「吭」，黃鼠的氣管、食管、頸動脈全斷了，大黃鼠劇烈痙攣起來。

這個禿尾巴壞蛋終於上了西天。

花背抬起頭，覺得天是那樣藍，太陽是那樣亮。穀穗輕輕搖擺著，散發出陣陣清香……「哦，穀子，長吧，不會再有誰來糟蹋你們了。」

花背瞇起眼，笑了，笑得那樣開心。

「噹」，一聲槍響，像一聲晴天霹靂。一顆子彈打進了花背的腦袋。

花背懵了，子彈的巨大力量把牠從地上掀起，拋出老遠，就像一片被風刮起的枯葉。

花背喘息著，從地上掙扎著爬起，立刻又摔倒在地。

「這是怎麼回事？」花背頭上噴出鮮紅的血，但牠並沒感覺到疼痛。「莫非又是大黃鼠把我拋起來了？」花背想喊，嘴張了幾張，卻發不出聲。

花背的眼前金花亂舞。金花中，牠似乎看到滿山遍野的植物在向牠點頭致意，牠又笑了，牠為自己對這些植物起一點兒保護作用而快慰。金花中，牠似乎看到杏核眼和孩子們正向牠走來，「哦，杏核眼，不要溺愛孩子，讓牠們早些到實際生活中鍛鍊……」

花背蹬蹬腿，呼出了最後一口氣。

在大自然中，如果沒有什麼傷害，狐狸能活十到十二年。但是，此時的花背，還不到一歲半。

去年，在這個地方，牠成了孤兒，嘗盡了世上的辛酸。今年，在這個地方，在捉老鼠的時候牠死去了。

梯田邊的硝煙還在慢慢飄升。一叢灌木後跳出一個小伙子。他提著一支獵槍。

他跑到花背身邊，檢查了一下彈孔，得意地笑了。他聽前嶺村的三個牧羊人說過，山裡有兩隻狐狸，很多人都想發這注財。他很著急，就不管季節對皮毛質量的影響，提槍上了山。還真巧，才轉了兩天，就在這兒碰上了。

小伙子拎起花背，一腳踢開死黃鼠，興沖沖地下山去了。

十六、報復

花背死了沒幾天，杏核眼和那七隻可愛的小狐狸，也變成了皮革收購站的商品。

在有些人眼裡，錢是至高無上的。

當小伙子打死一隻公狐狸的消息傳開以後，許多人坐不住了。他們怕另一隻狐狸再被別人撈去。於是，三一群倆一伙的提槍牽狗，紛紛進山轉悠。

山裡不安寧了，鳥兒被嚇得不敢落地，野獸被追得四散奔逃。終於，他們在一條彎彎曲曲的大山谷，找到一個紫荊遮掩的洞。

沒有人憐憫，沒有人追念狐狸爲人們保護山林、莊稼的功勞……

花背一家就這樣被打盡殺絕了。這一帶從此再也不見狐狸的蹤影。

花背一家死了沒幾年，這一帶山區的人們受到了報復。

在這幾年中，沒有狐狸可打了，人們便打黃鼠狼，打貓頭鷹。於是，老鼠的天敵迅速減少，老鼠猖狂起來了。

在食物豐富、沒有天敵的環境中，褐家鼠、大倉鼠、砂土鼠、小田鼠，牠們一對一年能變成幾百隻，兩年就是數萬隻。黃鼠雖然繁殖能力比牠們差一些，但牠體型大，食量大，破壞能力也大。

老鼠的數量大批增加著，每月都有一批新老鼠出現。老鼠的食性很廣，牠們吃草籽、糧食、昆蟲、禾苗以及牠們能夠殺死的任何小鳥小獸。牠們的嘴整天都在不停頓地嚼，這倒並不完全是爲了填滿肚子，牠們需要這樣磨掉不斷長出的門牙。

山坡上的植被遭到了破壞。大片的幼樹、灌木和草皮被老鼠啃死了、吃掉了。密密麻麻的老鼠洞，這兒那兒經常發生塌陷，大風和暴雨搬走了裸露的泥土。綠油油的山崗，露出一塊塊大石頭，就像一頭掉禿了毛，只剩一副骨頭架子的老牛。

農田也是這樣。老鼠不僅吃禾苗、盜糧食，毀掉每年收成的五分之一，而且還把家田破壞得千瘡百孔，坑坑窪窪。有些良田甚至開始起沙，漸漸荒蕪了，變成片片小沙漠。老鼠還在堤壩、水渠上打洞，造成一起又一起堤斷壩毀事件。

當田野裡的伙食少了以後，老鼠大舉向村莊遷移。牠們打穿牆壁，破壞房屋，毀壞家具，衣裳，咬死咬傷雞、鴨、吃掉大批存糧。甚至連躺在床上的嬰兒也被老鼠咬掉了耳朵和鼻子。在許多村落，老鼠在大白天也敢跑上大街，在眾目睽睽下竄來竄去。

大自然的生態平衡被破壞了！

億萬年來，大自然中的各種生物在共同進化中，已經形成一種平衡——生態平衡。各種生物互相競爭，卻又彼此依賴，牠們之間有一個較爲穩定的數量比例。哪一種生物的減少，都會引起其他種生物數量的變化。而哪一種生物的意外絕滅，都勢必使大自然的和諧——即平衡受到破壞。一旦這種平衡受到破壞，要恢復過來是很難很難的，也是很慢很慢的。

這一帶的人們開始千方百計地捕滅老鼠，他們已不堪忍受老鼠的威脅。但是，殺死一隻狐狸容易，消滅遍地都是的老鼠卻不是一朝一夕的事情。

他們從很遠很遠的地方，花很高很高的代價買來了貓。但是，一隻貓一年只捕殺四、五十隻老鼠，還不如狐狸一星期的戰績。這個數量在老鼠的飛快繁殖中是微不足道的。而且，貓一旦吃飽了，或者有魚腥等好吃的，就是老鼠從牠們的眼前跑過，牠們也無動於衷。相反，懶貓被大老鼠咬死的新聞卻時有發生。

人們又買來各式各樣的老鼠藥：安妥、磷化鋅、敵鼠納鹽……但是，老鼠們很快就不上當了。有許多老鼠甚至產生了抗藥性。倒霉的倒是一些家畜家禽：一些貓、狗、豬、雞、鴨等，偷吃了毒老鼠的穀粒、饅頭、肉……口吐白沫，痛苦地抽搐起來，看著主人慢慢死去。

人們還使用鼠籠、老鼠夾子、電網等等工具保護糧食、家具、衣物，但也沒有多大功效。

老鼠還在橫行。

大自然的報復從不留情。

人們唉聲嘆氣了。

但是這有什麼用？

狐狸其實是一種可愛的動物，終年默默地爲人們捕捉老鼠。在所有的動物中，也許只有牠才有資格獲得捕鼠英雄的桂冠。然而，因爲牠有一身華貴的毛皮，人們便掠奪牠，殺害牠，甚至給牠捏造出許多罪名：偷雞賊，騙子，害人精……豈不知，在農牧業地區，老鼠造成的損失，比獵取狐狸得到的收穫，要不知多多少倍。

當這一帶還有兩窩狐狸的時候，人們不知道愛護牠們。當跑掉的兩隻小狐狸結合，有可能使這一帶狐狸家庭重新繁榮的時候，人們又殘酷地殺死了牠們。當大自然的報復降臨的時候，人們卻唉聲嘆氣了。

有句格言：「如果愚昧和貪婪是事情的開始，那麼，自取其禍則是事情的終結。」想一想，該吸收以往的教訓了。

風雲動物文學

狐狸不流淚

作者 朱新望
出版者 風雲時代出版股份有限公司
出版所 風雲時代出版股份有限公司
地址 105台北市民生東路五段一七八號七樓之三
網址 http://www.eastbooks.com.tw
官方部落格 http://http://eastbooks.pixnet.net/blog
電子信箱 h7560949@ms15.hinet.net
服務專線 （〇二）二七五六一〇九四九
傳真 （〇二）二七六五一三七九九
郵撥帳號 一二〇四三二九一
執行主編 朱墨菲
封面設計 蕭麗恩
法律顧問 永然法律事務所 李永然律師
北辰著作權事務所 蕭雄淋律師
版權授權 朱新望
出版日期 二〇〇九年三月初版
定價 新台幣二四〇元
總經銷 成信文化事業股份有限公司
地址 台北縣新店市中正路四維巷二弄二號四樓
電話 （〇二）二二一九一二〇八〇
行政院新聞局局版台業字第三五九五號
營利事業統一編號二二七五九九三五

國家圖書館出版品預行編目資料

狐狸不流淚／朱新望 著 .-- 初版. -- 臺北市
：風雲時代, 2009.02
面；公分

ISBN 978-986-146-522-7（平裝）

857.7 98000450

Tale of Fox